모노가타리에서
하이쿠까지

키워드로 읽는 日本 문학 —

고전문학

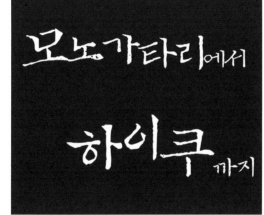

모노가타리에서

하이쿠까지

【 한국일어일문학회 지음 】

글로세움

일본문화총서 발간에 즈음하여

　　이 책은 한국일어일문학회 회원 208명이 일본을 이해하는 데 중요하다고 생각되는 360개의 테마에 대해 일반 독자를 대상으로 알기 쉽게 집필한 것이다. 또한 단순한 흥미위주나 단편적 지식을 넘어, 일본에 대한 깊이 있고 균형 잡힌 시각을 바탕으로 핵심적인 내용을 담는다는 목적에서 집필되었다. 208명이라고 하는 많은 전문가들에 의한 집필이기 때문에 기획의도와는 달리 다소 이해하기 어려운 부분도 있겠지만, 일본에 대한 이해의 폭과 깊이에 있어서 아직 초보적인 단계에 있는 우리의 현실을 고려할 때 이번 기획도서가 우리 사회에 도움이 되리라 믿는다.

　　한국일어일문학회 창립 25주년을 기념하여 고도지식사회에 걸맞게 새로운 각도에서 일본을 재조명하고 올바른 일본문화 이해를 위한 체계적이고 포괄적인 기술이 필요하다는 요청에 의해 이 책을 기획하게 되었다. 학문적 연구라는 것은 우리가 속해 있는 사회의 물질적 정신적 풍요로움을 전제로 성립되는 것이라고 본다. 그동안 학계의 내적 발전만을 추구하여 일본문화를 일반 사회에 올바르게 소개하는 데 소홀했던 점을 학회 스스로가 반성하며, 오랜 시간 동안 축적된 연구를 알기 쉽게 펼쳐 우리 사회의 일본문화 이해에 도움이 되고자 노력하였다. 사회구성원에 다가가서 일본을 알리자는 이번 시도는 사회구성원에 있어서나 연구자의 입장에서 매우 고무적이며 의미 있는 일이라 생각된다.

전체의 구성은 문화, 문학, 어학으로 되어 있으며 각 분야에 대해 역사와 현대라는 시간 축에 의해 내용을 분류하였다.

■ 전통과 현대사회상을 통해 본 일본문화 : 전통과 현대문화 2권

  (게다도 짝이 있다, 스모 남편과 벤토부인)

■ 문학을 통해 본 일본문화 : 고전문학, 근현대문학 2권

  (모노가타리에서 하이쿠까지, 나쓰메 소세키에서 무라카미 하루키까지)

■ 어학을 통해 본 일본문화 : 일본어의 역사, 일본어의 현재 2권

  (높임말이 욕이 되었다, 일본어는 뱀장어 한국어는 자장)

이를 통해 단편과 오해, 문화적 우월주의와 패배주의와 같은 이중적 시각에서 벗어나 보다 일본을 객관적이고 체계적으로 바라볼 수 있는 계기가 제공되었기를 바란다.

이 책이 발간되기까지 많은 분들의 도움과 협조가 있었다. 기획도서의 성공을 믿고 격려해주신 글로세움 출판사 여러분들께 감사드린다. 또한 원고 정리 및 자료 수집에 수고한 이충균 선생께도 감사드린다. 끝으로 어려운 여건 속에서도 성실히 집필에 응해주신 학회 208명의 회원 여러분들께 진심으로 감사의 뜻을 전하고 싶다.

2003. 11.

한국일어일문학회 회장

한미경

일본 고전문학의 흐름

문학사를 파악함에 있어 시대 구분은 중요한 의미가 있으며, 학자에 따라 여러 가지로 분류되고 있다. 그러나 작품이 쓰여진 순서에 따라 시간적인 서열을 정해 해설을 붙인다고 해서 그대로 문학사가 되는 것은 아니다. 또한 문학은 문명이 발달하듯이 시대에 따라 반드시 진보하는 것도 아니다.

예를 들면 『만요슈』(万葉集)와 『고킨슈』(古今集), 『신코킨슈』(新古今集)를 비교해보았을 때, 각각 고대, 중고(中古), 중세로 1, 2백 년간의 시대를 두고 편찬되었지만, 그 기간만큼 문학성이 발전했다고 말할 수는 없으며, 단지 세 작품이 각각 그 시대 문학의 특성을 나타내고 있을 따름이다. 그러므로 문학사를 어떻게 기술할 것인가 하는 문제는 그동안 많은 연구자들의 주요한 과제가 되어 왔다.

여기서는 우선 문학사가 그 시대의 문화적인 산물이라는 전제 하에 가장 일반적인 정치사적 시대 구분에 따라 상대(~794), 중고 (中古)(794~1185), 중세(1185~1603), 근세(1603~1867), 근대

(1868~1945), 현대(1945~)로 분류하고 근세까지의 일본 고전문학의 흐름과 특징을 살펴보기로 한다.

상대(上代) 문학은 구두전승의 시대로부터 794년 나라(奈良) 시대까지의 문학으로, 상고문학 혹은 고대 전기의 문학이라고도 한다. 상대의 일본인들은 고유의 문자가 없었기 때문에 한반도로부터 전해진 한자를 이용하여, 오랜 동안 구두전승의 시대를 거친 신화와 전설, 설화, 시가 등을 소위 만요가나(万葉仮名)로 기록했다.

『고지키』(古事記) 서문에 '상고 때의 말과 생각이 소박하여 한문으로 표기하기가 어려워서, 한자의 음과 훈을 적절히 빌려서 표기한다'고 밝히고 있듯이, 당시의 고대가요나 『만요슈』(万葉集) 등은 우리의 이두문자와 비슷한 표기법인 만요가나로 기록되어 있다.

그리고 『만요슈』의 4,500여 수 가운데 무려 4,200여 수가 5·7·5·7·7의 31문자로 된 단가(短歌)인 것으로 보아 상대의 시가는 문자 발생 이전부터 5·7의 음수율을 읊어왔을 것으로 생각된다.

중고(中古) 문학은 도읍을 헤이조쿄(平城京:나라)에서 헤이안쿄(平安京:교토)로 천도한 794년부터 가마쿠라(鎌倉) 막부가 개설된 1192년까지의 약 4백 년간에 이루어진 문학을 말하며, 왕조문학 혹은 헤이안문학이라고도 한다. 간무(桓武) 천황이 헤이안으로 천도한 794년부터 894년까지의 초기 1백 년간은 견당사의 파견 등으로 당나라 문화를 의욕적으로 섭취하게 된다. 그러나 894년 견당사가 폐지된 이후에는, 이 시대 문학의 주체인 귀족과 여류작가들이 일본 고유의 문화를 바탕으로 가나문자를 이용하여 와카(和歌), 일기, 모노가타리(物語), 수필,

설화 등을 창작했다.

운문을 대표하는 '와카'(和歌:야마토우타)라는 표현은 칙찬집(勅撰集)인 『고킨슈』(古今集)의 가나 서문에서 비롯된 것으로 한시에 대해 '일본의 시가'라는 의미로 사용하고 있다. 산문문학으로는 『다케토리 이야기』(竹取物語), 『이세 이야기』(伊勢物語)를 비롯하여 세계에서 가장 오래된 장편 이야기인 『겐지 이야기』(源氏物語)를 비롯한 일본의 대표적 고전문학인 '모노가타리'(物語)가 이 시기에 완성되었다. 헤이안 중기 미나모토 다메노리(源為憲)가 쓴 『산보에』(三宝絵, 984)의 서문에 '(모노가타리는) 큰 나무숲의 풀보다 번창하고, 해변가의 모래알보다 많다'는 과장된 표현이 나오는데, 이는 당시에 모노가타리가 얼마나 번창했는가를 말해주는 것이다.

이밖에도 자기관조의 사색을 기록한 자조문학으로는 『도사 일기』(土佐日記), 『가게로 일기』(蜻蛉日記), 『마쿠라노소시』(枕草子)와 같은 수필을 들 수 있다. 그리고 이 시대 말기에는 불교설화와 서민들의 생활상이 전면에 나타난 세속설화를 1,059화나 모은 『곤자쿠 이야기집』(今昔物語集)이 편찬되었다.

중고문학에서 반드시 주목해야 할 것은 당시의 귀족관료들이 한문만을 사용하던 시기에, 여류작가들은 자신들이 사물에 대해 느낀 감정을 있는 그대로 표기할 수 있는 가나문자를 발명했다는 사실이다.

중세(中世) 문학은 1192년 가마쿠라(鎌倉) 막부의 성립으로부터 1603년 에도(江戸) 막부가 개설되기까지의 약 400년간이다. 그런데 이 시기는 정치의 중심이 어디에 있었느냐에 따라서 다시 가마쿠라시대, 남북조시대, 무로마치(室町) 시대, 전국시대로 나눌 수 있다. 이 시대는 계속된 전란으로 인해 귀족계급이 점차 몰락해가는 데 비해 상대적으로 무사계급이 대두하고 서민사회가 성장해가는 전환기였다. 따라서 이 시기에는 『헤이케 이야기』(平家物語)와 같이 적극적으로 전쟁을 묘사한 군기모노가타리(軍記物語), 『호조키』(方丈記), 『쓰레즈레구사』(徒然草) 등의 은자(隱者) 문학, 『우지슈이 이야기』(宇治拾遺物語)와 같은 설화문학이 나왔다. 그리고 일반 서민 독자층을 위한 흥미위주의 단편 모노가타리인 '오토기조시'(お伽草子)가 유행했다.

한편 와카는 『신코킨슈』(新古今集) 이후 점점 쇠퇴하여 '렌가'(連歌)라는 형식의 증답가(贈答歌)가 유행했다. 이 렌가는 와카의 상구(5 · 7 · 5)와 하구(7 · 7)를 교대로 한 번씩 읊는 새로운 문예 형태이다. 그리고 무로마치시대에 들어서 새로운 무대예술인 노(能)와 교겐(狂言)이 등장했다.

근세(近世) 문학은 1603년 에도(江戸:현재의 도쿄)에 도쿠가와(德川) 막부가 창설된 이후 1868년 메이지유신(明治維新)까지의 약 260년 간인데, 18세기 전반을 경계로 이전을 가미가타(上方, 京都) 문학, 이후를 에도문학으로 부르기도 한다. 이 시기는 무가(武家) 문학과 조닌(町人) 문학이 병립하여 발달했고, 양적(量的)으로는 후자가 더 많았다.

렌가의 홋쿠(発句)에서 발달한 하이카이(俳諧)는 5 · 7 · 5의 17음으로 이루어진 세계에서 가장 짧은 시가 형식으로, 마쓰오 바쇼(松尾芭蕉)에 의해 대성되었다. 한편 이하라 사이카쿠(井原西鶴)를 비롯한 서민 작가들에 의해 창작된 소설류가 번성하고, 지카마쓰 몬자에몬(近松門左衛門)은 의리와 인정을 주제로 하는 인형극 조루리(浄瑠璃)로 거리의 사람들에게 볼거리를 제공했다. 그러나 근세 후기가 되면서 인형극은 점차 쇠퇴하고 가부키(歌舞伎)가 에도 서민들의 마음을 사로잡았다. 이러한 일본의 전통 무대예술은 중세의 노와 함께 크게 3종류가 있는데, 출발도 서로 다르지만 공연되는 장소 또한 각기 독특한 형태의 무대에서 이루어지는 것이 특징이다.

흔히 일본문학은 서정적이며 이지적이고 사상적인 면이 결여되어 있다고 한다. 이는 특히 와카 등의 시가가 화조풍영(花鳥諷詠)의 문학이고, 『겐지 이야기』를 비롯한 서사문학에 있어서도 역시 서정적인 요소가 짙게 배어 있음을 지적한 것이다. 즉 일본은 비교적 온난한 섬나라라는 자연환경과 거의 외세의 침략이 없었던 역사로 인해 서양문학에서 볼 수 있는 고뇌와 강인한 저항정신의 문학은 찾아보기 어렵다.

일본문학은 또한 유형적(類型的)인 문학이라 할 수 있다. 역으로 말하자면 비개성적이라 할 수 있는데, 천편일률적인 작품이 긴 문학사에 반복되고 있는 것이다. 물론 개개의 작품은 모두 나름대로의 개성과 특성이 있지만, 시가의 음수율은 고대로부터 5 또는 7로서, 이는 오늘날의 시가나 광고의 문안에까지 지켜지고 있다. 이 음수율은 당연히 서정문학의 근본이 되는 것이지만, 시가나 산문의 내용면에 있어서도 유형화되어 있는 것이 특징이다.

예를 들어 『마쿠라노소시』의 제1단은 봄은 새벽녘이, 여름은 밤, 가을은 저녁 무렵, 겨울은 이른 아침이 운치가 있다라는 유형적인 미의

식으로 표현되어 있다. 이러한 유형적인 표현은 이후의 일본문학에도 계승되어, 봄의 새벽녘에 보는 벚꽃, 가을의 저녁 무렵에 보는 단풍을 아름답게 생각하는 와카를 읊게 되고, 계절과 시간, 자연 경물까지도 묶어서 미의식을 표현하게 된다.

이와 같은 유형화는 와카, 하이쿠, 렌가, 꽃꽂이(生け花), 다도, 노(能) 등 일본문화 전반에 걸쳐서 나타나고 있는데, 일본이 근대 산업사회에 들어 와서 규격대량생산에 성공할 수 있었던 밑바탕이 되었다고도 여겨진다. 또한 독특한 언어구조도 일본문학이 서정적이며 유형적인 표현구조를 갖도록 하는 데 큰 영향을 끼쳤다고 볼 수 있다.

이외에도 조화의 문학, 검소하고 간결한 문학 혹은 이로고노미(色好)의 문학 등과 같은 특질로 일본문화를 표현할 수 있다. 따라서 일본문학을 깊이 있게 이해하기 위해서는 이 책에서 해설하고 있는 하나하나의 작품 세계를 통하여 우아, 유겐(幽玄), 여정, 의리, 인정, 쓸쓸함 등의 문예이념을 고찰해야 할 것이다.

2003. 11

김종덕

목 차

近世(1603~1867)
- - - - - - - - - - - - - - - - -

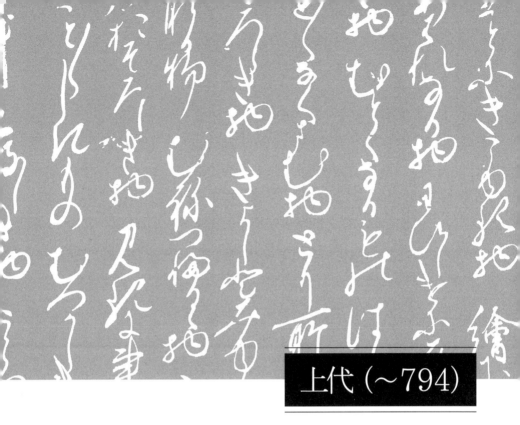

上代 (~794)

신과 인간의 역사서

『古事記』

【노성환】

『고지키』(古事記)는 현존하는 일본 최고(最古)의 문헌으로, 712년경 히에다노아레(稗田阿礼)가 외우고 있던 것을 오오노야스마로(太安万侶)가 한자로 기록한 것이다. 기술방식은 시대적 흐름에 따라 역사를 기록하는 편년체 형식이나, 그 내용에 있어서 신화와 전설적 이야기가 중심을 이루고 있기 때문에 과거에 있었던 사건을 충실하게 기록한 역사적 성격의 문헌이라고 보기는 어렵다. 따라서 역사학자보다도 문학과 신화의 연구자들이 『고지키』에 더 많은 관심을 가지고 있다.

『고지키』가 집록된 이유에 대해서는 상권의 서문에 비교적 자세히 기록되어 있다. 서문에 의하면 임신(任申)의 난 이후 즉위한 덴무(天武) 천황이 당시 제가(諸家)에 전해져오고 있는 문헌인 제기(帝紀) 및 본사(本辞)가 사실과 달리 허위가 많이 들어있는 것으로 보고, 그것을 고쳐 놓아야 한다는 생각으로 제기(帝紀)를 정리하고 잘못된 구사(旧辞)를 바로잡아 후세에 전하고자 한다는 명분으로 『고지키』를 만드는 일에 착수하였으며, 그 작업은 나라의 골격이며 천황의 덕을 감화시키는 데 기본이 된다고 설명하고 있다. 이처럼『고지키』의 출발은 매우 정치적이다.

덴무 천황은 당시 총명하기로 이름을 떨쳤던 28세의 청년 히에다노아레로 하여금『제황일계』(帝皇日継)와『선대구사』(先代旧辞)를 모두 외우게 했다. 그러나 그는『고지키』의 완성을 보지 못하고 도중에 사망 하고 만다. 그 후 작업은 지토(持統), 몬무(文武) 천황에게 이어졌고, 다시 겐메이(元明) 천황 대에도 그 작업은 계속되어 711년 9월 18일에 이르자 천황은 오오노야스마로에게 히에다노아레가 외운 내용을 기록하여 헌상하라는 명령을 내렸고, 그에 따라 일본어적 한문 표현으로 3권 을 완성하여 712년에 1월 28일에 마침내 헌상한 것이 바로『고지키』라 는 것이다. 그러나 유감스럽게도 당시의 원본은 지금까지 전해지지 않 고 있다. 다만 현재까지 전해지고 있는 것은 수십 종의 사본(写本)과 판본(版本)이 있을 뿐이다.

『고지키』는 상·중·하의 3권으로 구성되어 있는데, 상권은 천지 개벽부터 시작하는 신들의 시대를 서술하였고, 중권은 초대 천황인 진무(神武)에서 15대 천황인 오진(応神)까지 서술했으며, 하권은 16대 천 황 닌토쿠(仁徳)부터 33대 스이코(推古)까지 서술하였다. 상권은 국토 통치자 천황의 기원과 본질을 신화로 정리했다면, 중권은 신의 계시와 지원에 의해 정치를 행하는 신도적 천황들을 주인공으로 서술하였고, 하권은 신에서 독립한 덕망 있는 지배자로서 유교적 이념화된 천황들을 주인공으로 서술한 것이다.

상권은 천지가 개벽되고 다카마가하라(高天原)에 아메노미나카누

시노카미(天之御中主神),
다카미무스히노카미(高御
産巣日神), 간무스히노가
미(神産巣日神)의 세 신이
나타나는 것으로부터 시작

『고지키』의 사본.

된다. 이후 여러 신들의 생물이 있은 다음에 이자나키(伊耶那岐), 이자
나미(伊耶那美) 두 남녀의 신이 나타나 일본의 국토와 여러 신들을 낳는
다. 이자나미 신이 죽자, 이자나키는 황천국에 다녀와서 목욕재계를 하는
데, 특히 마지막으로 왼쪽 눈을 씻을 때 아마테라스오미카미(天照大御神),
오른쪽 눈을 씻을 때 쓰쿠요미노미코토(月読命), 코를 씻을 때 스사노오
노미코토(須佐之男命)를 낳게 된다.

　그런데 스사노오가 누나인 아마테라스가 다스리는 다카마가하라
에 올라가 농경의례를 방해하자, 아마테라스는 아메노이와야도(天の石
屋戸)라는 동굴에 숨는다. 아마테라스가 동굴에 숨자 천상과 지상이 모
두 암흑세계가 되어버린다. 아메노우즈메 등 여러 신들의 노력으로 겨
우 아마테라스를 밖으로 나오게 하는데, 이는 아마테라스가 태양신의
성격을 갖고 있음을 의미한다. 이후 천손 니니기노미코토(迩々芸命)는
히무카(日向)의 다카치오(高千穂) 봉우리에 강림하여 고노하나노사쿠
야히메(木花之佐久夜毘売)와 결혼한다. 이 후손이 제1대 진무(神武) 천
황으로 즉위하게 된다.

　중권에는 진무 천황의 야마토(大和) 동정(東征) 이야기에서 오진(応
神) 천황 때까지의 15대 천황의 황위 계승과 국토 경영이 기술되어 있

다. 이 중에서 제12대 게이코(景行) 천황의 아들 야마토타케루(倭建)의 영웅담은 미모와 괴력을 지닌 일본 고대의 영웅으로, 천황의 명에 따라 규슈의 구마소(熊曽), 이즈모의 이즈모타케루(出雲建)를 정벌하고, 다시 아즈마(東国)를 굴복시키기 위해 출정했다가 돌아오던 중에 이세(伊勢)에서 죽게 되는 이야기이다. 이와 같은 야마토타케루의 서정(西征)과 동정(東征)은 스사노오노미코토처럼 중앙의 체제에 반역하는 동생으로 하여금 지방을 평정하게 하는 유형이다. 이는 고대의 영웅적인 무용담을 설화적으로 구성한 것으로, 일본의 고대 왕권이 확립되어가는 과정으로 풀이할 수 있을 것이다.

하권에서는 닌토쿠 천황부터 스이코 천황 때까지의 황위 계승과 관련된 다툼, 천황과 황자를 둘러싼 사랑의 갈등을 다루고 있다. 또한 야마토 조정의 성립과정이 기술되어 있는데, 하권의 마지막 제24대 닌켄(仁賢, 449~498) 천황부터 제33대 스이코 천황 때

이세참궁약도.

까지는 자세한 사적은 없고 계보만 나열되어 있다. 또한 제16대 닌토쿠 천황은 민가에 연기가 피어오르지 않는다 하여 3년간 과세를 면제하였다는 사실을 성군의 치적으로 기술하고 있다. 제21대 유랴쿠(雄略) 천황 대에는 많은 구혼담이 전해진다. 천황이 미와강(三輪川) 근처에서 빨래를 하고 있던 아름다운 아카이코(赤猪子)를 보고, 궁중으로 부를

테니 결혼하지 말라고 해놓고 80년이 지나도록 잊고 있었다. 마침내 80년을 기다리다 궁중으로 찾아온 아카이코를 보고, 천황은 와카를 증답하고 상을 내렸다는 것이다.

이러한 『고지키』는 우리나라에서도 일찍부터 많은 관심을 불러일으켰다. 그 내용에는 우리나라와 관련된 기사가 많이 등장하는데, 그 관련성은 대략 두 가지로 정리할 수 있다.

첫째는 한국과 유사한 내용의 신화가 전해진다는 사실이다. 예를 들면 왕권의 시조가 하늘에서 내려와 외부에서 들어온 여성과 결혼함으로써 권력의 신성성이 발생한다는 지배자의 기원신화는 한국의 것과 동일하다. 또 미와산(三輪山) 전설은 우리나라에 널리 알려진 후백제 견훤탄생설화와도 매우 흡사하다. 이러한 신화, 전설의 성격은 일본 고대의 지배층 문화와 한국과의 친연성을 알려주고 있다.

둘째는 고대 한국 또는 한국인에 관한 기사가 많다는 사실이다. 예를 들어 상권에 천황가의 시조라 할 수 있는 니니기(迩々芸)가 천신의 명을 받고 하늘에서 내려와 자신이 살 궁궐터를 잡을 때 한국을 바라보고 있는 지역을 택하고 있고, 또 중권에는 아메노히보코라는 신라왕자가 일본으로 건너가는 이야기가 있는가 하면, 그의 후손인 신공황후가 신라를 정벌하는 이야기도 전하고 있다. 그밖에도 신라와 백제에서 건너가는 사람들의 이야기 등이 자주 등장하는데, 이러한 내용들은 고대 한국인이 일본열도로 이주해나가는 역사적 사실을 반영하고 있는 것으로 보고 있다.

이러한 성격으로 말미암아 역사학, 문학, 민속학, 인류학 등 많은 분야에서 『고지키』에 관한 연구가 이루어지고 있다. 특히 1987년에는 노성환에 의해 『고지키』가 한국어로 번역되어 소개됨에 따라 일본어를 모르는 사람들에게도 읽혀지게 되었고, 한국과의 비교연구도 활발하게 이루어지고 있다.

나체춤을 춘 아메노우즈메와 태양신 이야기

『古事記』

【이창수】

『고지키』(古事記) 상권(上卷) 및 『니혼쇼키』(日本書紀) 신대권(神代卷)의 일본신화에 공통적으로 등장하는 아메노우즈메(天宇受売命, 天鈿女命) 여신은 소위 '아메노이와도(天石屋戸) 신화'에서 태양신인 아마테라스(天照大神)가 석굴에 숨었을 때, 이 신을 부활시키기 위해 제사하는 과정에서 젖가슴과 음부를 드러내며 춤을 추어 여러 신들의 웃음을 자아내는 장면의 주인공으로 등장한다. 다만 『니혼쇼키』에서는 그 신체적인 묘사가 『고지키』에 비해 덜 구체적이다.

이해를 돕기 위해 『고지키』에 있는 아메노이와도 신화의 내용을 잠시 살펴보자. 아메노마나이(天の真名井)의 서약 이후 스사노오(須佐之男命)는 승자로서 도에 지나친 행동을 서슴지 않는다. 아마테라스가 경영하던 밭을 망가뜨리고 다이죠사이(大嘗祭)를 방해하는 등 난폭한 행위가 점점 도를 넘어서자 아마테라스는 위협을 느끼고 석굴에 숨어버린다. 그러자 천상계[高天原]와 지상계[葦原中国]는 모두 암흑으로 변해 버려 각종 요괴가 설치게 된다.

수많은 신들[八百万神]이 강가에 모여 대책을 마련하기 위해 회의를 한다. 먼저 도코요(常世)의 나가나키도리(長鳴鳥)라는 새를 모아 울게 하고 거울과 구슬을 만들어 점을 친다. 또 가구야마(天香山)의 신성한 나무를 가져와 그 나무에 거울과 구슬을 달고 축사를 읊는다. 그 앞에서 아메노우즈메가 젖가슴과 음부를 드러낸 채 반라의 상태로 춤을 추자, 수많은 신들은 그 광적인 춤을 보고 박장대소하며 한바탕 소동을 벌인다.

석굴에 숨어 있던 아마테라스는 외부의 상황을 수상히 여겨 살짝 문을 열고 소동의 이유를 묻자 아메노우즈메는 '당신보다 더 귀한 신이 있어 기뻐하여 놀고 있는 것'이라 답한다. 궁금하게 여긴 나머지 아마테라스는 석굴의 문을 조금 더 열고 몸을 드러내기 시작한다. 그러자 숨어 있던 힘센 신이 그의 손을 잡아당겨 끌어낸 뒤, 석굴 문을 닫아 안으로 다시 들어가지 못하게 했다. 이렇게 해서 아마테라스가 밖으로 나오자 천상계와 지상계는 다시 광명을 되찾게 되었고, 신들은 소동을 일으킨 스사노오의 수염과 손톱을 잘라 문책하고 천상계에서 추방시켰다는 내용이다.

이 신화의 구성을 보면 먼저 스사노오의 난폭한 행위와, 그로 인해 아마테라스가 석굴로 몸을 숨긴 사건, 석굴에 숨은 아마테라스를 부활시키는 제의, 그리고 스사노오의 추방이라는 4가지 요소로 이루어져 있다.

각 부분의 신화적 발상과 제의에 대해서는 여러 가지 설이 있다. 먼저 스사노오의 난폭한 행위란 신화에서 보면 다이죠사이를 방해하는 것을 말한다. 이것은 햇곡식의 수확을 방해하는 행위로, 고대 일본에서는 반역에 해당하는 매우 중대한 범죄이다. 신화상에는 이 행위가 태양신을 석굴에 숨게 하는 직접적인 원인으로 묘사되고 있지만, 태양신이 석굴에 숨어 온 세계가 암흑으로 변했다는 것은 자연현상인 일식(日蝕)을 신화적으로 표현한 것이라 볼 수 있다.

비교신화학자들의 연구에 따르면 태양이 어떠한 곳에 숨어 버려 천지가 어두워졌다는 신화적 발상은 동남아시아, 아이누(동아시아 종족의 하나. 일본의 홋카이도 및 러시아의 사할린, 쿠릴 열도 등지에 살고 있다), 에스키모, 북미 인디언 등에게까지 널리 분포되어 있다고 한다. 그 세부적인 신화 요소들을 살펴보면 동남아시아, 중국 남부 등에 유사한 내용이 많으며, 도코요의 나가나키도리의 설정은 환태평양지대에 분포되어 있는 일식 신화에 숨어 있는 태양을 끌어내는 제의(祭儀)를 할때 새를 울게 하는 모티브와 공통점이 있다고 지적하기도 한다.

한편 아마테라스가 석굴에 숨었다는 것은 곧 '죽음'을 의미하는 것으로 보아야 한다는 견해도 있다. 『니혼쇼키』를 보면, 스사노오로 인해 아마테라스가 병을 앓다가 몸에 상처를 입고 석굴에 숨는 것으로 기록되어 있는데, 이는 곧 죽음의 상징적 묘사로 해석할 수 있다는 것이다.

또 동지(冬至)의 제사를 신화로 묘사한 것이라는 논의가 있다. 고대 일본에서는 태양의 기운이 1년 중 가장 낮은 동지 무렵에 태양과 일체로 여겨져 왔던 천황의 생명력을 회복하기 위해 주술적인 제의를 지낸 경우가 있었다. 아메노이와도 신화는 이같은 '진혼제' 또는 '초혼제'의 기원을 말하는 것으로 볼 수 있다. 따라서 신내림을 받은 상태에서 신을 불러내기 위해 젖가슴을 드러내고 음부를 노출하며 춤추는 아메노우즈메의 행위는, 신과 소통하는 행위를 묘사한 것으로 아메노우즈메의 무녀적(巫女的) 성격을 그렸다고 볼 수 있다.

아메노우즈메에 대해서는, 가장 오랜 기록으로 『고고슈이』(古語拾遺)를 보면 '강한 여자'의 의미를 갖는다는 해석이 있다. 또한 『니혼쇼키』의 표현에 따르면 '아메노우즈메'(天鈿女命)라고 하여 '노'(鈿)는 머리에 꽂는 꽃장식이 있는 비녀를 의미하는 것으로, 곧 무녀의 의미라는 해석이 가능하다. 이는 마치 방울이 달린 제구를 들고 신내림을 받아 광기 어린 춤을 추며 영혼을 불러내는 한국의 무당을 연상시키기도 한다.

또 아메노우즈메의 다분히 외설적인 행위 자체는 바로 태양신에 활력을 불어넣기 위한 일종의 굿이 아니었을까? 태양신을 위한 초혼의 례의 전래를 시사하는 것으로, 태양신의 생명력에 대한 신앙을 희화화하며 신화적으로 묘사한 고대적 논리임에 분명하다.

한편 아메노우즈메는 천손강림(天孫降臨) 신화에도 출현하여 아메노이와도 신화와의 연속성을 암시하고 있다. 거기에서도 정체불명의 신과 문답하며 상대의 이름을 밝혀내는 장면이 나온다. 이 또한 신내림에 의한 신과의 교신행위라는 연장선상에서 볼 수 있다. 그리고 원래는 태양신의 재생과 부활이 천손강림을 이끄는 커다란 요인으로 작용하지 않았나 하는 추측도 가능하다. 바로 여기에 아메노우즈메의 존재 이유가 있는 것이다.

신화는 태양신인 아마테라스가 일본신화의 원향(原郷)인 다카마가하라(高天原)의 통치를 완성하는 이야기로 결말을 맺고 있다. 따라서 천황통치의 기원을 설명하는 의도에 따라 역사화되고 기술된 것일 뿐,

부분적으로 제의와 관련된 신화 요소를 갖고 있다 해도, 그것이 제의에 직결되어 그 기원을 말하는 소박한 자연신화나 민간전승으로 볼 수만은 없다. 다시 말해서 천황통치의 내력을 말하는 역사적 신화의 한 단락으로서 의미가 크다는 점을 간과해서는 안 된다.

기키(記紀:『고지키』와 『니혼쇼키』를 통칭) 신화의 전체적인 흐름은 천손에 의한 지상 통치(葦原中国)의 유래를 말하는 신화이고, 아메노이와도 신화는 천손에게 통치를 명한 아마테라스가 어떻게 하여 다카마가하라의 통치자가 되었는가를 말하는 것이라 볼 수 있다. 아마테라스는 이자나기(伊邪那伎)의 지령은 받았으나 수많은 신들의 승인을 얻지 못하고 즉위의례(다이죠사이)의 방해자인 스사노오의 난폭행위에 맞서 홀로 대응하다가 결국 다이죠사이를 중단하고 석굴에 숨는다. 그러나 태양신의 성격이 부각되며 수많은 신들에 의해 다카마가하라의 통치자로서 승인된 것이다.

스사노오에 의해 붕괴된 질서가 『고지키』에서는 아메노우즈메의 행위에 의해 재정비되고 신성성을 부여받는 것이다. 스사노오의 신체적 폭력이 아메노우즈메의 음부 노출에 의한 신체적 힘에 의해 끊어지며 다카마가하라의 질서가 회복되는 것이다.

아메노우즈메는 일본신화에 등장하는 신들 가운데 드물게 신체적인 모습이 구체적으로 형상화된 신이다. 천황가의 질서가, 천손의 모습이 구체적으로 형상화되지 않은 남성성에 의해서만이 아니라, 보다 신체적인 모습의 명확한 여성성으로도 보충되고 있는 점을 지적해 두고 싶다.

수명이 짧아져도 꽃처럼 아름다운 여성이 좋아
『古事記』

【김후련】

　　일본 천황은 전후(戰後) 미군정 치하에서 스스로 인간임을 선언한 일명 '인간선언'을 하기 전까지, 일본 국민들에게 아라히토가미(現人神), 즉 인간의 몸으로 현신(現身)한 살아있는 신으로서 추종받아 왔다. 물론 시대에 따라서 일본 천황의 위상과 평가는 상당히 달랐지만, 고대에 이미 천황을 신격화하는 일환으로서 왜 천황이 보통 인간들처럼 죽지 않으면 안 되는가를 합리적으로 설명한 신화가 존재하고 있다.

　　『고지키』(古事記)에 의하면, 천상의 신들에 의해 지상의 아시하라나카쓰쿠니(葦原中国) 평정이 끝난 후, 천상계의 주재신인 아마테라스와 다카키는 다시 아메노오시호미미를 불러 명한다.

　　"보고에 의하면 아시하라나카쓰쿠니는 평정되었다고 한다. 일찍이 너에게 위임된 대로 지상으로 내려가서 그곳을 통치하도록 하라."

　　이에 아메노오시호미미가 아뢰었다.

　　"지상에 내려갈 준비를 하는 동안 아이가 태어났습니다. 그 아이의 이름은 아메니키시쿠니니키시 아마쓰히다카히코 호노니니기노미코토(天迩岐志迩岐天津日高日子番能迩々芸命)입니다. 이 아이를 내려보내심이 어떠할지."

그러자 아마테라스는 이 니니기를 아마쓰카미(天神)의 후손으로 정하게 된다.

"이 도요아시하라노미즈호노쿠니(豊葦原之水穂之国)는 네가 다스려야 할 나라이니라. 이 명에 따라서 지상으로 내려가라."

니니기는 구름을 헤치고 위풍당당하게 길을 열어서 아메노우키하시(天浮橋) 위에 서서 멀리 내려다보이는 쓰쿠시(筑紫)의 히무카(日向)에 있는 다카치호(高千穂) 봉우리에 강림한다. 그리고 가사사(笠佐) 해변에 이르러서 아름다운 처녀를 보고는 그만 한눈에 반하고야 만다.

"너는 누구의 딸이냐?"

"저는 오야마쓰미노카미(大山津見神)의 딸로서 이름은 고노하나사쿠야히메(木花之佐久夜比売)라고 합니다."

사쿠야히메는 그야말로 이름 그대로 꽃이 아름답게 활짝 핀 것과 같이 아름다운 여성이었다. 아내로 삼아 인연을 맺고 싶다는 니니기의 말에 처녀는 아버지의 허락을 구한다. 니니기는 즉시 사자를 보내서 처녀의 아버지에게 사쿠야히메를 달라고 청했다. 처녀의 아버지는 상대가 태양신의 적손인 것을 알고 크게 기뻐했다. 그는 산더미 같은 혼인 예물을 바치는 것만으로는 성이 차지 않아 사쿠야히메의 언니인 이와나가히메(石長比売)까지 아내로서 같이 딸려 보냈다.

그런데 이와나가히메는 보기에 민망할 정도로 못생긴 여자였다.

니니기는 그녀를 보는 것만으로도 소름이 돋을 정도였다. 그래서 언니는 그대로 돌려보내고, 사쿠야히메만을 취하여 첫날밤의 인연을 맺었다. 자신의 성의를 무시하고 이와나가히메를 돌려보낸 데 모욕감을 느낀 오야마쓰미는 다음과 같이 이야기한다.

"내가 두 딸을 함께 보낸 것은 다음과 같은 의도에서였다. 이와나가히메는 그 이름이 뜻하는 그대로 천손(天孫)의 생명이 비가 오고 바람이 몰아쳐도 바위처럼 영구히 흔들림이 없도록 하는 마음에서였다. 또 고노하나사쿠야히메는 그 이름이 뜻하는 그대로 꽃나무가 아름답게 활짝 피고 향기가 나듯, 그렇게 번성하라는 서약의 뜻을 담아서 보낸 것이다. 그런데 지금 이와나가히메를 돌려보내고 사쿠야히메만을 취한 이상 아무리 천손의 수명이라 할지라도 꽃이 지듯 덧없고 허무한 것이 되리라."

이와 같은 까닭에 현재에 이르기까지 대대로 천황의 수명이 길지 않은 것이라고 신화는 합리적으로 설명하고 있다. '천손의 수명은 꽃나무같이 아름답게 피겠지만 길지 않을 것'이라는 오야마쓰노카미의 예언처럼, 신의 자손인 천황도 대대로 죽음을 면할 수 없게 된 것이다. 천신의 자손인 천황이 보통의 인간처럼 죽을 수밖에 없게 된 이유는, 니니기의 너무나도 인간적인 행동의 귀결이다. 동서고금을 막론하고 예쁜 여성을 좋아하는 남성들의 기본적인 속성 때문인 것이었다.

일반적인 인간의 생사의 기원에 관한 신화는 천부신인 이자나기와 지모신인 이자나미의 요미노쿠니(黄泉国) 방문 신화에 이미 존재한다.

이자나미가 불의 신을 낳다가 음부가 불에 타 죽자, 이자나기는 아내인 이자나미를 지상으로 데려오기 위해 요미노쿠니를 방문한다. 그곳에서 이자나기는 '쳐다보지 말라'는 이자나미의 금기를 깨뜨리고 죽은 아내의 시체를 보는 바람에 이자나미에게 쫓기는 신세가 된다. 두 신이 현세와 타계의 경계에서 부부절연의 말을 주고받는 과정에서 이자나미가 현세의 인간을 하루에 천 명씩 죽이겠다고 하자, 이자나기는 하루에 천오백 개씩 산실을 짓겠다고 응수한다. 이로써 죽는 자보다 태어나는 자가 더 많기 때문에 이 세상이 유지될 수 있다는 합리적인 설명이다.

천황가의 단명신화의 원형은 아마도 일반적인 죽음의 기원 신화였을 것이다. 『니혼쇼키』(日本書紀)에도 동일한 신화가 전해지고 있는데, 1서 제2의 문말에 의하면 다음과 같다.

'이것이 세상 사람들의 수명이 짧아지게 된 이유라고 한다.'

이와 같은 설화유형은 세계적으로 분포하고 있다. 신화학자 프레이저(James G. Frazer, 1854~1941)는 바위와 같은 여신이 아니라 꽃나무 같은 여신을 고르는 바람에 인간이 죽지 않으면 안 되게 된 유형의 신화를 '바나나 유형'이라고 이름을 붙였다.

바나나 유형 중 죽음기원신화의 대표적인 것은 인도네시아의 세레베스섬에서 전승되는 신화이다. 옛날에는 하늘과 땅이 가까워서 인간은 신이 밧줄을 통해 내려보내는 것으로 알고 있었다. 어느 날 천신이 돌을 내려보내자 인간의 선조(先祖)가 받지 않았다. 다음에 신이 바나나를 내려보내자 인간은 기뻐하며 먹었다. 그러자 신이 말한다.

"돌을 선택했으면 생명이 영원했을 텐데, 바나나를 선택했기 때문에 너희들의 생명은 바나나같이 덧없으리라."

이 이야기는 고노하나사쿠야히메를 선택함으로써 죽을 수밖에 없
게 된 천황가의 짧은 수명의 기원신화와 상당히 유사하다. 그러나『고
지키』의 해당신화는 단순한 바나나형 신화는 아니고, 민간의 바나나형
신화를 신혼(神婚) 신화로 그 성격을 바꾸어 기술하고 있다. 인도네시
아의 바나나형 신화나『니혼쇼키』소재의 신화가 일반적인 인간의 죽음
에 대한 기원신화인데 반해,『고지키』의 신화가 천황의 죽음에 관한 기
원신화로 변형되어 있다. 이는『고지키』의 신화가 기존의 신화를 왕권
신화로서 재편하는 과정에서, 천황의 신성성(神聖性)을 확보하기 위해
서 신의 자손인 천황이 왜 일반인처럼 죽지 않으면 안 되는가에 대한
신화적 설명을 필요로 했기 때문이다.

밤마다 밀회를 즐긴 오모노누시가미와 젓가락무덤

『日本書紀』

【이상준】

『니혼쇼키』(日本書紀) 스진(崇神) 10년 9월조의 마지막 부분에는, 오모노누시가미(大物主神)와 고우겐 천황의 황녀(皇女)인 야마토토토히모모소히메미코토(倭迹々日百襲姬命)와의 신혼(神婚) 신화와 황녀의 죽음으로 인한 '젓가락무덤' 축조에 얽힌 이야기가 전해진다.

오모노누시가미는 오쿠니노누시노미코토가 국토를 이양한 후, 야요로즈가미의 수령으로서 천손(天孫)에 봉사하는 신이자, 야마토(大和) 지역을 만들었다는 국토창조의 신이며, 신성한 술을 빚는 주신(酒神)으로서 야마토의 미와산에 있는 미와 신사(三輪神社)에 안치되어 있는데, 뱀의 형상을 하고 있어 뱀신(蛇神)으로 여겨지기도 한다.

야마토토토히모모소히메미코토는 국토창조의 신인 오모노누시가미의 아내가 되었다. 그런데 오모노누시가미는 다른 남편들과 달리 낮에는 오지 않고 밤에만 찾아오기 때문에, 아내는 남편의 모습을 전혀 알 수가 없었다. 늘 남편의 모습을 궁금하게 여기던 아내는 어느 날, 그에게 간곡히 부탁한다.

"당신이 항상 낮에 오시지 않아서, 그 아름다운 얼굴을 분명하게 볼 수가 없습니다. 부디 원하건대, 제발 날이 밝아오는 아침까지 잠시 동안 내 곁에 머물러 주십시오. 밝아오는 이른 아침에 당신의 아름다운 용모를 우러러 볼 수 있길 바라니까요."

"오, 당신의 말이 이치에 맞는구려. 그러면 내가 밝아오는 이른 아침에 당신의 화장첩 속에 들어가 있을 테니, 나의 형체를 보고 부디 놀라지 마시오."

이 말에 야마토토토히모모소히메미코토는 마음속으로 아주 이상하게 여겼다. 마침내 날이 밝아 화장첩 속을 들여다보니, 속옷끈처럼 가늘고 긴 아름다운 뱀 한 마리가 들어 있는 것이었다. 이것을 발견한 그녀는 너무 놀라 울부짖었다. 이에 오모노누시가미는 크게 놀라며 곧바로 사람의 형상으로 변해서 아내에게 말했다.

"그대는 참지 못하고 내게 부끄러움을 주었소. 이번에는 내가 그대에게 부끄러움을 되돌려 줄 것이오."

말을 마친 오모노누시가미는 허공을 밟고 미와산으로 올라가버렸다. 남편이 사라져가는 뒷모습을 보며 야마토토토히모모소히메미코토는 후회하면서 털썩 주저앉았다. 그때 공교롭게도 야마토토토히모모소히메미코토는 음부에 젓가락이 찔려 그만 죽고야 말았다. 그녀의 시신은 오이치(大市)에 장사지내게 되었는데, 당시 사람들은 이를 '젓가락무덤'(箸の墳墓)이라고 불렀다. 이 무덤은 낮에는 사람들이 만들고, 밤에는 신이 만들었다. 오사카산의 돌을 운반해 만들었는데, 산에서 무덤까지 사람들이 연이어 손에서 손으로 돌을 운반했다. 당시 사람들은

이러한 광경을 보고 다음과 같이 노래 불렀다고 한다.

오사카산에 산기슭에서부터 산 정상까지 계속되고 있는 많은 돌을(많은
부역자를 늘어 세워) 손에 손으로 운반하면 밑으로 운반할 수 있겠지요.

음부에 젓가락 같은 물건에 찔려 죽게 된 여성에 대한 이야기는 이
외에도 『고지키』(古事記)에 전해지고 있다.

아메노하토리메(天の服織女)가 신의(神衣)를 짜고 있었을 때, 스사노오노
미코토(須佐之男命)가 말가죽을 벗겨서 베를 짜는 방안으로 던져넣었기 때
문에, 놀라서 베틀의 끝 부분에 음부를 찔려 죽었다.

위의 이야기들은 다음과 같은 점을 고려해보면 더욱 재미있다. 아
메노하토리메가 베틀의 끝부분에 음부를 찔리는 것은 충분히 있을 수
있는 설정이지만, 야마토토토히모모소히메미코토의 경우는 아침에 일
어나 화장첩을 보았을 때 일어난 사건이지, 식사 중에 일어난 사건은
아니기 때문에, 젓가락에 음부를 찔렸다고 하는 설정은 필연성이 없는
것이다. 따라서 이것은 '젓가락무덤'의 기원을 '오모노누시가미와 야마
토토토히모모소히메미코토와의 신혼(神婚) 설화'로 결부시킨 기원설화
의 한 방법으로 보는 것이 바람직하다. 그러므로 젓가락무덤의 '젓가
락'(箸)은 원래 젓가락이 아니었으리라고 추측할 수 있다.

또한 '당시 사람들의 노래(時人歌)라고 하는 것은 원래 중국의 사서

(史書)인 『후한서』(後漢書), 『진서』(晋書) 등에 '시인어왈'(時人語曰), '시인요왈'(時人謠曰), '시인가지왈'(時人歌之曰)이라고 하는 형태로 종종 보이는 것으로, 그 내용은 사회적 사건에 대한 비평이자 '동요'(童謠), '요가'(謠歌)로 연결되는 면을 갖고 있다.

　『니혼쇼키』의 '당시 사람들의 노래'도 내용적으로는 사회적 사건에 관한 비평이며, 중국 사서의 서술방법을 모방한 것으로 볼 수 있다. 이는 전조가(前兆歌)로서의 동요와도 다르고, 가사도 사서의 기술자에 의해 만들어진 것으로 볼 수 있다. 그 점은 '모노가타리 노래'(物語歌)와 똑같지만, 모노가타리 노래는 이야기 속 등장인물의 노래인데 비해 '당시 사람들의 노래'는 제삼자의 입장에 있는 불특정 다수 사람들이 부른 노래라고 하는 것이다. 이러한 점에서 사회 비평적인 노래로서의 성격이 인정되는 것이다.

이즈모의 구니비키 신화

『出雲国風土紀』

【임경화】

    지금으로부터 1,300여 년 전, 일본열도에는 중국에서 들여온 율령을 바탕으로 야마토(大和)를 도읍으로 하는 중앙집권적 고대국가가 형성되었다. 그 고대국가는 7세기 중엽 이후 국호를 '일본'(日本), 왕호를 '천황'(天皇)이라 정하고, 국가 정비작업의 일환으로 천황이나 국가의 유래를 역사의 체제로 정리하여 그 정당성을 통시적으로 부여하는 『고지키』(古事記, 712), 『니혼쇼키』(日本書紀, 720) 등의 사서-이하 '기키(記紀)로 통칭-를 편찬한다.

    또한 670년에는 판도 내의 각 지역을 공간적으로 장악하기 위해 호적의 작성에 착수하는 한편, 713년 중앙에서 파견된 지방장관인 국사(国司)에게 각 지방의 지명의 유래, 지형, 산물, 전설 등을 기록한 지지(地誌)의 편술을 명한다.

    이에 따라 공문서의 형태-율령의 용어로는 '解'-로 찬진된 것이 바로 『후도키』(風土紀)인데, 호적의 작성이 판도 내 주민을 토지와 결부시켜 '인두적'(人頭的)으로 지배하려는 것이라면, 『후도키』의 편집의도는 중앙에 의한 각 지방을 '문화적'으로 장악하려는 것이었다고 볼 수 있다. 그 가운데 현재의 시마네현(島根県) 동부지역에 해당하는 이즈모국(出雲国) 내의 9개 군(郡)의 풍토, 산물, 전승 등의 실태를 기록한 『이즈모국 후도키』는 편술의 조칙이 내린 20년 후인 733년에 찬진된 것으로, 결락이나 생략이 거의 없는 완본의 상태로 남아 있는 유일한 것이다. 여기에서 살펴볼 '이즈모 구니비키 신화'란, 바로 『이즈모국 후도키』에 가장 먼저 기재된 오우군(意宇郡)의 군명(郡名) 유래담에 해당한다.

'오우(意宇)라고 부르는 이유는… '으로 시작되는 이 유래담은 내용상 장문으로 된 전반부와 단문의 후반부로 나뉘어져 있다. 전반부는 야쓰카미즈오미쓰노노미코토(八束水臣津野命)라는 거대한 신이 이즈모국이 너무 좁기 때문에 신라의 미사키(三崎), 사키국(佐伎国), 누나미국(農波国), 고시국(越国)의 쓰쓰노사키(都都の崎)의 4곳에서 여분의 땅을 잘라 밧줄로 끌어와서 이어붙임으로써 현재의 시마네반도를 만들었다는 국토창생에 대한 웅대한 신화의 성격을 띠고 있는 부분이다.

이 전반부를 특별히 구니비키(国引き) 신화라고 부르기도 하는데, '구니비키'는 '국토 당기기'란 뜻으로 구니비키 관한 서술이 미사여구를 동반하는 율문(律文)으로 4회에 걸쳐 반복된다. 이어지는 후반부에는 국토 당기기가 끝난 후, 거인 신이 '오에'라고 했기 때문에 거기에서 '오우'라는 군명이 유래했다는 내력이 간단히 첨가되어, 서두와 호응관계를 이룬다.

하지만 전반부와 후반부는 긴밀히 연결되어 있지 않아, 현재의 『후도키』 연구 수준에서는 서두와 결말부분이 호응하는 지명유래담을 기술하는 틀 안에 이즈모 지방의 토착신화가 편재되었다고 보는 것이 정설이다.

'이즈모 신화'는 『고지키』 상권의 3분의 1을 차지하는 국가신화의 일부로, 결코 각 지역의 토착신화라고는 할 수 없는 중요한 요소이기도 하다. 하지만 『이즈모국 후도키』 안에 단편적으로 실려 있는 신화군은 이미 국가신화화한 기키의 이즈모 신화와는 중첩되지 않는 별개의 내용으로, 보다 현지인들의 일상에 밀착한 전승으로 파악된다. 그러므로 『후도키』의 편찬은, 이러한 기층적 전승을 군명유래담 속에 배치하는 것을 통해 지방을 중앙국가의 질서하에 수렴해가는 영위로 볼 수 있다.

문제가 되는 것은, 구니비키 신화 중에 창생신이 이즈모국을 완성하기 위해 신라에서 국토를 떼어왔다는 부분이다. 시마네현은 지리적 위치상 한반도와의 교류가 일찍부터 주시되어-일본에서 '다케시마'(竹島)라고 부르는 '독도'도 시마네현에 속해 있다-왔으며, 근래의 고고학적 성과도 이를 강력하게 뒷받침하고 있다.

따라서 구니비키 신화는 이즈모 지역의 한반도와의 복잡한 역학관계를 모티브로 한 것이라 할 수 있다. 즉 강력한 중앙집권적 고대국가에 편재되어 간 이즈모가 중앙과는 독자적으로 한반도와 관계한 사실이 구니비키 신화라는 전승의 형태로 남아 있는 것이다. 이를 근거로 근대의 '대일본제국'의 식민지 획득 정책과 고대의 이즈모의 영토 확장에 관한 신화를 무매개적으로 연결시켜 예로부터 지금까지 이어지는 일본 혹은 일본인의 침략성을 강조하고 있는 것이다.

실제로 근대 대일본제국 정부도 구니비키 신화를 일본의 진취적

기상이라는 '전통'의 이름으로 강조하여 식민지 획득 정책에 이용하기도 했다. 대표적인 예를 들면, 만주사변을 일으켜 대륙 침략을 노골화해가는 속에서 1933년부터 사용된 제4차 소학교 2학년용 국정교과서 『소학국어독본 3』에 「구니비키」(国引き)라는 단원을 만들었고, 국가총동원법이 실시된 1938년 이후에는 식민지조선의 제4차 조선총독부 편찬 『초등국어독본 3』에도 동일한 단원을 게재하여 황민화교육에 활용한다.

오늘날 많은 사람들이 '예로부터 일본은 영토에 대한 집착이 강했다'는 단정을 내리게 된 데는 이러한 역사적인 배경도 무시할 수 없다.

하지만 근대의 특수한 사항을 고대로 소급하여 일본인의 성질을 단정하는 태도에는, 고대국가의 지방 지배를 둘러싼 메커니즘이 무시된 채, 단일하고 균질한 초역사적 일본에 대한 편견이 전제되어 있다.

이러한 인식태도가 갖는 치명적인 위험성은 근대 일본이 걸었던 오류의 역사를 체계적으로 비판하고 한일 간의 새로운 관계를 구축해가려는 지적 성찰을 마비시킨다는 점에 있다. 뿐만 아니라 이러한 일본인론을 창출해가는 구조는, 실은 전시 익찬체제하에 소학교 국어교과서나 문부성 교학국의 『신민의 길』(臣民の道, 1941)에서 『만요슈』(万葉集)에 수록된 와카 '오늘부터는 뒤돌아보지 않고 천황의 방패로 나아가려 한다' 등을 예시하여 '충군애국'을 '만고불변의 국민정신(国民精神)'으로 강조한 것, 그리고 궁극적으로는 '만세일계'(万世一系)라는 수식어를 동반한 천황제의 영속성을 설파하는 구조와 다르지 않다.

이러한 두 가지의 예는 근대 일본의 제국주의적 침략성을 강조하거나, 전시 일본 국민의 애국심을 강조하는 언설(言説)을 기원으로 소급시켜 일본 민족의 실제성을 총체적으로 생산하는 구조 속에 있기 때문이다. 즉 전자를 고집하는 이상, 후자를 비판하는 근거도 소멸되어 버리는 모순을 안고 있는 셈이 된다.

이를 극복하기 위해서는 고대의 일본열도에 다양하게 존재했던 정치, 사회체제를 타자화(他者化)하여 파악하는 것이 필수적으로 요구된다. 그리고 '예로 부터'와 같은 레토릭을 설정하는 것의 심각성 또한 간과해서는 안 된다. 이것이 현대를 사는 우리가 근대 제국주의 국가 일본의 실패를 거울삼는 길이다.

시가문학의 발단이 된 우타가키

『常陸風土記』

【사이토아사코】

고대 일본인들은 주변의 자연 속에서 신을 찾아내어, 그와 함께 살아가는 것을 하나의 기쁨이자 운명으로 삼았다. 이렇듯 신과 함께 살아가는 이들에게 봄의 씨뿌리기와 가을걷이는 생존을 위한 행위임과 동시에 신의 존재를 의식하는 중요한 종교의식이었다. 따라서 이들은 봄과 가을에 적당한 길일을 택해 자신의 마을만이 아니라 주위의 공동체들까지도 포함시켜 성대한 잔치를 열었다.

8세기에 쓰여진 『히타치 후도키』(常陸風土記)에는 그 모습을 이렇게 기록하고 있다.

꽃 피는 봄과 잎이 노랗게 물들 즈음이 되면, 산 너머 동쪽에 사는 사람들은 모두 모여, 산에 먹을 것을 지고 올라가서는 함께 즐긴다.

이들은 주변이 내려다보이는 나즈막한 산에 올라가 평평한 곳에 제단을 쌓고, 먼저 신께 풍년의 기도를 드린 다음 시를 읊었다.

아름다운 땅, 아름다운 논, 아름다운 사람들

시는 주위의 모든 것을 찬양하는 내용이며, 이 찬양을 흔히 '노리토'(祝詞)라고 부른다. 이러한 무조건적인 찬양은 '좋은 내용을 말하면 좋은 운명이 찾아들고, 거꾸로 나쁜 말을 뱉어내면 나쁜 운명이 찾아온다'고 믿었던 옛 사람들의 고토다마 신앙(言霊信仰)에서 비롯된 것이다. 옛 사람들은 말에는 어떤 '혼'(魂)이 담겼다고 믿었으며, 이러한 찬양의 말을 함으로써 주변의 신들이 긍정적인 측면에서 강한 생명력을 지니게 된다고 믿었던 것이다.

풍년의 기원이 끝나면, 젊은 사람들은 둥글게 원을 그린 다음 신께 술을 바쳤다. 그런 다음 춤을 추고, 사랑의 시를 읊어 상대를 고르는 '우타가키'(歌垣) 혹은 '가가이'(嬥歌)라고도 불리는 축제가 벌어졌다. 『후도키』에 기록되어 있는 위의 글귀야말로 고대 일본의 결혼풍습을 그대로 말해줌과 동시에 우타가키가 일본에 있어 시가문학의 발단이 되었음을 보여주는 예이다.

오늘날에도 남녀의 만남이란 상호 커뮤니케이션이 이루어지지 않으면 불가능한 것처럼, 모든 '말'에 혼이 존재했다고 인식했던 시절이기에, 서로 간에 사랑의 시를 읊는다는 것은 그 사랑을 성취하기 위한 치열한 신경전을 벌이는 것이었던 셈이다. 상대를 고르기 위해서라도 스스로의 학식과 재능을 키워야 했을 것이며 이러한 가운데 즉흥 시인들이 탄생되었고 문예의식이 발생된 것이다. 일본의 예능과 문학은 이처럼 우타가키에서 비롯된 것이라 할 수 있다.

『히타치 후도키』에 기록된 '동자녀의 소나무' 이야기는 앞서 언급한 우타가키의 밤에 있었던 젊은 남녀의 뜨거운 사랑을 다룬 것이다.

옛날, 신을 섬긴 아름다운 용모의 한 쌍의 남녀가 있었다. 어느 우타가키의 축제가 벌어진 밤, 둘은 서로 사랑의 시를 읊었는데, 그 결과 두 사람은 부부의 연으로 맺어져 함께 신전을 빠져나왔다. 사랑에 빠진 두 남녀가 시간 가는 줄도 모르고 사랑을 속삭이다가, 주위를 둘러보니 어느새 해는 중천에 뜨고, 새들이 날아다니는 시간이 되어 있었다. 이에 둘은 부끄러움을 이기지 못하고 한 쌍의 암수 소나무로 변해 버렸다.

이처럼 우타가키의 밤에는 남녀의 자유로운 성관계가 허용-물론 오늘날에는 그렇지 않다-되었으며, 이 이야기에 등장하는 남녀처럼 평소부터 연정을 품었던 사람들은 이 기회를 이용할 수 있었고, 심지어 생면부지의 사람끼리 맺어진 경우도 있었다. 그런가 하면 그때마다 상대를 바꾸는 시에 능한 여인도 있었으며, 유부녀의 참가도 허용되었다.

일본 최고(最古)의 시가집인 『만요슈』(万葉集) 9권에 수록된 1759번의 노래에는 남녀가 우타가키에 참가하는 모습을 다음과 같이 묘사하고 있다.

쓰쿠바 산중의 연못가에 남녀가 모여 시를 읊을지어다
나도 다른 사람의 부인과 맺어질 터이니, 내 부인에게도 말을 걸도록 하시게나
이 산을 다스리는 신께서 허락하신 일

오늘만큼은 내버려두게, 탓하지도 말게나

　　고대인들은 우타가키 날이면 스스로를 신이라 여겼으므로, 이날 아이를 갖게 되면 그것은 곧 신께서 보내주신 아이라고 믿었다. 사람의 행위가 식물에게도 생명력을 지니게 한다고 여겼던 시절이기에, 아이의 탄생이란 자연에 있어서 일종의 수확과도 같은 셈이다. 아이의 탄생이란 그 공동체에 있어서는 기뻐해야 할 일이며 비난받을 사항이 아니었다. 따라서 우타가키란 바로 생명에 대한 외경(畏敬)과 기도의 한 형태라고도 해석할 수 있다. 당시 사람들에게 있어 우타가키란 신의 마음을 위로하고 자신들도 즐긴다는 두 가지 성격을 동시에 지니고 있었다.
　　당시의 혼인 형태 역시 이러한 우타가키의 발생요소로 생각된다. 오늘날의 결혼이란 여성이 남성의 집에서 함께 사는 것이 일반적이지만, 고대 일본에서는 연애 시절뿐만 아니라, 결혼을 한 후에도 남성은 밤에 부인의 집을 방문하고는 새벽에 자신의 집으로 돌아갔다. 그래서 태어난 아이의 이름을 짓는 것도 양육권도 모두 어머니에게 있는 것이었기에 아이가 아버지와 함께 생활하는 경우는 없었다. 이러한 토대를 가지고 있는 것이 우타가키이며, 남녀의 혼인관계에 있어서 매우 중요한 요소로서 작용했을 것이다.
　　우타가키가 행해졌던 장소는 전국적으로 넓게 분포되어 있지만, 문헌에 기록된 일본 3대 우타가키의 명소는 셋쓰(摂津:오늘날의 오사카 부근)의 우타가키산, 히타치(常陸:오늘날의 이바라기현 쓰쿠바시)의 쓰쿠바산(筑波山), 히젠(肥前:오늘날의 사가현)의 기시마산(杵島山)이다.

애욕을 못 이겨 길상천녀를 범한 우바새

『日本霊異記』

【이예안】

　　길상천녀(吉祥天女)를 범한 우바새(優婆塞)에 관한 설화는 일본 최초의 불교설화집『니혼료이키』(日本霊異記) 중권 13번째에 실려 있다. 길상천녀는 복덕(福德)과 미(美)의 여신이며, 우바새는 출가(出家)하지 않고 부처의 제자가 된 남자를 말한다. 중권 13은 세속에서 말하는 선(善)-길상천녀에 대한 우바새의 사랑-과, 불교에서 말하는 선-길상천녀에 대한 우바새의 신앙-이 중첩되어 나타난다는 점에서『니혼료이키』의 특질을 가장 잘 표현했다고 볼 수 있다.

　　『니혼료이키』에서 말하는 선이란 부처와 보살에 대한 신앙, 경전(経典)의 독송(読誦)과 서사(書写), 방생(放生) 등이며, 악이란 승려나 교단(教団)에 대한 박해(迫害) 및 파괴, 살생, 사음(邪婬), 도둑질 등이다. 이 설화는 선인선과(善因善果)나 악인악과(悪因悪果)의 이야기가 아니다. 우바새는 '사음'이라는 악을 행하지만 결과가 나쁜 것만은 아니었다. 따라서 이 설화를 인과응보적인 내용으로만 볼 수는 없다.

쇼무(聖武) 천황 때 시나노(信濃) 마을의 사람인 우바새가 이즈미(和泉) 마을에 있는 절에 와서 살았다. 그 절에는 길상천녀상이 있었는데, 우바새가 길상천녀상을 보고 애욕을 느꼈다. 그래서 매일 부처님 앞에서 경을 낭송하거나 치성을 드릴 때마다 '길상천녀와 같은 미녀를 만나게 해달라'고 기도했다.

간절하게 기도를 드리던 어느 날, 우바새는 길상천녀와 관계를 맺는 꿈을 꾸었다. 그런데 다음 날 길상천녀상을 보니 하부(下部)가 정액으로 더러워져 있는 것이었다.

"저는 길상천녀와 닮은 여자를 원했습니다. 어째서 길상천녀 자신이 직접 저와 정을 통했습니까?"

우바새는 부끄러워 혼잣말을 했다. 그런데 한 제자가 몰래 우바새의 말을 들었다. 그 일이 일어난 후, 그 제자는 우바새에게 무례한 행동을 하여 절에서 내쫓겼다. 그는 마을에 와서 스승인 우바새가 길상천녀와 관계를 맺은 사실을 퍼뜨렸다. 마을 사람들이 진위를 알기 위해 절에 몰려가 길상천녀상을 봤더니 그의 말과 다름이 없었다. 더 이상 숨길수 없는 지경에 이른 우바새는 사정을 설명했다.

설화 끝부분을 보면, 편자(編者)는 두 가지 시각으로 이 설화를 보고 있다. '깊이 믿으면 부처와 통하지 않는 것이 없다. 이것은 신기한 일이다'라는 평(評)과 함께 열반경(涅槃経)을 인용해서 '음욕'(淫欲)이 지나치게 과다한 사람은 그림 속 여자에게조차도 욕정을 느낀다'라고, 음행(淫行)을 경계하는 『니혼료이키』의 평도 함께 실려 있다.

설화의 주인공은 반은 중이요, 반은 속인인 우바새이다. 반은 속인이라 해도 절에 살고 있으며 제자도 있는 몸인데 길상천녀상과 닮은 여자를 원했다. 우바새의 소원은 이루어지지 않았지만, 꿈속에서나마 정을 통할 수 있었다. 길상천녀상에 남아 있던 흔적이 그 증거이다.

고대인들은 꿈을 신이나 부처 또는 망자(亡者)로부터의 계시라고 여겼으며, 꿈속에서의 일은 현실로 믿어졌다. 그러므로 우바새가 길상천녀와 관계를 맺었다는 꿈은 하나의 사실로 받아들여진 것이다.

『니혼료이키』에는 인간이 절실히 기원하면 이루어진다는 이야기가 많다. 위기를 극복하지 못해 부처에게 도움을 청한다는 이야기가 가장 많고, 병을 고치고 복을 얻고 싶다는 기원 등 그 시대에 살았던 인간의 세상에 대한 바람과 소망이 눈에 띈다. 생명의 위험, 병고, 가난의 끝에서 부처에게 바라는 간절한 기원은 그 자체가 믿음이다. 다시 말해, 간절한 기원은 부처와의 만남이다. 우바새의 길상천녀에 대한 기원은 믿음인 것이다. 그래서 길상천녀가 직접 꿈에 나타나 소원을 성취시켜 준다. 즉 부처는 우바새를 위하고자 하는 자비로운 동기에서 움직였던 것이다. 길상천녀와 같은 미녀를 달라는 우바새가 기원한 내용은, 불교의 계율에서 볼 때는 죄에 해당된다. 편자는 우바새의 사랑을 '음욕'으로 파악하고 애욕의 죄로서 파악하려 했다. 그러나 우바새가 길상천녀상에 기원한 행위는 깊은 신앙심이라고 볼 수도 있다.

과연 신앙심과 애욕의 차이는 어디에 있을까? 『니혼료이키』 하권 18번째 설화와 비교해보면 그 차이점을 알 수 있을 듯하다. 이 설화는 남에게 부탁 받아 절에서 법화경을 옮겨 적던 경사가 그곳에서 봉사하는 여성에게 욕정을 일으켜 성행위를 하자마자 둘 다 죽는다는 내용이다. 주인공인 경사의 행위를 편자는 사음이라 단정하고, 사음을 악인(惡因)으로, 죽음을 악과(惡果)로 해석하고 있다.

『니혼료이키』중권 13설화에서 우바새가 길상천녀상에 기원한 소망은 심신에 바탕을 둔 기원인데 반해, 하권 18설화에서 경사의 행위는 애욕의 한계를 넘은 사음(邪淫)이다. 양자의 근본적인 차이는 신앙의 유무이다.

『니혼료이키』에 수록된 길상천녀상에 관한 설화는 중권 14번째에도 실려 있다.

쇼무 천황 때 왕족 23인이 모임을 만들어서 돌아가면서 서로 접대했다. 한 가난한 여왕이 있었는데 그 모임의 일원이었다. 다른 동료는 이미 접대를 끝냈는데, 가난한 여왕은 향응을 위한 음식을 준비할 방법이 없었다. 이 여왕은 최후의 수단으로 길상천녀상에게 '재물을 달라'고 빌었다. 때마침 여왕의 집에 유모가 찾아왔는데 손님이 온다고 하여 진수성찬을 가지고 왔다는 것이었다. 유모 덕분에 여왕은 다행히도 자신의 역할을 다할 수 있었다. 사실 유모는 길상천녀의 화신이었다.

이 설화에서도 편자는 가난한 여왕이 길상천녀상에 기원하니 길상천녀가 소원에 응해서 복을 받게 되었다고 해석하고 있다.

인간의 소원, 즉 바라는 바에 대해 다시 중권 13번째의 우바새와 길상천녀상의 이야기로 돌아가보자. 우바새 소원은 길상천녀상의 요염

한 모습에 매료되었던 데서 일어난 소원일 것이다. 그런데 여기서 또다른 의문이 생긴다. 우바새가 바라던 여인은 길상천녀와 닮은 미녀였는데 왜 길상천녀는 직접 우바새와 정을 통했을까? 게다가 길상천녀상에 부정의 흔적을 남기면서까지. 이것은 길상천녀 스스로 자신을 모독하는 행위가 아닌가?

그 해답의 열쇠는 우바새가 길상천녀상에 묻어 있는 부정의 흔적을 보고 부끄러워했다는 데 있다고 볼 수 있다. 즉 길상천녀는 스스로를 더럽혀서라도 우바새의 잘못을 깨우치려고 했던 것이다. 이런 방법으로 인간으로 하여금 진리를 깨닫게 하려는 길상천녀의 자비를 보여주고자 했던 것으로 본다면, 애욕은 인간과 부처와의 통로의 하나로 볼 수 있을 것이라고 생각된다.

우바새의 소원을 애욕으로 생각하든 믿음으로 생각하든 인간의 애욕 또는 믿음의 끝에서 비로소 부처를 체험한다는 『니혼료이키』 편자의 생각을 엿볼 수 있는 설화이다. 그리고 부처는 항시 우리 주변에 실재하고 있고, 세속인이든 불제자이든 믿음을 바탕으로 한 소원에는 반드시 부처가 응한다고 하는 측면에서 본다면 '인과의 법칙'이 잘 나타나 있다고 할 수 있다.

쇼토쿠 태자의 탄생설화

『聖德太子伝曆』

【마쓰모토신스케】

　　쇼토쿠 태자(聖德太子, 574~622)는 요메이(用明) 천황과 아나호베 노하시히토(穴穂部間人) 황후 사이에서 태어나, 스이코(推古) 천황시대인 596년에 섭정(攝政) 지위에 올라가 정치의 최고 책임자가 되었다. 일본에 불교를 보급시켰고, 17가지 헌법을 제정했으며, 수(隋) 나라에 사자를 파견한, 일본 정치체제를 확립한 인물이라고 할 수 있다.

　　쇼토쿠 태자가 오늘날 일본인에게도 유명한 것은 오랫동안 지폐에 그의 초상이 인쇄되어 있는 때문이기도 하다. 그가 지폐에 등장한 1930년부터, 이후 1984년부터 현재까지 통용되고 있는 지폐까지 친다면 모두 7 가지 지폐에 그의 초상이 사용되어 왔다.

　　이렇게 유명한 쇼토쿠 태자이지만, 그에 관한 기록은 전설적인 요소가 너무 많다. 쇼토쿠 태자의 전기는 사후 약 100년부터 활발하게 만들어졌으므로, 그에 관한 기록은 많지만 대부분 사실이라고 인정할 수 없는 것들이다. 쇼토쿠 태자가 신앙의 대상이 되면서 여러 전설들이 부가되었기 때문이다.

우선 그의 탄생설화부터 신비에 싸여 있다. 쇼토쿠 태자의 별명은 '우마야도노미코'(厩戸皇子·'厩'는 마구간을 의미)로, 그가 마구간 부근에서 탄생했다는 설화에 유래한다. 오늘날까지 전하는 쇼토쿠 태자에 관한 기록으로 가장 오래된『니혼쇼키』(日本書紀)나『상궁쇼토쿠법황제설』(上宮聖徳法皇帝説)에 따르면, 어머니가 마구간 부근을 지날 때 그를 출산했다고 한다. 이것이 점점 전설화되어가고 9세기경에 쓰인『상궁쇼토쿠태자전보궐기』(上宮聖徳太子伝補闕記)나 10세기경의『쇼토쿠 태자전력』(聖徳太子伝暦)에는 다음과 같은 내용이 실려 있다.

아나호베노하시히토 황후는 어느날 밤 금빛 휘황찬란한 스님이 눈앞에 나타나 황후의 입을 통해 몸 안으로 들어가는 꿈을 꾸었다. 다음날 일어난 황후는 자신이 임신한 사실을 알게 되었다. 8개월 후 태아의 목소리가 들렸지만, 1년이 다 되도록 출산하지 못하고 있었다. 그러다 마침내 황후가 꿈을 꾼지 1년 후, 마구간을 지나가다가 갑자기 산기가 돌아서 쇼토쿠 태자를 낳았다.

빛에 반응하여 위대한 인물이 태어나는 설화는 우리나라나 중국에서도 발견할 수 있는, 고대에 있어서는 별로 진기한 설화가 아니다. 그러나 이 탄생설화는 성서에 나온 예수 그리스도의 탄생설화와 비슷하다는 점에 그 특색이 있다.

성서에는 성모 마리아가 꿈속에서 천사 가브리엘을 보고 남아 수태(受胎)를 알게 되는 이야기가 있다. 그리고 예수가 마구간에서 탄생

했다고도 한다. 또한 쇼토쿠 태자의
전기를 보면 쇼토쿠 태자가 12살 때
니치라(日羅)라는 일본계 백제인이
쇼토쿠 태자를 성인이라고 해서 예
배하는 설화가 있다. 이것도 예수가
세례 요한에게 구세주라고 인정되
었다는 설화와 흡사하다.

　이러한 유사점이 과연 우연의
일치일까? 이에 관한 연구를 적극
개진한 사람은 구메 구니타케(久米
邦武, 1839~1931 : 역사학자. 동경대
학교 교수 역임)로, 실증사학의 개척
자로 꼽히는 학자이다. 이러한 구

쇼토쿠 태자의 초상.

니타케가 예수와 태자 전설이 관련이 있다고 한 까닭은 무엇일까?

　7세기경 중국에는 '경교'(景敎)라고 불리는 기독교의 일파가 전해
져 있었다. 431년 서양에서 이단 판정을 받은 경교는, 중국으로 유입
되어 635년에 관계자가 공식적으로 중국 황제를 방문한다. 이후 종교
활동을 전개하여 경전을 번역하거나 사원을 건설하는 등 중국에 정착
하게 된다. 당시 일본은 중국으로 유학생을 파견하고 있었기에, 구메
는 이 유학생들이 중국에서 경교를 알게 되어 성서의 전설을 일본에 전
했고 그 영향으로 쇼토쿠 태자 탄생설화가 만들어졌을 것이라고 추정
한다. 하지만 이를 직접적으로 증명하는 사료는 없고, 소위 상황 증거

만 있을 뿐이다.

그리고 일본사회에 경교의 흔적은 전혀 없는데 쇼토쿠 태자의 전기만 성서의 영향을 받았다는 것은 설득력이 약하다.

그러나 쇼토쿠 태자의 전기 중에는 이런 식으로 국제적인 상상력을 자극하는 것이 많으며, 이러한 전설이 실제로 역사를 움직인 적도 있었다. 그것이 감진(鑑眞, 688~763)의 일본 도래(渡来)이다.

감진은 중국 출신의 승려로 일본에 계율을 전달한 인물이다. 배를 타고 일본에 가기가 무척이나 힘들었던 당시, 실명(失明)이라는 어려움까지 이겨내며 6차례나 시도한 끝에 오키나와(沖縄)를 경유해서 일본에 건너왔다. 중국에서도 상당히 높은 지위를 가졌던 감진이 당시 후진국에 불과한 일본으로 온 것은 다음과 같은 이유 때문이다.

중국에서는 감진이 살던 시대에 천태종(天台宗)의 시조인 남악혜사(南嶽慧思)가 일본 왕자로 다시 태어났다는 전설이 있었다. 감진은 계율을 배움과 동시에 천태종에도 귀의했다. 많은 어려움을 무릅쓰고 그가 일본에 온 이유는 혜사 탄생의 전설이 있었기 때문이라고 한다. 그러나 중국에서는 혜사가 왕자로 다시 태어났다고 하는데, 일본에서는 그 왕자가 쇼토쿠 태자에 해당한다고 해석했다. 실제로는 혜사가 죽기 전에 태자가 탄생했기 때문에 이 설은 근본적으로 성립되지 않지만, 태자 신앙에 적지 않은 영향을 끼쳤다.

또한 쇼토쿠 태자와 한국과의 관계도 깊다. 태자의 스승은 고구려에서 온 혜자(惠慈)였다. 그리고 쇼토쿠 태자가 설립한 사천왕사(四天王寺)에는 구세관음상(救世観音像)을 백제국왕이 보냈다는 전설도 있다.

　그 외에도 쇼토쿠 태자에 관한 전설은 많다. 쇼토쿠 태자가 우리나라 사람이라는 말도 있고 또는 중국인이라고도 한다. 심지어는 '쇼토쿠 태자는 존재하지 않았다'는 논쟁조차 일어날 정도인데, 그만큼 전설이 많다는 것이다. 진위(真偽)에 관계없이 쇼토쿠 태자는 오늘날 일본인의 정신 세계에 시속석으로 영향력을 미지고 있는 것이다.

소박하고 힘찬 진실의 시 세계

『万葉集』

【박일호】

『만요슈』(万葉集)는 나라시대 말기(759년 이후)에 오토모노 야카모치(大伴家持) 등에 의해 편찬된 일본 최고, 최대의 가집으로 와카(和歌)의 원천이라 할 수 있다. 『만요슈』에서는 개인의식이 싹틈에 따라 집단으로 읊었던 상대 가요가 점차 쇠퇴하고, 자신의 감정을 표현하는 개성적인 와카를 많이 읊게 되었다. 또한 음수율도 5·7이 정형화되고, 음송(吟誦)하는 가요에서 문자로 기술한 가집이 편찬된 것이다.

히라가나 및 가타카나의 발명 이전이기 때문에, 『만요슈』의 표기는 한자의 음훈을 이용하거나 1자 1음식으로 표기하는 소위 '만요가나'(万葉仮名)로 되어있다. 『만요슈』는 총 20권으로 구성되어 있으며, 노래 수는 4,500여 수를 담고 있다. 이 중에서 단가가 약 4,200수, 장가가 약 260수, 세도카가 약 60수, 렌가(連歌)가 1수, 붓소쿠세키카가 1수로, 단가가 전체의 93% 정도를 차지하고 있다. 이를 내용별로 분류하면 조카(雜歌), 소몬(相聞), 반카(挽歌)로 나눌 수 있다.

작자는 천황으로부터 관리, 승려, 농민에 이르기까지 폭넓은 계층에 걸쳐 500여 명이나 되고, 시대는 닌토쿠(仁德, 290~399) 천황 때부터 759년 오토모노 야카모치의 노래까지 약 450여 년에 걸쳐 있다. 그러나 대부분의 노래는 629년 조메이(舒明, 593~641) 천황이 즉위한 해부터 759년까지 130년간의 작품이다. 또한 작품의 배경이 되는 지역도 야마토를 중심으로 아즈마(東国)에서 규슈(九州)에까지 걸쳐 있다.

『만요슈』는 가풍의 변천과 유력한 가인의 활동기를 기준으로 다음 4기로 나눈다. 제1기(발생기)는 다이카(大化, 645)개신을 전후해서 임신란(壬申乱, 672) 때까지, 제2기(확립기)는 후지와라쿄(藤原京)에 도읍 이 있던 시기로 672년부터 710년까지의 약 40년간이며, 제3기(성숙기)는 도읍을 헤이조쿄(平城京)로 천도한 710년부터 쇼무(聖武) 천황이 활약하던 나라시대 전기의 20여 년간이며, 제4기(쇠퇴기)는 734년(天平 6년)부터 마지막 노래가 읊어진 759년까지의 25년간이다.

『만요슈』제1기의 작자는 주로 천황이나 황후, 황자 등과 궁중가인들이 많은데, 대표적 가인들로는 조메이 천황, 나카노오에미코(中大兄皇子), 아리마노미코(有馬皇子, 640~58), 누카타노오키미(額田王, 미상) 등을 들 수 있다. 특히 누카타노오키미는 풍부한 감수성을 지니고 궁중에서 집단을 대표하는 노래를 읊기도 하는 여류가인이었다.

나카노오에의 「세 산의 노래」(中大兄の三山歌:卷1, 13~15)는 산들의 삼각관계를 소재로 신화적 세계와 인간, 자연을 노래하고 있다. 세 산이란, 고대 일본의 정치 문화적 중심이었던 야마토(大和:현재 나라현)에 있는 가구산(香具山, 152m), 우네비산(畝傍山, 199m), 미미나시산(耳成山, 140m)이다. 이 산들은 후지와라쿄(藤原京:현재 가시와라시)를 에워싸

듯 각각 동서북에 삼각형 구도로 위치하며 바라보고 있는데, 세 산의 공간적 구도처럼 삼각관계로 서로 다투었다는 전설을 전하고 있다.

[나카노오에의 세 산의 노래]
가구산이 우네비를 사랑스러이 여겨 미미나시와 서로 다투었던 신의 시대부터 이러한 듯하구나. 먼 옛날에도 그러하였으니 우리 인간들도 아내를 얻으려 서로 다투는 것 같구나. (제1권 · 13)

[답가]
가구산과 미미나시산이 서로 다투었을 때에 말리러 찾아온 이나미 평원이여. (제1권 · 14)
해신(海神)의 기다란 깃발 구름에 잠기는 석양을 바라본 오늘밤 맑게 날이 밝기를. (제1권 · 15)

작자인 나카노오에는 덴치(天智, 626~71) 천황으로, 천황에 즉위하기 이전 왕자 시절에 이 노래를 읊었다. 전체적으로 장가(13번)는 세 산의 사랑 다툼이라는 자연계의 남녀 갈등을 전제로 하며 신화적 논리로써 인간의 사랑 다툼을 노래하고 있다. 제1답가(14번)는 이나미 평원을 등장시키며 세 산의 갈등을 실제적으로 전하며, 제2답가(15번)는 이나미 평원이 있는 하리마국(播磨国) 앞바다를 배경으로 펼쳐지는 석양의 장엄함과 붉게 물들며 하늘의 동서를 가로지르는 깃발 구름의 신비로움을 신의 조화로서, 나아가 미래에의 기원을 현실감 있게 읊고 있다. 즉 장가(신화와 인간)→제1답가(신화와 토지)→제2답가(현재의 토지 찬미와 기원)의 순으로 시 세계를 전개시키고 있다.

『만요슈』제2기에는 임신난을 계기로 율령체제는 더욱 정비되고 정치적으로도 안정되어『고지키』,『니혼쇼키』등의 편찬이 이루어진다. 대표적인 가인으로는 가키노모토노 히토마로(柿本人麻呂), 오쓰미코(大津皇子), 다케치노 구로히토(高市黒人) 등이 있다. 특히 히토마로는 웅대한 구상과 장중한 격조로 황실 찬가와 황족의 죽음을 애도하는 인간의 비애를 반카(挽歌)로 읊어 장가의 형식을 완성한 궁정가인이었다.

제3기는 소위 덴표(天平) 문화가 개화하여 시가에도 반영되고, 특히 중국문학과 사상이 크게 영향을 준 시기이며, 가풍도 성숙하여 세련되고 개성이 풍부한 가인들이 많이 출현했다. 야마베노 아카히토(山部赤人)는 자연을 회화적으로 읊어 서경가에 뛰어났으며, 오토모노 다비토(大伴旅人)는 노장사상과 한문학의 영향으로 탈속적인 풍류를 읊었다. 야마노우에노 오쿠라(山上憶良)는 유교와 불교의 소양 위에 서민적인 인간애를 지니고, 사회의 모순이나 현실생활을 와카로 표현했다. 한편 다카하시노 무시마로(高橋虫麻呂)는 사교와 여행의 노래도 있지만 주로 전설을 소재로 한 낭만적인 심정을 서사시적으로 장가를 읊어 독특한 가풍을 열었다.

제4기는 권력 다툼과 율령제의 모순으로 인해 사회가 불안해지고 귀족사회가 동요하기 시작한 때였다. 이러한 분위기는 와카에도 그대로 반영되어, 힘차고 생명력이 넘치는 노래가 쇠퇴하고 옛날을 회고하는 감상적이며 우아한 가풍이 유행하게 되었다. 또 장가가 적어지고 그

수준도 현저하게 떨어졌으며, 와카가 사교(社交)의 도구가 되면서 이지적이고 기교적인 노래가 많아졌다. 제4기는 소위 만요풍(万葉風)에서 고킨풍(古今風, 古今和歌集風)으로의 이행기라고 할 수 있다. 이 시기의 가인으로는 가사노이라쓰메(笠女郎), 오토모노 야카모치(大伴家持) 등이 있다. 특히 오토모노 야카모치는 오토모노 다비토(大伴旅人)의 아들로서, 후지와라씨와의 대립관계에서 집안이 기울어지는 등 정치적으로는 불우했지만, 『만요슈』에는 그의 노래가 약 480수나 실려 있고, 이전의 가풍을 집대성하는 등 이 시대 최고의 가인이었다.

『만요슈』는 중앙 귀족들의 노래만이 아니라, 권14의 아즈마우타(東歌)와 권20의 사키모리우타(防人歌)와 같은 지방 민중들의 소박한 노래도 수록하고 있다. 아즈마우타는 아즈마(東国) 지방 사람들의 연애나 노동을 노래한 것이고, 사키모리우타는 규슈(九州) 북방의 경비로 징병된 아즈마 지방의 병사와 가족들이 읊은 이별이나 망향의 노래이다.

이들의 노래에서는 방언을 사용하고 소박하고 솔직한 민중의 생활 감정을 노래하고 있어 당시 서민들의 애환을 전해주고 있다.

『만요슈』는 일본 고대인의 정서를 집대성한 가집으로, 후대 와카에 크나큰 영향을 미치게 된다. 근세의 국학자 가모노 마부치(賀茂真淵)는 『만요슈』의 솔직하고 소박하며 남성적인 가풍을 '마스라오부리'(ますらおぶり)라고 지적했다.

고대 일본의 가라쿠니 기록

『万葉集』

【구정호】

일본인이 처음으로 접한 문자는 한자(漢字)였다. 기록에 따르면, 서기 57년에 지금의 일본 지역에 있던 왜노국(倭奴国)의 사자가 중국의 낙양(洛陽)으로 광무제를 예방하고, 하사품으로 금도장을 받았는데 거기에 한자가 새겨진 것이다. 그러나 일본인 사이에서 한자가 원활하게 사용되기까지는 의외로 많은 시간이 필요했고, 그때까지의 기나긴 시간적 공백의 중심에 있었던 것은 소위 '도래인'(渡来人)이라고 불리던 한반도와 중국으로부터 건너간 사람들이었다.

『고지키』(古事記)와 『니혼쇼키』(日本書紀)에는 고대 일본과 우리나라의 관계가 기록되어 있다. 284년 백제의 근초고왕(近肖古王)이 아직기(阿直岐)를 보내 일본 왕에게 말 2필을 선사했다. 아직기는 일본으로 건너가 말 기르는 일을 담당하는 것과 더불어 승마술을 전하였다. 그는 경서(経書)에도 능통해서 일본에 글을 가르치면서 일본 조정을 구성하고, 문서를 다루는 최고의 장관직을 맡아 왕을 보좌했다. 일본왕은 그를 태자(太子)의 스승으로 삼았다. 또 아직기에게서 왕인(王仁)을 추천

받아 백제에 사신을 파견하여 그를 초청해 갔다. 바로 이 왕인이 일본에 갈 때, 논어(論語) 10권과 천자문(千字文) 1권을 가지고 건너가 한학(漢学)을 전했다고 한다. 아직기와 왕인은 조정의 문서를 기록하고 관리하는 일을 맡으며, 아직사(阿直史)라는 일본의 귀화씨족의 조상이 되었다.

그러나 한자의 도래가 바로 일본에 있어서 문자문화의 여명을 뜻하는 것은 아니었다. 6세기 후반에 이르기까지 일본인들은 자유자재로 한문을 구사하지 못했고, 그로 인해 많은 업무를 귀화인들의 손에 맡겼다. 이와 같은 상황하에 한반도로부터 건너간 많은 고대 한국인들의 역할이 상당했을 것으로 추측하고 있다. 『니혼쇼키』 문헌에 기록된 바, 백제에서 일본에 오경박사(五經博士)를 파견하였다는 사실을 통해서도 그러한 추측이 가능하다.

고대 일본과 한국과의 관계는 현존하는 일본 최고(最古)의 가집(歌集)인 『만요슈』(万葉集)에서도 살펴볼 수 있다. 『만요슈』에는 당시 신라로 파견되는 사절단의 여정을 토로한 서정적인 작품이 수록되어 있다. 또 우리의 주목을 끄는 인물이 있는데 바로 비구니 리간(理願)이다. 리간은 당시 일본 귀족과의 친분으로 어느 귀족의 집에 기거하고 있었다. 그런데 그 귀족이 온천으로 신병 치료차 출타한 가운데, 주인도 없는 집에서 죽음을 맞이하게 된다. 그 후 주인이 뒤늦게 리간의 죽음을 애도하며 읊은 노래가 바로 '아마 리간 반카'(尼理願挽歌)이다.

그러나 『만요슈』에서 그 무엇보다 일본과 고대 한반도와의 관계를 상징적으로 나타내주는 말이 있다. 그것은 '가라쿠니'(韓国)라는 말로,

우리나라의 가락국을 뜻한다는 것을 짐작할 수 있을 것이다. 이 단어는 『만요슈』에 많이 등장하는데, 더욱 흥미로운 사실은 이 말의 표기는 '韓国'이고 음은 '가라쿠니'라는 점이다. 이것은 나중에 한반도를 포함한 외국을 나타내는 의미로 폭넓게 변용되었지만, 그 어원이 고대 우리나라의 남부에 위치한 삼한지역을 나타내는 말이라는 점에서 그만큼 고대 한반도와의 밀접한 관계를 대변해준다고 하겠다.

또 하나, 『만요슈』의 노래 중 이 가라쿠니와 관련해서 읊은 노래에 '한국의 호랑이라고 하는 신'(韓国の虎とふ神)이라는 표현이 있다. 고대 일본인은 모든 만물에는 경외로운 힘이 담겨있다는 범신론적인 사상을 가졌으므로, 여기서의 '신'(神)이란 문자 그대로 큰 의미를 갖는다기보다는, '한반도의 호랑이라고 하는 무서운 존재'라는 뜻으로 해석할 수 있을 것이다. 원래 호랑이가 없었던 고대 일본에서 이러한 표현이 보이는 것은, 추측하건대 옛날 '가라쿠니'에서 호랑이를 경험한 일본인이나, 한반도에서 일본에 정착한 고대 한국인의 경험이 이 노래에서 나타난 것으로 볼 수 있다.

아무쪼록 고대 일본에 끼친 한반도의 영향이란 여러 측면에서 접근하여 생각해볼 수 있는 문제로서, 우리에게 흥미롭고 재미있는 여러 가지 문제를 던지고 있다.

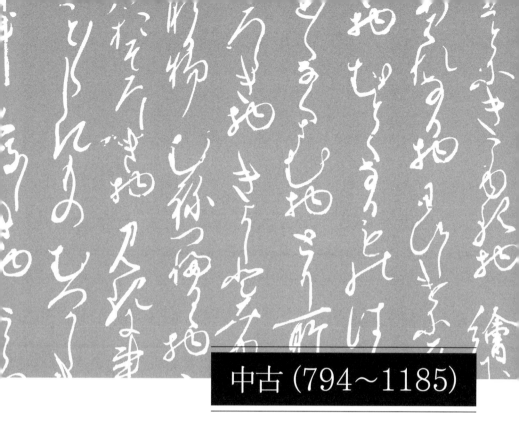

中古 (794~1185)

고대가요에서 와카의 탄생

『古今和歌集』

【허명복】

일본 정통시가 와카(和歌)의 모태는 고대가요이다. 집단적인 생활 환경에서 태어난 고대가요는 민요적인 성격을 띠는 한편, 사회의 변화, 개인의식의 자각에 의해 점차 개성적인 서정시로 변모해간다.

7세기 초, 야마토(大和) 조정은 중국의 수나라와 당나라에 견당사를 파견하여 적극적으로 대륙문화를 받아들이게 되는데, 이때를 기점으로 하여 노래의 세계에도 커다란 변화가 나타나기 시작한다. 곧 종래의 입에서 입으로 전해지는 구전문학에서 문자에 의한 기록문학으로 전환된 것이다. 우타가키(歌垣:산이나 해안에서 미혼의 남녀가 모여 노래를 주고받으며, 구애나 구혼을 하던 행사. 풍작을 기원하는 의미이며, '가가이'라고도 불린다)와 같이 집단의 장소에서 불려지던 가요는, 점차 개인적인 감정을 표현하기에 이른다. 또 표현방식도 정비되어 부르는 노래로서의 성격이 적어지고, 시로서의 성격이 두드러지며 정형(定型)인 5·7의 운율을 갖기에 이른다.

이로써 와카가 성립하는데, 『만요슈』(万葉集)는 이러한 고대 서정시를 널리 수집하여 편찬한 것으로 4,500여 수가 수록되어 있는 일본에 현존하는 가장 오래된 가집이다. 모두 20권으로 구성되어 있으며, 노래의 의미상 크게 3가지로 분류하여 수록하고 있다. 남녀 간의 사랑 노래를 중심으로 한 '소몬'(相聞), '관을 옮기면서 부르는 노래'라는 뜻으로 죽음을 애도하는 노래인 '반카'(挽歌), 각종 궁중의례나 연회, 자연, 여행, 왕의 행차 등 공적인 장에서부터 사적인 것에 이르기까지 다양한 노래들로 이루어진 '조카'(雜歌) 등을 연대순으로 배열하고 있다.

작자를 보면 아래로는 서민에서 위로는 천황에 이르기까지 다양한 계층들로 이루어져 있으며, 노래의 내용은 소박하고 힘차며 감동을 직접적으로 표현하고 있다. 이후 에도시대의 국학자인 가모노 마부치(賀茂真淵)는 이러한 남성적이며 힘차고 구김살 없는 가풍을 일컬어 '마스라오부리'(まずらおぶり)라고 했다.

이러한 상대(上代) 가요를 집대성한 『만요슈』에 이어 중고(中古) 시대인 헤이안(平安) 시대가 되면 문학은 우미하고 섬세하며 정취 있는 양상으로 바뀌게 된다. 이 시대에는 주로 당풍(唐風) 문화에 젖어 있는 귀족 중심의 화려함과 우아한 생활을 반영한 작품들이 만들어지게 됨에 따라 문학의 기조도 완전히 변하게 된다. 특히 9세기 초에는 철저히 당풍문화를 수용하는 정책 아래 한시문(漢詩文)이 유행하게 되어, 일본 최초의 칙찬 한시집인 『료운슈』(凌雲集)가 편찬된다. 이러한 당풍문화에 밀려, 와카는 한시문에 자리를 넘겨주어야만 했고, 남녀 간에 사적으로 교환되는 증답가로 간신히 명맥을 유지할 정도가 된다.

그러나 9세기 후반부터 가나문자(仮名文字)의 발명 및 보급과, 궁

기노 쓰라유키와 그의 와카

정에서 여성 지위의 향상, 당풍문화의 정체 등 여러 가지 요인으로 인해 국풍(国風) 문화가 회복된다. 따라서 와카도 공적인 자리를 되찾게 되는데, 특히 귀족들 사이에서 유행한 우타아와세(歌合)나 병풍가(屛風歌)가 나타나게 되며, 궁정가의 재생이 이루어져, 노래의 성격도 귀족생활의 우아함을 반영하여, 우미하고 세련되며 이지적으로 변했다. 이러한 분위기 속에서 905년, 다이고(醍醐) 천황의 칙명에 의해 최초의 칙찬와카집인 『고킨와카슈』(古今和歌集)가 찬집되고 당풍 존중의 시대에서 국풍 존중의 시대로 바뀌게 된다.

첫 칙찬집인 『고킨와카슈』의 선자(選者)는 기노 쓰라유키(紀貫之), 기노 도모노리(紀友則), 오시코우치노 미쓰네(凡河內躬恒), 미부노 다다미네(壬生忠岑) 등 4명으로, 『만요슈』이후의 노래 약 1,100여 수를 수록하고, 서문으로는 가나조(仮名序)와 한문으로 된 마나조(真名序)를 달았다. 이 노래들은 춘·하·추·동·사랑·이별 등 총 20종류로 배열됐는데, 이렇게 분류하여 배열해 놓은 것을 부다테(部立)라고 한다. 이 부다테의 특징은 계절의 추이에 따라 바뀌어가는 자연과 시간의 흐름에 따라 미묘하

게 변해가는 사랑의 다양한 모습을 만남과 설렘, 짝사랑(片恋い)과 남의 눈을 피하는 사랑(忍ぶ恋い), 이별의 아픔 등의 순으로 배열해 놓은 것을 들 수 있다.

특히, 『고킨와카슈』의 가풍을 가모노 마부치는 '다오야메부리'(たおやめぶり:섬세하고 여린 여성을 뜻하는 말로, 우아하고 섬세한 가풍을 나타내고 있다)로 표현하고 있는데, 앞서 언급한 『만요슈』의 '마스라오부리'와 대조되는 가풍이다. 이 가집의 우미하고 섬세한 가풍은 와카에 공적인 성격을 부여하여 후세 문학에 모범이 되는 지대한 영향을 끼쳤다. 특별히 후세에서는 『고킨와카슈』의 미의식을 '고킨후'(古今風)라고 부르고, 이 가집의 형식은 후대 와카를 지을 때의 규범이 되었다.

『고킨와카슈』의 노래는 작가(作歌) 연대와 가풍에 의해 크게 3기로 분류된다.

제1기는 작자 미상의 시대(読人知らず時代:~849)로, 『만요슈』에서 『고킨와카슈』로 가는 과도기의 노래들로 구성되어 있으며, 순진하고 소박한 5·7조의 노래가 많다.

제2기는 육가선 시대(六歌仙時代:850~890)로 『고킨와카슈』 서문에서 비평의 대상이 되고 있는 6명의 와카 명인이 활약한 시기라 하여 이렇게 불렸는데, 육가선은 아리와라노 나리히라(在原業平), 헨조(遍昭), 오노노 고마치(小野小町), 훈야노 야스히데, 기센, 오토모노 구로누시다. 이들 중 나리히라, 헨조, 고마치가 대표적으로 활동하며, 7·5조가 늘어나고, 후대의 와카 제작에 많은 영향을 끼쳤다.

제3기는 편찬자의 시대로 『고킨와카슈』의 가풍이 완성된 때라고 말할 수 있다. 귀족적으로 우미하고, 섬세한 세계에 작자의 관념에 의해 재구성된 이지적인 표현으로 우아한 경지를 수립하기에 이른다. 이로 인해, 소박한 감동보다는 언어유희의 경향이 강해지고, 비유나 가케코토바(掛詞), 엔고(緣語) 등 세련된 수사법을 구사하며, 의문사나 추량 표현 등을 많이 사용하고 있다.

때문에『고킨와카슈』이후에는 귀족사회의 영향하에, 노래를 읊는 소재나 표현이 되풀이되어 사용되면서 점차 유형화되고 고정화되어 간다. 더욱이『만요슈』에 다양하게 나타난 소재들은 자취를 감추게 되고, 봄에는 벚꽃을 노래하고, 가을에는 달이나 단풍을, 겨울엔 눈을 노래하는 식으로 양식화된다. 이렇게 읊어진 노래에 의해 명소가 된 지명을 우타마쿠라(歌枕)라고 하는데, 요시노산(吉野山)에는 벚꽃, 다쓰타산(竜田山)은 단풍 등과 같이 그 지명과 함께 읊어지는 경물과 더불어 점차 고정화되었다.

이외에 옛 노래에서 표현과 내용을 따와 새로운 세계로 표현하는 혼카도리(本歌取り)가 성행하기에 이른다. 이와 같이 일본의 시가는 표현함에 있어서의 경이로움이나, 신선한 아름다움, 개성의 존중보다는 섬세하고 기교가 있으며, 미묘한 차이나 변화 속에서 미의 세계를 구현해나가는 것에 그 의미를 두었던 것 같다.

『고킨와카슈』성립 이후, 약 반 세기가 지나 무라카미(村上) 천황의 칙명에 의해, 궁중의 나시쓰보(梨壺)에 와카도코로(和歌所)가 설치되어 『고센와카슈』(後撰和歌集),『슈이와카슈』(拾遺和歌集) 등의 8대 칙찬집이 편찬되기에 이른다.

마지막으로 『고킨와카슈』의 대표적인 여성 가인인 오노노 고마치의 노래 한 수를 감상해 보자.

花の色は うつりにけりな いたづらに わが身世にふる ながめせしまに
꽃도 미모도 벌써 시들었구나 허망하게도 세파에 찌들었네 인고의 세월 속에

(卷二, 春下)

앤솔러지에 '사랑의 노래'가 많은 이유는

『古今集』 이후의 和歌集

【김수희】

　'앤솔러지'(anthology)는 보통 짧고 아름다운 시의 선집(選集), 특히 여러 시인들의 작품을 모은 것을 가리키는데, 그 어원은 그리스어의 '앤톨로기아'(anthologia)로 '꽃을 따서 모은 것'이라는 뜻이다. 주옥같은 시들을 꽃에 비유하자면, 그 중에서도 '사랑의 노래'야말로 가장 아름다운 꽃 중의 하나라고 할 수 있을 것이다. 동서고금을 막론하고, 사랑은 인간의 가장 보편적이고 영원한 테마 중 하나이기 때문이다.

　10세기 초에 탄생한 일본의 대표적인 앤솔러지 『고킨와카슈』(古今和歌集:이하『고킨슈』)도 예외는 아니다. 『고킨슈』는 1,100여 수의 노래를 그 내용과 형태를 기준으로 체계적으로 분류하여 총 20권에 수록하고 있는데, 그중 '고이우타'(恋歌:사랑의 노래)는 모두 5권 360수에 이른다. '고이우타'에 수록되어 있지 않더라도 고이우타로 파악할 수 있는 작품이 다수 존재한다는 점을 고려하면 사랑의 노래가 어떠한 위치를 차지하고 있는지 헤아려 볼 수 있다. 또한『고킨슈』의 지대한 영향 아래 태어난 이후의 와카집(和歌集)에서 사랑의 노래가 여전히 중요한 위치를 차지하고 있다는 것도 쉽게 짐작할 수 있다.

일본의 앤솔러지에는 왜 사랑의 노래가 많은 것일까. 한시문의 경우, 규원시(閨怨詩) 등의 형태가 존재하기는 하지만, 전반적으로 연애적인 요소가 일본에 비해 상대적으로 약하다고 할 수 있다. 일본의 시인들은 특히 사랑에 민감했던 것일까. 아니면 더더욱 절실히 사랑을 갈구했던 것일까.

위와 같은 의문을 품기 전에, 우선 『고킨슈』가 성립될 당시의 문학사적 환경을 고려해볼 필요가 있다. 『고킨슈』는 8세기 중엽 이후에 성립된 『만요슈』의 전통을 이어받아 10세기 초에 만들어졌지만, 9세기의 한시문 융성기의 세례를 받았다는 점을 잊어서는 안 된다. 9세기는 흔히 말하는 국풍암흑시대로서, 일본이 중국을 모델로 하여 적극적으로 대륙문화를 수용하던 시기다. 한문학이 크게 융성하여 천황의 명령으로 한시문집이 차례로 편찬되며, 한자와 한문이 공적인 의사전달의 수단이 되는데, 이에 의해 자연히 와카는 공적인 자리에서 자취를 감추게 된다.

그러나 이러한 와카의 공백기에도 구혼, 연애, 결혼 등의 사적인 자리에서는 '사랑의 노래'가 여전히 불렸다. 당시 결혼풍습은, 일단 남성이 여성에게 와카 등을 보내 그 의중을 떠보고, 이에 대해 여성이 답가를 보내는 형식으로 결혼이 진행되는 경우가 많았다. 와카를 지을 수 없으면 연애도 할 수 없는, 어떤 의미에서는 상당히 낭만적인 사회였던 것이다. 100여 년에 이르는 와카의 공백기에도 불구하고 『고킨슈』가 세상에 태어날 수 있었던 데는 무엇보다 '사랑의 노래'의 힘이 컸다.

또 정치사적 배경으로는 9세기 무렵부터 서서히 확립되던 섭관체제와 그에 따른 후궁제도의 발달, 문화사적으로는 표현 수단으로서의 가나문자의 발생 등을 들 수 있다. 9세기 천황 친정의 율령제가 붕괴되고 외척 정치인 섭관체제가 확립되면서 후궁을 중심으로 한 귀족문화가 발달한다. 당시 권력자들은 더 큰 권력을 획득하기 위해 딸을 천황에게 시집보내고, 그 딸로 하여금 다음대의 천황을 낳게 하려 안간힘을 썼다. 예술적인 재능이 있는 여성들을 발굴해 '뇨보'(女房)라는 직책을 주어 딸이 있는 후궁으로 들여보냈던 것도, 어떻게든 외척으로서의 지위를 더욱 확고히 하기 위함이었다.

권력자의 비호 아래 재능 있는 여성들이 후궁으로 모이면서 문학 살롱이 형성되고, 남성 귀족의 한문학과 더불어 후궁 중심의 여류문학이 성행했다. 또한 이 무렵 발생된 가나문자는 여성들의 섬세한 심정 묘사에 적합한 것으로서 여류문학 발달에 기폭제가 되었다. 가나문자가 여류문학에 날개를 달아준 셈이다.

이상과 같은 상황을 고려해볼 때, 『고킨슈』가 '사랑의 노래'를 주요한 근간으로 하고 있음은 당연한 현상이다. 그렇다면 이후의 앤솔러지들은 어떠한 양상을 보이고 있을까. 결론부터 말하자면, 『고킨슈』를 규범으로 삼아 그 지대한 영향 아래 태어난 이후의 앤솔러지들도 대부분 사랑을 주요한 테마로 삼고 있다. 물론 각각의 작품들이 탄생할 때의 문학적 환경에 따라 같은 '사랑의 노래'라 해도 미묘한 차이는 있지만 말이다.

예를 들어 『고센슈』(後撰集)는 보다 사적인 세계에 중점을 두어 남녀의 증답가를 다량 수록하고 있고, 『슈이슈』(拾遺集)는 당시 유행하던 병풍가(屏風歌) 등의 영향으로 보다 공적인 성격의 '사랑의 노래'라는 양상을 띠고 있으며, 『고슈이슈』(後拾遺集)는 또다시 일상생활과 관련된 남녀의 증답가를 다수 수록하고 있다. 그러나 『긴요슈』(金葉集)에 이르면서 미묘하지만 커다란 변화가 보이기 시작한다. '사랑'이라는 주제 아래 예술적으로 창작되는 다이에이(題詠)가 이전보다 훨씬 증가했던 것이다.

여기서 우리는 '사랑의 노래'에는 적어도 두 가지 종류가 있음을 깨닫는다. 즉 보다 개인적 체험에 의거한 '사랑의 노래'와 예술적인 창작 행위의 결과물로서 생겨난 '사랑의 노래'가 그것이다. 섭관정치가 쇠퇴하고 원정기(院政期)에 접어들면 후궁문학도 자연 도태되고, '사랑의 노래'의 주요한 창작자도 남성 주도의 전문 가인으로 바뀐다.

이상과 같이 내용적으로는 변화에 변화를 거듭하지만, '사랑의 노래'는 여전히 앤솔러지의 가장 중요한 부분을 차지하고 있다.

지식의 접전장 우타아와세(歌合)

【박혜성】

중고(中古)시대에 발생한 우타아와세(歌合)란 좌우로 편을 갈라 어느 편이 이기는지 시합을 하는 경기이다. 경기라고는 했으나 정확히 말하자면 단순한 오락거리나 재미만을 위한 것은 아니다. 이는 일본 운문 문학사상 와카(和歌)의 발전에 크게 공헌을 한, 노래를 연마하는 공부회라고 해석해도 무방할 것이다. 즉 와카를 짓는 가인(歌人)들이 양편으로 나뉘어 서로 한 수씩 와카를 내놓아 이것을 한 조로 만들어 우열을 겨루는 것인데, 승부를 겨루는 즐거움뿐만 아니라 칙찬와카집 편찬을 준비한다는 의미도 있었다. 그 후 우타아와세는 중세시대의 『신코킨와카슈』(新古今和歌集) 및 그 후의 칙찬집에 이르기까지 와카의 황금시대를 지탱하는 기둥 역할 중 하나를 담당한다. 현재 기록으로 남아 있는 작품으로는 885년의 『민부쿄 유키히라 우타아와세』(民部卿行平歌合)가 가장 오래된 것이다.

발생의 계기는 여러 설이 있어 중국의 투계(鬪鷄:닭싸움)나 투초(鬪草:풀싸움) 등의 민속유희, 불교 경전을 서로 의논하거나 토론하는 논의(論議), 일본 고대의 무악(舞楽)인 '가구라'(神楽), 아악(雅楽)인 '사이바라'(催馬楽), 씨름 등에서 발생되었으리라 추정하고 있지만, 아직 확실히 밝혀진 것은 없다.

우타아와세의 역사적인 전개를 보면, 중고(中古)시대 중기까지는 화초를 곁들여 노래를 겨루거나, 조개나 좋은 향내음을 내는 향과 같은 물건 등과 함께 겨루는 예가 자주 있었다. 또한 천황이 기거하는 궁전이나 정자, 후궁전, 또는 상류귀족들의 저택에서 행해질 경우가 많아 유희적이면서도 의례적인 성격을 지니고 있었으나, 중고(中古)시대 후기인 1100년 전후부터는 '물건'과는 별도로 행해지고, 일반 귀족의 저택이나 신사, 승방 등에서도 개최되기도 했다. 이와 함께 보다 문예적인 미를 추구하게 되었고, 에도시대부터 메이지시대까지도 이르게 된다.

우타아와세에서는 우선 제목이 주어져, 그 제목을 바탕으로 와카를 지었다. 마치 음악 콩쿠르에서 과제곡의 연주 실력을 서로 겨루는 것과 비슷하다. 제목에는 미리 모이기 전에 주어지는 '겐다이'(兼題)라고 하는 것과 모인 장소에서 주어지는 '도자'(当座)의 2종류가 있다. 우타아와세에 참가하는 가인을 '가토우도'(方人), 다 지어진 와카를 곡조를 붙여 읊는 역할을 하는 사람을 '고지'(講師), 우열을 가리는 판정관을 '판자'(判者)라고 했다. 궁중에서 개최되는 우타아와세에 가토우도로 뽑히는 것은 더 없는 명예였고, 일류 가인으로서 세상에 인정받았다는 것을 뜻했다. 이렇게 개최된 우타아와세에서 만들어진 와카는 작법에 따라 그 자리에서 낭독된다. 그리하여 판자에 의해 우열이 가려지는데, 때로는 승자나 패자가 상대를 대접하는 향응을 베풀기도 했다.

와카의 우열은 승(勝)·부(負)·지(持:비김)로 판정을 했다. 이렇게 만들어진 와카의 판정은 누구나 납득할 수 있는 것이어야 한다. 따라서 이를 판정하는 판자는 보통 와카의 세계에서 지도적 입장에 있는 사람이거나 지체가 높은 사람이 맡았다. 때로는 두 사람이 공동으로 판정을 했는데, 중세시대의 센고햐쿠반 우타아와세(千五百番歌合)에서는 10명이 판자를 맡은 경우도 있었다. 특별히 판자를 두지 않고, 참여 가인이 공동으로 판정을 하는 중의판정(衆議判定)도 있었고, 전혀 우열을 판정하지 않는 우타아와세도 있었다.

우열을 판정할 때에는 그 판정을 하는 이유가 당연히 있어야 했다. 그러한 이유는 '한지'(判詞)라고 하는 판정문에 기록이 되지만, 거기에 대한 반론[陳状]이 쓰여질 때도 있어, 그 때문에 다시 판정을 하는[改判, 再判] 상황도 발생했다. 세상에 알려진 가인일수록 우타아와세에서의 승패는 꽤 무거운 의미를 지녔다. 궁정에서 개최된 우타아와세에서 대전 상대에게 진 미부노 타다미(壬生忠見)라고 하는 가인은 너무 분한 나머지 고민 끝에 죽어버렸다고 하는 전설이 있을 정도이다. 그러한 점에서 우타아와세가 '지식의 격투기'라는 성격도 띠게 되는 것이다.

현재 알려진 우타아와세는 중고시대 것만으로도 460번 행해졌고, 그 형태나 양식도 다양하다. 초기 우타아와세인 '물건'과 함께 견주어보는 모노아와세(物歌合)라든가, 이미 만들어져 있는 뛰어난 노래만을 골라 겨루어보는 센카아와세(選歌合), 특정한 개인의 노래만을 겨루어보는 지카아와세(自歌合), 한시와 견주어보는 시이카아와세(詩歌合) 등이 있다.

한편, 긴 역사를 거치면서 우타아와세에도 여러 가지 관습이 생겨났는데, 예를 들면 1번의 왼편 노래에는 대부분 승을 판정한다든가 노래가 나빠도 비기는 정도로 해두고, 축가나 신사(神社)의 이름을 와카 안에 담아 지은 노래는 원칙적으로 승으로 한다든가 하는 것이다. 세월이 흐르면서 가인들은 우타아와세가 행사성을 띤다는 점에서, 거기에서 만들어진 와카가 일반적인 창작가와 구별이 되도록 제목을 받아 짓는 와카로, 남 앞에서 읊어지는 구송가(口誦歌)로서 걸맞은 노래를 지어야 한다고 생각하게 되었다.

우타아와세의 판정문은 처음에는 단순히 상식적인 내용의 평론이었으나, 이후에는 점점 더 판자들의 와카에 대한 판단을 가늠할 수 있는 와카 이론서로서의 성격을 갖추게 된다. 이 판정문에서는 노래를 짓는데 필요한 마음가짐[心]이나 사용되어진 가어[詞], 완성된 와카의 전체의 모습[姿]에 이르기까지 창작태도나 표현방식에 관한 것에서부터, 유겐(幽玄), 엔(艶) 등의 미적(美的) 이념, 나아가서는 제목의 본뜻을 파악하는 혼이(本意)에 이르는 여러 가지 문제를 취급했다. 그것은 중세시대의 가단(歌壇)의 지도자격인 후지와라 슌제이(藤原俊成)와 그 아들 데이카(定家)에 이르러 정점에 달하게 된다. 이 무렵, 우타아와세가 천황으로부터 칙명을 받아 만들어지는 칙찬집의 선가(選歌) 자료로서도 활용됐는데, 심지어 칙명이 내려지면 선가를 위해서 그때 우타아와세를 개최하기도 했다.

중세를 대표하는『신코킨와카슈』의 탄생에 센고랴쿠반 우타아와세 및 여러 우타아와세의 영향은 지대했으며, 이렇게 우타아와세는 와카의 기술적, 이념적 발전에 있어서 빼놓을 수 없는 역할을 담당했던 것이다.

천 년 전의 유행가 마침내 드러나다

『梁塵秘抄』

【구혜경】

20세기 초엽, 교토의 헌책방에서 몇 가지 문헌이 발견되었다. 그것은 『료진히쇼』(梁塵秘抄)라는 책으로 헤이안시대에 유행했던 가요를 모은 것이다. 그로 인해서 베일에 싸여 있었던 헤이안시대의 유행가 이마요(今樣)의 모습이 일부이나마 세상에 알려지게 되었다.

일본 역사상 헤이안시대는 문학적으로 많은 발전을 한 시기였다. 운문에서는 와카(和歌), 산문에서는 모노가타리(物語), 일기, 수필 등 귀족들을 중심으로 한 문학이 주류를 이루었다. 그러나 서민들 특히 유녀(遊女:지금의 매춘부)들 사이에서도 유행하던 유행가가 있었는데 바로 이마요이다. 이마요는 헤이안시대의 서민 감각이 생생히 표현되어 있고 문학사, 음악사, 풍속사적인 측면에서 중요한 위치를 차지하고 있다.

이마요는 '현대적'이라는 뜻으로 이마요우타(今樣歌)를 통상 이마요라고 부른다. 이것은 원래 유녀, 시라뵤시(白拍子:남성 무용을 하던 여자 무희), 구구쓰메(傀儡女:인형 조종집단의 부녀자)들이 자신들의 생계를 위한 수단으로 사용하던 예능이었다. 당시의 최하층민의 부류에 속하는 그들로부터 발원된 이마요가 서민들 사이에서 불려졌던 것이다.

유녀나 시라뵤시, 구구쓰메 모두 각기 자신의 재주를 여러 남자 손님들 앞에서 피로(披露)하고 사례물을 받아 생계를 꾸려가고 있었다. 물론 연회가 끝난 후에 잠자리의 상대가 되는 일도 마다하지 않았다. 그러한 자신들의 노래가 어떤 사정에 의해서 당시의 군주인 고시라카와(後白河) 천황에게까지 알려지게 되었는지는 알 수 없지만, 아무튼 고시라카와 천황은 이마요라는 유행가에 심취해서 밤낮으로 노래 연습을 했다고 전해진다. 구전집에 따르면 천황은 성대에서 피가 날 정도로 노래를 연습했고, 궁궐로 구구쓰메인 오토마에(乙前)를 불러들여서 스승으로 삼고 극진한 예우를 다하며 노래를 배웠다고 한다.

천황은 거기에서 그치지 않고 이마요를 글로 남기겠다는 일념으로 1127년에서 1192년 사이에 『료진히쇼』라는 가요집을 남긴다. 와카와 같은 시문은 글로 남는데 반해서 이마요는 노래이기 때문에 글로 남지 않는 것을 한탄하여, 추정이기는 하지만 약 5,000곡의 노래를 남겼다. 하지만 현존하는 것은 대략 560곡 정도이고, 나머지는 아직 발견되지 않은 실정이다.

이마요는 7·5조, 경우에 따라서는 8·5조의 4구 형식으로, 혼자서 노래하는 경우 주로 쓰즈미(한국 장고의 작은 형태로 어깨에 올려놓고 손으로 박자를 맞추는 타악기)를 반주로 노래했다. 둘이서 노래하는 경우에는 쓰즈미보다도 우리의 거문고와 비슷한 형태의 현악기인 고토나 소 등을 반주 악기로 한다. 종류로는 나가우타(長歌), 호몬노우타(法文歌), 가미우타(神歌) 등이 현존하고 있는데, 더 많은 종류는 전해지지 않고 있다.

이마요는 즉흥적으로 창작이 가능해서 기존의 노래를 약간의 변형을 주어 많은 개사곡을 만들 수 있다. 특히 이마요를 겨루는 모임에서는 이러한 재치 있는 개사곡에 높은 점수를 주었기 때문에 많은 곡들이 탄생할 수 있었던 것이다.

구전집에 의하면 이마요 가사에는 많은 영험이 있었다고 한다. 호몬노우타의 경우, 부처나 보살의 공덕을 찬양하는 노래가 주된 내용인데, 당시 사람들은 아미타여래보살은 많은 중생을 구원한다는 서원을 했기 때문에 아미타여래보살의 노래를 부르면 구원을 받을 수 있다거나, 약사 여래보살의 공덕은 질병으로 고생하는 중생들을 구제하는 것이기 때문에 병든 사람들을 낫게 하는 효험을 가졌다고 믿었다. 이마요의 영험으로 소경이 눈을 뜨고 앉은뱅이가 일어서는 일이 가능하다고 믿었던 것이다.

실제로 고시라카와 천황의 스승 오토마에가 병으로 누워 있을 때 천황이 '약사보살님의 맹세는 참으로 믿음직스럽구나. 한 번 이름을 듣는 사람은 만병이 사라진다고 한다네' 라는 이마요를 불러 병을 낫게 했다고 한다. 또한 미치스에라는 장관이 학질에 걸려서 고생하고 있을 때 '무슨 일이 있더라도 비난하지 말지어다, 높은 법화경의 공덕을 가진 사람을. 약사여래보살, 용세보살, 다문천, 지국천, 십라찰녀 등이 다라니 경문을 설파하고 지키고 계시는도다' 라는 이마요를 두 번 부르고 땀이 씻은 듯이 사라졌다고 한다.

뿐만 아니라 '도네구로'라는 유녀가 애인과 함께 서쪽으로 가던 중에 해적을 만나서 온몸에 칼을 맞고 쓰러져 죽음을 목전에 두고 '나는 무엇을 하며 이렇게까지 늙어버린 것일까? 생각해보면 아주 슬프도다. 지금은 서방극락정토의 아미타여래의 서원에 매달릴 뿐이네' 하고 노래를 두 번 불렀더니 서쪽에서 보라색 구름이 드리워졌고 결국에는 왕생 극락할 수 있었다고 전한다.

비록 만들어낸 이야기지만 이러한 영험담이 당시의 사람들에게는 크나큰 신앙으로 자리매김을 했고, 이마요가 일세를 풍미하게 된 하나의 원동력이 되었던 것이다.

■ 모노가타리

달나라에서 내려온 가구야 아가씨

『竹取物語』

【송귀영】

옛날 옛날 오랜 옛날에, 한 다케토리 할아버지(たけとりの翁:대나무쟁이 노인)가 있었지. 그 노인은 산과 들로 나가 대나무(竹)를 해서 생계를 이어 갔어.

위 이야기는 『다케토리 이야기』(竹取物語)의 시작 부분이다. 마치 우리의 옛이야기를 듣는 것 같다. 그 까닭은 모노가타리(物語)가 갖는 특징에서 찾을 수 있을 것이다. '모노가타리'란 우리나라의 고소설(古小說)에 해당하는 일본 고전 산문의 한 양식으로, 가나문자(假名文字)로 쓰여졌으며 일본 헤이안시대에 첫선을 보였다. 현존하는 작품 중 9세기 중엽의 『다케토리 이야기』(竹取物語)가 가장 오래된 작품이며, 모노가타리 양식의 최고봉으로 일컬어지는 『겐지 이야기』(源氏物語)는 11세기 초에 성립되었다.

초기 모노가타리는 크게 덴키모노가타리(伝奇物語)와 우타모노가타리(歌物語)로 나눌 수 있다. 전자는 실제로 일어난 사실을 기록한 것이 아닌, 허구적이고 공상적인 이야기로 『다케토리 이야기』가 여기에 속하며, 후자는 와카(和歌)를 중심에 놓고 그 노래가 만들어진 유래와 배경을 이야기식으로 묶은 것이다.

『다케토리 이야기』는 대부의 일본인이 줄거리를 알고 있을 정도로 유명한데, 다음의 예문으로 문체의 특징을 살펴보자.

> 노인의 이름을 말할 것 같으면, 사누키노미야코(さぬきのみやつこ)라고 하는데, 그 많은 대나무들 중에 밑둥이 훤하게 빛나는 대나무가 하나 있었다는 거야. 하도 희한해서 가까이 다가가서 살펴보니, 대나무 줄기 안이 훤했다는 거지. 그 안을 잘 보니 손가락 세 마디 정도 크기 되는 여자아이가 아주 예쁜 자태로 앉아 있는 거야.

모노가타리는 산문이긴 하지만 듣는 사람이 전제가 되며, 눈으로 읽어 내려가는 것이 아니라 상대에게 들려주기 위한 산문이다. 따라서 이야기가 흥미롭게 들리도록 낭독을 하기에 알맞은 문장으로 이루어져 있다. 헤이안시대에는 뇨보(女房)들이 자신이 모시는 주인을 위해 낭랑한 목소리로 실감나게 낭독을 하는 것이 일반적이었다. 따라서 『다케토리 이야기』는 간단 명료한 문장으로, 당시 귀족 세계를 제재로 흥미로운 줄거리를 이어나간다.

대나무쟁이 할아버지는 예쁜 여자아이를 데려와 어린 대나무에서 빛을 발했다는 의미에서 '가구야 아가씨'라고 이름짓고, 아내와 둘이서 소중히 키운다. 여자아이는 석 달만에 보통 사람 크기의 아주 예쁜 여성으로 성장한다. 그녀의 아름다운 용모에 대한 소문이 만방에 퍼지자 수 많은 구혼자들이 몰려드는데, 가구야 아가씨는 그중에서 5명의 귀공자들에게 각각 난제를 준다.

그들은 당대 최고의 신랑감들로 각자 가구야 아가씨로부터 부처님이 성도(成道) 시에 사용했다는 사발, 봉래산에 있다는 금은보화로 된 나뭇가지, 불에 타지 않는 쥐의 가죽옷, 용의 목에 달린 오색빛 구슬, 제비들의 순산을 돕는 보랏빛 조개를 구해오라는 어려운 과제를 부여받는다. 이들은 현세에서는 도저히 얻기 어려운 것이어서 결국 실패로 끝나고, 가구야 아가씨는 모든 구혼을 거절한다.

마침내 이 아가씨에 대한 소문은 천황에게까지 전해지게 된다. 천황 또한 그녀에게 청혼하며 한걸음에 궁중으로 데려가고자 하는데, 가구야 아가씨는 다음과 같은 수수께끼와도 같은 말을 하며 거절한다.

제가 만약 이 땅에 태어난 몸이었더라면, 궁중에서 천황님을 모실 수도 있겠지요. 하지만 그렇지 않기 때문에 저를 데리고 가시는 일은 좀처럼 어려우실 거예요.

즉 가구야 아가씨는 이 땅의 사람이 아닌 이유로 지금까지 수많은 구혼자들을 거부해온 것이다. 자세한 내막은 가구야 아가씨가 승천할 날을 앞두고, 다케토리 할아버지에게 밝히게 된다. 가구야 아가씨는 달세계의 선녀로서 속죄 기간이 지나 다시 하늘로 승천할 날을 기다리고 있는 것이다.

가구야 아가씨가 대나무 속에서 손가락 세 마디 정도의 크기로 빛을

발하며 등장한 것도, 불과 3개월 만에 더 없이 아름다운 여인으로 성장할 수 있었던 것도, 세상에 둘째라면 서러울 귀공자들의 구혼을 마다하고, 애타게 원하는 천황의 요청조차 저버려야 했던 이유는, 바로 그녀가 이 세상 사람이 아닌 천상의 사람이기 때문이었다. 가구야 아가씨에게 구혼한 5명의 귀공자는 최고의 부와 권력을 지닌 사람들로, 이 세상에서는 이루지 못할 일이 없는 자들이다. 그러나 천상의 여인의 다섯 가지 난제를 해결할 길은 없었다. 인간 세상의 한계는 천황도 예외가 아니었다.

드디어 어느 가을 가장 달이 아름다운 보름날, 천황의 명령으로 많은 무사들이 그녀를 달세계로 보내지 않으려고 포위하고 있었지만, 가구야 아가씨는 마중 온 선녀들과 함께 날개옷 하나로 무심히 하늘로 오른다. 이를 손 하나 쓸 수 없이 바라만 보고 있는 사람들의 모습에서, 천상의 세계와 인간 세상과의 확실한 구분을 실감하게 된다.

그러나 『다케토리 이야기』의 진수는 마지막 장면에 있다고 하겠다. 날개옷을 입고, 어떠한 연민도 없이 영원한 천상의 세계로 돌아간 가구야 아가씨와 사랑하는 딸을 잃은 후에 그녀가 남겨 놓은 불사약(不死藥)이 무슨 소용이냐며 약을 태워버리는 다케토리 할아버지의 모습은 좋은 대비를 보여준다고 하겠다. 슬픔과 고통, 애증도 없는 영원한 천상의 세계와, 가슴이 메어지는 슬픔으로 귀한 불사약조차 감정이 앞서 불에 태워버리고 마는 이 세상 사람 다케토리 할아버지.

작가는 이 이야기를 통해 변화무쌍하고 영원하지도 않으며 능력의 한계 또한 확실한 것이 인간 세상이지만, 희로애락의 총합체인 정(情)이 인간 세계의 기본임을 일깨우고 있는 것은 아닐까.

옛날 풍류인의 조건은

『伊勢物語』

【김종덕】

    와카를 중심으로 125개의 단편으로 구성된 『이세 이야기』(伊勢物語)는 작자 미상이다. 헤이안(平安) 시대에는 아리와라 나리히라(在原業平, 825~80)가 썼다고 믿었으나 확실하지는 않다. 또 『도사 일기』(土佐日記)와 문법적인 표현이 동일하다는 점으로 미루어 기노 쓰라유키(紀貫之)라고 하는 설도 있다. 그리고 작품의 이름에 연유하여 헤이안 시대의 여류 가인인 이세(伊勢), 미나모토 도오루(源融)의 문예 그룹인 미나모토 시타고(源順) 등의 설이 있으나 모두 다 확실하지 않다.

    이야기의 주인공이기도 한 아리와라 나리히라는 헤이제이(平城, 774~824) 천황의 손자로, 아버지는 아보(阿保) 친왕이다. 810년에 일어난 구스코(薬子)의 난에 연루된 아버지가 규슈(九州) 다자이후(太宰府)에 유배되고, 나리히라는 아리와라(在原) 성을 하사받아 신하의 신분이 되어 종 4위의 중장에 이른다. 『겐지 이야기』에 등장하는 가인(歌人) 아리와라 유키히라(在原行平)는 그의 형이다.

    901년에 편찬된 『일본삼대실록』(日本三代実録)에는 '나리히라는 얼굴이 잘생기고 방종하여 구애받지 않았다. 한문의 재능은 거의 없고 와카(和歌)를 잘 읊었다'는 내용이 실려 있다. 이는 『이세 이야기』에 그려진 풍류인 나리히라의 모습과 성격을 잘 나타내고 있는 표현이라 할 수 있다. 나리히라는 905년 성립된 『고킨슈』(古今集)의 육가선(六歌仙) 중의 한 사람이며, 『이세 이야기』 등에 많은 일화를 남기고 있다.

『이세 이야기』는 총 125개의 단편을 모은 이야기집으로 작품 전체의 통일된 줄거리는 없으나, 주인공이 성인식을 하는 제1단에서 죽음에 이르는 125단까지 일대기 형식으로 구성되어 있다. 각단의 서두는 '옛날에 어떤 남자가 있었는데'로 시작된다. 이 '어떤 남자'를 나리히라로 보는 설이 있으나, 본문에서 나리히라의 이름은 거의 사용되지 않는다.

제1단은 어떤 남자가 성인식을 하고 자신의 영지가 있는 나라(奈良)에 사냥을 갔다가 아름다운 자매를 엿보게 된다. 그 미모에 감동한 남자는 입고 있던 평상복의 옷자락을 잘라 바로 와카를 적어 보냈다는 것이다. 그리고 옛날 사람들은 이렇게 정열적인 풍류를 즐겼다는 지적에서 곧 와카가 풍류인의 조건이라는 것을 알 수 있다.

제2~6단 및 65단은 어떤 남자와 이조(二条)에 살았던 후(后) 다카이코(高子)와의 밀통사건을 주제로 다룬 이야기다. 특히 제6단은 어떤 남자가 오랫동안 사랑하던 여자를 훔쳐서 도망가다가 아쿠타 강가의 허름한 창고에서 날이 새기를 기다리고 있었는데, 창고 안에 있던 여자를 도깨비가 한입에 잡아먹어 버린다는 내용이다.

제7~12단은 주인공이 관동지방을 방랑하게 되는 이야기이고, 제23단은 지방의 우물가에서 놀던 남녀가 결혼하게 되는 이야기다. 그런

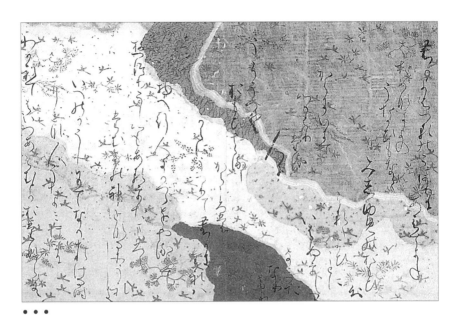

데 여자의 부모가 죽고 생계가 어려워지자 남자가 새로운 여자를 얻었
는데, 질투하지 않는 본처에게 혹시 새서방이 있는 것이 아닐까 의심하
여 나가는 척하고 숨어서 보고 있었다. 그러자 여자는 아름답게 화장을
하고 오히려 남편을 걱정하는 와카를 읊었다. 이를 본 남자는 다시 본
처와 함께 잘 살게 되었다는 내용이다.

제24단은 시골의 어떤 남자가 궁중생활이 바빠 3년만에 아내를 찾
아가자, 마침 그날 그녀가 다른 남자와 재혼을 하게 되어 다시 헤어진
다는 이야기다. 당시의 율령에는 남자가 아이가 없이 3년 동안 돌아오
지 않으면 여자의 재혼을 허락한다는 규정이 있었다.

제63단은 99살의 노파가 풍류인을 만나고 싶다는 이야기를 세 아
들에게 했다. 그런데 두 아들은 들은 척도 하지 않았지만 셋째아들만은

풍류인[色好み] 나리히라를 찾아가서 어머님을 만나달라고 부탁했다. 이에 나리히라는 노파를 찾아가 하룻밤을 지내게 된다는 내용이다. 즉 풍류인은 여자의 나이에 관계없이 차별하지 않고 정을 준다는 전통을 그리고 있다.

제69단은 금기로 되어 있는 이세 제궁(伊勢斎宮)과의 사랑을 나누는 이야기이며, 제82, 83단은 고레타카 친왕(惟喬親王, 844~897)과의 인간적인 우정을 그린 이야기다. 제97단에서는 나리히라가 후지와라씨의 섭정관백시대에 처세를 위해서는 할 수 없이 노래를 읊는 일도 있었다는 것을 시사하고 있다. 나리히라는 관백인 모토쓰네의 40세 축하연에서 '벚꽃이여 마구 떨어져라. 늙음이 온다고 하는 길이 막히도록'이라는 윗구에서 자신의 굴절된 심경을 후리와라씨를 상징하는 벚꽃이 떨어지라는 불길한 이미지에 투영시키고 있다. 그리고 마지막 제125단은 옛날 남자가 병이 들어 죽음에 임하여 사세구(辞世句)를 읊는다는 내용이다.

이와 같이 작품에 등장하는 주인공상에는 나리히라를 연상하게 하는 장단도 있지만 실존했던 그의 삶과는 크게 동떨어진 이야기도 있다.

『이세 이야기』는 보통 헤이안 전기의 우타모노가타리(歌物語)로 분류하는데, 복잡한 성립과정을 거쳐 현존하는 형태가 되었을 것으로 추정된다. 따라서 성립 시기를 한마디로 말하기는 어렵다.

현존하는 작품의 내용을 원장단, 부분적인 증보장단, 증보장단으로 나누어 보았을 때, 완전한 성립 시기는 10세기 중엽으로 추정된다. 『이세 이야기』는 『다케토리 이야기』와 함께 초기의 가나 산문으로서, 와카와 노래를 읊게 된 배경(詞書)이 확대 재생산된 모노가타리 문학으로 볼 수 있다. 즉 작자 스스로 선택한 와카를 중심으로 남녀의 사랑과 이별을 그리고 있는 작품이다.

이러한 『이세 이야기』의 정취는 후대의 모노가타리문학 『야마토 이야기』(大和物語)나, 『우쓰호 이야기』(宇津保物語), 『겐지 이야기』(源氏物語) 등과 노(能)의 대본 요쿄쿠(謠曲), 근세의 소설 등에 크나큰 영향을 미쳤다.

혹시 꿈에서나마 볼 수 있을까

『大和物語』

【무라마쓰마사아키】

『야마토 이야기』(大和物語)는 10세기 중엽에 성립된 우타모노가타리(歌物語)로, 173단으로 구성된 작자 미상의 작품이다. 이 작품은 와카를 중심으로 한 짧은 이야기가 실린 전편과 설화적인 내용의 비교적으로 긴 이야기가 실린 후편으로 나눌 수 있다.

프로이드가 꿈은 욕망하는 바의 충족이고 무의식의 상징적 표현이라고 해석한 것처럼, 근대에 이르러 사람들은 꿈은 하나의 심리적인 현상으로 인식하게 되었다. 그러나 그 이전까지는 꿈은 신비롭고 영적인 현상으로 간주됐다. 예를 들어, 꿈은 신이나 부처로부터 받은 신성한 계시이기도 했고, 죽은 자나 산 자의 영혼과 교류할 수 있는 통로이며, 미래를 예언하는 징조이기도 했다. 그래서 이상한 꿈을 꾸면 해몽을 통해서 그 뜻을 알려고 했던 것이다.

『야마토 이야기』에는 '꿈'(夢)이라는 단어가 7군데 사용되었는데, 먼저 제2단 '여행지에서의 꿈'(旅寝の夢)을 살펴보자. 다치바나 요시토시(橘良利)가 읊은 노래 중에 '꿈'이라는 단어가 보인다.

ふるさとの旅寝の夢に見えつるは恨みやすらむまたととはねば

여행 중 꿈속에 고향 사람들이 보임은 한 번도 소식을 전하지 않은 나를 원망함이리라.

여행지에서 요시토시의 꿈속에 고향 사람들이 나타나자 요시토시는 여행을 떠난 후 한 번도 소식을 전하지 않았기 때문에 고향 사람들이 자신을 원망하여 꿈에 나타난 것으로 생각한다. 당시 사람들의 꿈에 대한 생각을 가지고 해석하면, 요시토시를 너무나 걱정한 나머지 고향 사람들의 혼이 몸에서 떠나, 요시토시의 꿈속에 나타난 것이라고 볼 수 있다. 이처럼 꿈은 멀리 떨어져 있는 사람들로 하여금 공간을 초월해서 만나게 해주었던 것이다.

다음은 147단 '이쿠타강'(生田川)을 살펴보자. 이 단은 한 여자를 사이에 두고 두 남자가 서로 아내로 맞이하려고 싸움을 벌인 '처녀무덤 전설'에 관한 이야기다. 남자들의 싸움 끝에 여자는 이쿠타강에 투신 자살을 하고, 남자들도 그 뒤를 따라 앞다투어 강에 투신한다. 그 후로 3개의 무덤이 나란히 남겨졌다.

어느 날 한 나그네가 그 전설의 무덤 주변에서 노숙을 하게 되었는데, 어디선가 사람들이 싸우는 소리가 들려왔다. 나그네는 이상하게 여기면서도 그냥 잠을 청했다. 그러자 꿈속에 피투성이의 한 남자가 나타나 '적의 공격을 받아 곤경에 처해 있으니 칼을 빌려달라'고 나그네에게 애원을 했다. 나그네는 무서운 마음이 들었지만 칼을 빌려주었다. 그런데 꿈에서 깨어나 보니, 실제로 칼이 온데간데없이 사라졌다. 여기서 꿈은 죽은 자의 세계와 산 자의 세계를 이어주는 통로 역할을 하고 있으며, 게다가 나그네의 칼이 실제로 없어진 것처럼 현실세계에 구체적인 영향까지 미치고 있는 것이다.

마지막으로 168단 '낡은 옷'(苔の衣)을 살펴보자. 이 단은 6명의 대표적인 가인[六歌仙] 중의 한 사람인 헨조(遍照)의 일화가 그려져 있는데, '꿈'이라는 단어가 두 군데 보인다. 하나는 아무리 밤이 새도록 기다려도 오지 않는 헨조를 그리며 한 여자가 읊는 '삼경이 지나도 그이는 오지 않네' 라는 노래 속에 있다. 그러자 헨조는 그녀에게 화답한다. '혹시 꿈에서나마 볼 수 있을까 해서 자버렸소.' 그녀의 힐책에 대한 변명으로 꿈을 이용한 것이다. 꿈속에서의 만남이 현실에서의 만남을 대신하는 만큼, 꿈을 믿고 의지했던 시대였기에 이와 같은 변명이 가능했다고 볼 수 있다.

다른 하나는 헨조가 행방불명이 되자, 하세데라(長谷寺)에 참배하러 간 그의 아내가 꿈속에서라도 남편을 만나기를 간절히 기원하는 장면에 보인다. 불도 수행을 하며 방방곡곡을 돌던 헨조는 때마침 하세데라에서 수행하고 있었다. 아내의 모습을 뒤에서 지켜보고 있던 헨조는 그녀에게 뛰어들고 싶은 충동을 느끼지만 피눈물을 흘리면서 참는다.

그런데 하세데라는 당시 대표적인 관음사원이었다. 부처 중에서도 특히 관음보살이 꿈을 통해 계시를 주었기 때문에, 당시 사람들은 하세데라 외에도 이시야마데라(石山寺)나 기요미즈데라(淸水寺) 등의 관음사원으로 꿈의 계시를 받으러 갔다. 헨조의 아내도 하세데라에 꿈의 계시를 받기 위해서 갔던 것이다.

이상으로 『야마토 이야기』에 나타난 꿈에 관해서 몇 가지 예를 살펴보았는데, 비슷한 꿈들이 『이세 이야기』(伊勢物語)나 『겐지 이야기』(源氏物語) 등 동시대 작품에도 많이 보인다. 꿈이 하나의 소재로서 당시 문학 작품 속에서 대단히 중요한 역할을 하고 있는 것이다. 그것은 꿈을 신뢰하고 꿈을 추구했던 시대의 산물이라고 말할 수 있다.

신비한 비금의 전승담

『宇津保物語』

【류정선】

　『우쓰호 이야기』(宇津保物語)는 음악의 전승담으로서 전 20권에 달하는 일본 최초의 장편소설이다. 제목은 기타산(北山)의 동굴인 우쓰호에서 나카타다(仲忠) 모자가 동물들의 보호를 받으며 살았다는 것에서 유래한다. 이야기는 도시카게(俊蔭) 일족과 관련한 신통한 비금(秘琴)의 전승담과, 미나모토노 마사요리(源正雅)의 딸 아테미야(あて宮)를 둘러싼 구혼담이 이야기의 양 축을 이루고 있다.

　그중 비금과 관련한 서사는 도시카게에서 시작해 그의 딸, 나카타다, 이누미야에 이르기까지 4대에 걸친 비금의 전승담과, 귀족들의 유희의 장에서 비금 연주를 피로하는 이야기다. 특히 이 이야기는 '축제와 향연의 문학'이라고 할 만큼 축제의 시공간을 표현한 여타 이야기와는 변별되는 특징을 지니고 있다. 작품은 또한 전기성에서 사실성으로의 전환을 보여주고 있으며, 이는 후기 모노가타리에 많은 영향을 미치게 된다.

　비금의 전승담은 주인공인 도시카게가 16세 때 견당사로 임명되어 당으로 건너가던 중, 배가 난파되어 하시국(波斯国)에 도착한다는 이세계(異世界)의 표류담으로부터 시작한다. 그곳에서 도시카게는 '천녀의 자식'이 되어 천녀가 음성악(音声楽)을 하고 심은 나무 중 가장 뛰어난 소리를 내는 것을 아수라로부터 얻게 된다. 그것으로 아메와카미코, 천녀, 직녀가 30개의 비금을 만들어 준다.

그 가운데서 영험 있는 소리를 내는 2개의 비금을 '남풍'(南風)과 '하시풍'(波斯風)이라고 이름을 붙인 천녀는, 일족 이외에 어느 누구에게도 그것을 보여주거나 들려주지 말라는 금기를 전하면서, '비금의 소리가 들리는 곳이라면 사바세계라도 반드시 찾아가겠다'고 도시카게와 약속을 한다. 이는 도시카게 일족이 연주하는 비금의 소리는 천상계와 지상계를 교류시키는 영력을 가지고 있음을 의미한다.

한편 도시카게는 '지상에서 비금을 켜서 그 일족을 세울 사람'으로서, 7명의 선인으로부터 극락정토의 음악을 전수받고, 부처로부터는 자신의 전생과 '선인의 일족 중에 7번째에 해당하는 사람을 삼대의 손자로 얻을 것'이라는 예언을 듣는다. 이렇게 비금을 얻고 그 음악을 전수 받는 과정에서 나타나는 천신과의 관계, 그리고 천인의 계보와의 연계성 등은 비금을 통해 도시카게 일족이 신성성을 부여받았음을 의미한다.

하시국에서 비금의 전수를 끝내고, 비금의 시조로서 23년만에 귀국한 도시카게는 하시국에서 가져온 금을 천황가나 귀족들에게 나눠주고, 전수받은 비금의 연주를 피로한다. 그러자 천둥번개가 치고 오뉴월에 눈이 내리는 등 천지지변이 일어난다. 이에 감동한 천황은 도시카게에게 동궁(東宮)의 스승이 되어줄 것을 요청한다.

하지만 도시카게는 자신의 딸에게 비금을 전수해야 한다는 사명감으로 천왕의 명을 거역하고, 관직을 버린 채 교고쿠(京極)라는 외진 곳에서 은둔생활을 하며 비금의 전수에 몰두한다. 한편 비금 전수를 끝낸 도시카게는 죽음을 맞이하며 남풍과 하시풍의 비금을 딸에게 건네고, 가장 행복할 때와 가장 불행할 때 그리고 신변에 위협을 느낄 때 연주하라고 유언을 한다.

도시카게가 죽은 후, 그의 딸은 황폐한 교고쿠에서 아버지로터 전수받은 비금을 연주하면서 홀로 생활한다. 그러던 중 그녀는 비금의 소리에 이끌려 찾아온 가네마사(兼雅)와 하룻밤을 지내게 된다. 그 인연으로 나카타다가 태어나지만 도시카게의 딸은 가네마사와 헤어지고 생계는 점점 어려워진다. 나카타다의 지극한 효성에 감복한 곰 모자(母子)가 자신들이 살던 기타산의 우쓰호라는 동굴을 나카타다의 모자에게 준다. 거처를 옮기자 도시카게의 딸은 그곳에서 아들 나카타다에게 비금을 전수한다.

그러던 어느 날, 나카타다 모자는 동국(東国)의 무사들로부터 신변에 위협을 느끼게 되는데, 아버지의 유언에 따라 도시카게의 딸은 남풍을 켜서 적들을 물리친다. 그때 마침 그 비금 소리를 들은 가네마사는 나카타다 모자와 재회하게 되고, 그것을 계기로 나카타다는 귀족들 향연의 시공간에 등단하게 된다.

한편 「후키아게권」(吹上卷)에서는 나카타다와 비금 연주의 호적수인 스즈시(凉)가 등장한다. 두 사람은 신센엔(神泉苑)의 단풍놀이에서 아테미야에게 구혼하기 위해 연주의 경연을 벌이는데, 그 소리가 영험하여 천녀가 하늘에서 내려와 춤을 출 정도였다. 이에 감동받은 천황은 스즈

시에게는 아테미야를, 나카타다에게는 천황의 딸인 온나이치노미야(女
一宮)를 줄 것을 약속한다. 그러나 아테미야는 그녀의 아버지 마사요리
의 정치적 야심으로 인해 결국 동궁(東宮)과 결혼하게 되고, 나카타다는
온나이치노미야와 결혼을 한다. 그리고 나카타다와 온나이치노미야의
사이에서 이누미야(いぬ宮)가 태어나는데, 나카타다는 도시카게의 혼이
담겨져 있는 교고쿠에서 이누미야에게 비금을 전수할 것을 계획한다.

「로오노우에권」(楼の上卷)에서는 이러한 이누미야에게 비금을 전
수하는 내용이 그려져 있다. 나카타다가 비금을 전수하기 위해 조성한
교고쿠의 누각은 극락정토를 연상케 한다. 이곳에 어머니를 모시고 와
딸 이누미야에게 비금을 전수하는 나카타다는 사계의 정취에 알맞은
비법을 강조한다. 딸에게 비금을 전수할 때는 온나이치노미야나 가네
마사 조차도 누각에 접근하지 못하게 할 정도로 엄격했다.

이윽고 이누미야에게 비금 전수가 끝난 8월 15일, 나카타다는 사가
인(嵯峨院)과 스자쿠테이(朱雀帝), 귀족들을 불러, 도시카게 일족의 비금
의 신성성과 우월성을 보여주기 위해 연주를 피로한다. 그 누각 위에서
의 도시카게 딸과 이누미야의 연주는 마치 극락정토의 음악을 연상케 한
다. 그것은 도시카게 일족에게 있어서 영화와 행복의 경지를 보여주며,
이누미야의 그 연주로 인한 동궁과의 결혼은 도시카게 일족이 앞으로 누
릴 영화에 대한 보장이자, 나카타다의 정치 권력의 확장을 의미한다.

이와 같이 『우쓰호 이야기』가 연주를 피로하는 것을 통한 도시카게
일족의 번영으로 막을 내리는 것은, 비금의 연주로 상징되는 예도(芸
道)의 영원성을 나타내는 것이다.

■ 모노가타리

현실적인 일본판 콩쥐팥쥐

『落窪物語』

【이미숙】

　친어머니가 아닌 의붓어머니에게 학대받는 의붓딸이 시련을 극복하는 이야기, 이른바 '계모학대담'은 세계 어느 나라에서나 찾아볼 수 있는 유형화된 이야기다. 우리나라에서는 『콩쥐팥쥐』, 『장화홍련전』, 『김 인향전』이 대표적이고, 일본에서는 10세기 말에 성립되었다고 전해지는 작자 미상의 『오치쿠보 이야기』(落窪物語)가 계모학대담 가운데 가장 뛰어난 작품이라고 할 수 있다.

　작품은 총 4권으로 구성되어 있으며, 전기(前期) 모노가타리로 분류된다. 작품명인 '오치쿠보'는 이야기의 여주인공인 '오치쿠보 아가씨'(落窪の君)에서 따온 것이다. 오치쿠보란 보통 방바닥보다 한층 더 낮게 만들어진 푹 꺼진 곳으로 여주인공의 초라한 거처를 가리킨다. 귀하고 곱게 자라 결혼 후에도 대접받으며 살고 있는 의붓자매들의 거처와 대비되는 장소인 오치쿠보는 의붓어머니에게 학대받는 천덕꾸러기인 여주인공의 처지를 상징적으로 나타내고 있다.

　갖은 학대를 받고 살던 오치쿠보 아가씨가 충실한 시녀 아코기 부부의 도움으로 의붓어머니의 방해에도 불구하고 권문세가의 귀공자인 미치요리(道賴)를 만나 결혼하여 행복하게 살게 되고, 미치요리에 의해 계모에 대한 보복이 이루어지지만, 끝에는 모든 것을 용서하고 은혜를 베풀게 된다는 것이 이야기의 대략적인 줄거리다.

그런데 여기서 주목해야 할 것은 이 이야기가 10세기 말에 등장한 고소설이면서도 전기성(伝奇性)이 배제된 너무나도 현실적인 작품이라는 점이다.

이러한 작품의 성격은 마법의 힘이 이야기 전개에서 차지하는 비중이 큰『신데렐라』나 우리나라의『콩쥐팥쥐』와 비교해볼 때 더욱 두드러진다.『콩쥐팥쥐』는 같은 계모학대담의 플롯을 지니고 있는 우리나라 고소설 가운데서도 친딸과 의붓딸의 대비가 뚜렷하다는 점에서『오치쿠보 이야기』와 가장 유사하다고 여겨지지만, 신이성(神異性)이 강하게 나타난다는 점에서 중요한 차이가 있다.

즉『오치쿠보 이야기』에는『콩쥐팥쥐』와 같이 김을 매러 나갔을 때 하늘에서 검은 소가 내려와 쇠호미와 과일을 주거나, 두꺼비가 밑 빠진 독을 받쳐주거나, 새떼가 몰려들어 겉피를 벗겨주거나, 직녀가 내려와 베를 짜주는 등의 초자연적인 에피소드가 없을 뿐만 아니라, 팥쥐한테 죽임을 당한 콩쥐가 귀신이 되어 나타났다가 환생하는 등의 괴기성(怪奇性) 또한 없다.『콩쥐팥쥐』에 드러나는 신이성은 옛날부터 전해내려오는 민담을 소설화하는 성립과정을 거치면서 설화적 전통이 남았기 때문이라고 할 수 있다.

또한 두 작품은 후반 복수극의 주체가 정치적인 권력을 지닌 남편이라는 점에서는 같지만, 『오치쿠보 이야기』의 경우 제2권 앞부분에서 여주인공이 계모의 박해에서 벗어나고, 그 뒤 두 권 반에 걸쳐 오치쿠보 아가씨와 미치요리의 사랑 및 미치요리의 집요한 복수극이 펼쳐진다. 이는 작자가 의붓어머니의 의붓딸 학대라는 한 집안 내의 사건만을 그리는 데 그치지 않고, 오치쿠보 아가씨의 친정집안과 시집 간의 갈등과 제휴, 즉 사회적인 조직 형성 과정에서 일어나는 집안끼리의 갈등 문제를 다루고 있다고도 볼 수 있다. 이렇듯 통쾌한 복수극의 저변에는 권세를 지닌 자를 찬미하는 현실 긍정의 정신이 담겨 있다고 할 수 있어, 이를 통해서도 이 작품의 현실적 특성을 확인할 수 있다.

『콩쥐팥쥐』나 『장화홍련전』과 같은 우리나라의 계모학대담에 공통적으로 나오는 귀신이 『오치쿠보 이야기』에 등장하지는 않지만, 일본 고소설에 귀신이 나오는 전기적이고 괴기적인 작품이 없는 것은 결코 아니다. 중국의 『전등신화』, 우리나라의 『금오신화』와의 연관성이 많이 지적되고 있는 우에다 아키나리(上田秋成)의 괴이(怪異) 소설인 『우게쓰 이야기』(雨月物語)가 가장 대표적인 작품이며, 이 모노가타리의 성립 연대가 1776년으로 18세기 중엽으로 추정되는 『장화홍련전』의 성립 연대와 비슷하다는 점은 매우 흥미로운 사실이다.

끝으로 이 글에서 『오치쿠보 이야기』를 '계모학대담'이라는 용어를 사용해 살펴보고는 있지만, 오치쿠보 아가씨의 의붓어머니가 우리식의 계모, 즉 후처가 아니라 정실이라는 점에는 주의할 필요가 있다. 이것은 우리나라와 일본 헤이안시대의 결혼제도의 차이에서 비롯된 것으로, 일부다처제의 결혼제도를 배경으로 하고 있는 헤이안시대의 계모학대담에서는, 남편과 함께 살고 있는 부인이 의붓자식을 구박하는 형태를 띠고 있다. 따라서 이 작품에서 오치쿠보 아가씨와 의붓어머니의 갈등은 생모가 죽은 뒤 어쩔 수 없이 아버지 집에 들어가 살게 되면서 배태되는 것이지, 『콩쥐팥쥐』나 『장화홍련전』처럼 전처인 생모가 죽은 뒤 들어온 후처인 새어머니가 전실 자식을 구박하는 갈등 구도는 아니라는 것이다.

남자 주인공 미치요리는 관직이 태정대신(太政大臣)에 이르고 그 딸은 황후가 되지만, 다른 여성들에게 한눈을 팔지 않고 오로지 오치쿠보 아가씨만을 아내로 삼고 있다. 그의 한결같은 사랑은 그 시대 남성들의 사랑 방식과는 상반되는 비현실적인 모습이지만, 당대 주 독자층인 여성들의 소망이 가장 진솔하게 반영되어 있다고 할 수 있다.

히카루겐지의 사랑과 영화

『源氏物語』 제1부

【김종덕】

『겐지 이야기』(源氏物語)는 지금으로부터 약 1천 년 전인 11세기 초, 여류작가인 무라사키시키부(紫式部, 978~1016)에 의해 쓰여졌다. 무라사키시키부의 아버지 후지와라노 다메토키(藤原為時)는 헤이안시대의 석학이었으나 정치의 중심에서는 소외된 지방의 수령으로, 그녀는 일찍이 생모와 사별하고 아버지 다메토키의 훈도를 받으며 자랐다.

작자 자신이 쓴『무라사키시키부 일기』(紫式部日記)에 의하면, 다메토키가 아들 노부노리(惟規)에게 한학을 가르칠 때마다 옆에서 듣고 있던 무라사키시키부가 먼저 해독하곤 했는데, 그때마다 아버지는 '안타깝도다, 이 아이가 남자가 아니라니. 정말 운도 없구나!'라고 입버릇처럼 한탄했다고 한다. 그 시대의 한문이란 오로지 남자의 입신출세를 위한 것이었을 뿐 여자에게는 무용지물로서 오히려 경원시되었던 것이다. 그러나 무라사키시키부의 이러한 뛰어난 재능과 지식은 훗날『겐지 이야기』 창작의 밑거름이 된다.

『겐지 이야기』는 '옛날에 남자가 있었는데'라고 시작되는 초기의 모노가타리와는 달리 '어느 천황의 치세 때인지'라는 말로 시작된다.

490여 명의 등장인물과, 기리쓰보(桐壺), 스자쿠(朱雀), 레이제이(冷泉), 금상(今上)의 4대 천황에 걸친 70여 년간의 모노가타리로, 히카루겐지(光源氏)라고 하는 주인공의 비현실적이라 할 만큼 이상적인 연애 생활과 인생을 그리고 있다. 또한 수많은 전기적 모노가타리와 함께 795수의 와카(和歌)가 산재되어 있어 본문을 긴장감 있는 문체로 만들고 있다. 전편의 내용이 200자 원고지로 4천 매가 넘는 세계 최고(最古), 최장(最長)의 작품이다.

작품은 전체 54권이며, 3부로 나눌 수 있다. 제1부는 기리쓰보권(桐壺卷)부터 후지노우라바권(藤裏葉卷)까지의 33권, 제2부는 와카나조권(若葉上卷)부터 마보로시권(幻卷)까지의 8권, 제3부는 니오우미야권(匂宮卷)부터 유메노우키하시권(夢浮橋卷)까지의 13권으로 구성되어 있다. 각 권의 제목은 후대 독자들이, 대체로 등장인물의 이름이나 와카 등에서 상징적인 표현을 따서 지은 것이다.

제1부의 내용은 기리쓰보 천황의 제2황자로 태어난 주인공 히카루겐지(光源氏)가 39세가 될 때까지의 이야기인데, 예언이나 해몽 등이 11년을 주기로 구상되어 주인공의 사랑과 영화의 일생을 그리고 있다. 겐지는 고려인(실제로는 발해인)의 예언에 따라 황자에서 신하의 신분이 되어 겐지(源氏)의 성을 받고, 좌대신의 딸 아오이(葵)와 결혼하지만, 이후 로쿠조미야슨도코로(六条御息所), 유가오(夕顔) 등 여러 신분의 여성들과 사랑의 관계를 맺는다.

겐지는 특히 죽은 어머니와 닮았다고 하는 아버지 기리쓰보 천황의 후궁 후지쓰보(藤壺)에게 연정을 품게 되는데, 두 사람 사이에 태어난 아들이 후에 레이제이(冷泉) 천황으로 즉위하는 이야기는 제1부의 큰 주제를 형성하게 된다. 그리고 우대신의 딸 오보로쓰키요(朧月夜)와의 밀애는 우대신가의 후궁정책을 좌절하게 만들고, 겐지는 스마(須磨)로 퇴거하지 않을 수 없게 된다. 스마로 퇴거한 겐지는 그곳에서 또다른 여성 아카시노키미(明石君)를 만나 이후에 겐지에 의한 섭정관백 정치를 실현하게 되는 딸을 얻는다.

제1부에는 이와 같이 겐지의 운명과 병행하는 여성과의 인간관계만이 아니라 연애 자체가 목적인 남녀의 이야기도 전개된다. 하하키기권(帚木卷)에는 비오는 날 밤에 궁중에서 숙직을 하던 친구들로부터 들은 여성품평회가 계기가 되어, 겐지는 우쓰세미(空蟬), 유가오(夕顔), 스에쓰무하나(末摘花) 등의 중류 여성과도 교제를 하게 된다. 다시 정계로 복귀한 겐지는 도읍의 육조(六条)에 사방이 240m나 되는 거대한 저택 육조원(六条院)을 조영(造營)하게 되는데, 이 육조원은 봄, 여름, 가을, 겨울의 사계절로 나뉘어 있고, 각각 계절에 어울리는 부인들을 살게 하며 천황을 능가하는 왕권을 획득하게 된다. 특히 유가오의 딸 다마가쓰라(玉鬘)는 규슈 등지를 방황하다가 후에 겐지의 양녀가 되어 겐지의 저택 육조원에 들어가 불국토와 같은 영화를 보게 된다.

제1부의 마지막 후지노우라바권에서는 후지쓰보와의 밀통으로 태어난 아들이 레이제이 천황으로 즉위하자, 겐지는 신하로서 최고의 지위인 준태상천황(准太上天皇)에 올라 천황을 능가하는 왕권을 획득하게 된다. 또한 겐지는 양녀 아키코노무 중궁과 자신의 딸 아카시 중궁을

각각 천황과 동궁에 입궐시켜 후지와라씨의 섭정관백과 다를 바 없는 영화를 누리게 된다.

이처럼 『겐지 이야기』의 제1부에서는 주인공 겐지와 후지쓰보와의 밀통, 로쿠조미야슨도코로와의 사랑과 고뇌, 무라사키노우에와의 이상적인 사랑, 아카시노키미

• • •

「겐지모노가타리」의 에마키

와의 신분격차 등을 그리고 있지만, 결국 예언과 꿈의 해몽대로 우연을 필연으로 이끌어가 초월적인 영화를 그리고 있다.

무라사키시키부는 이 장대한 『겐지 이야기』를 통해 무엇을 이야기하려 한 것일까? 중세의 『겐지 이야기』 연구자들은 제1부에서의 겐지와 후지쓰보, 제2부에서의 가시와기(柏木)와 온나산노미야(女三の宮)가 밀통한 사실을 들어 『겐지 이야기』의 주제를 '인과응보'로 해석했다. 근세의 국학자인 모토오리 노리나가(本居宣長)는 『겐지 이야기』의 전편을 꿰뚫고 있는 미의식을 '모노노아와레'(もののあわれ)라는 말로 표현했다. 이는 왕조의 우아한 미적 감각을 나타내는 말로서, 계절이나 음악, 특히 남녀의 애정을 있는 그대로 느끼는 조화된 사물의 정취를 말한다. 한편 근대의 오리쿠치 시노부(折口信夫)는 그의 이로고노미론(色好み論)에서 『겐지 이야기』를 겐지의 '풍류'(色好み)로 해석하고 있다. 이와 같이 『겐지 이야기』의 세계는 어떠한 시대적 문화적 배경을 가지고 감상하더

라도, 그에 상응하는 새로운 감동을 독자에게 전달하고 있는 것이다.

『겐지 이야기』가 후대 문학에 미친 영향은 역사소설, 와카, 렌가(連歌), 요쿄쿠(謠曲), 근세의 소설에 이르기까지 이루 헤아릴 수 없을 정도이다. 근대 이후에 요사노 아키코(与謝野晶子), 다니자키 준이치로(谷崎潤一郎), 엔지 후미코(円地文子), 세토우치 자쿠초(瀬戸内寂聴) 등의 현대어역이 있으며, 지금도 매년 새로운 번역이 시도되고 있다.

『겐지 이야기』가 최초로 해외에 소개된 것은 1882년이나, 본격적으로 국제적인 평가를 받게 된 것은 1933년 영국의 동양학자 아서 웨일리(Arthur Waley, 1889~1966)의 영역(英訳)이다. 이후 웨일리의 영역은 구미 각국어로 중역이 됐는데, 1978년에는 미국의 에드워드 사이든스티커(Edward G. Seidensticker)가 완역을 냈다. 한국어역은 1975년에 유정, 중국어역은 1982년에 대만의 임문월(林文月), 1984년에는 중국의 풍자개(豊子愷)에 의해 각각 성립되었다.

애집(愛執)과 숙세(宿世)의 이야기

『源氏物語』제2부

【김유천】

『겐지 이야기』제2부는 주인공 겐지의 만년(晩年)인 40세에서 52세까지의 이야기이다. 와카나(若菜) 상·하(上·下), 가시와기(柏木), 요코부에(橫笛), 스즈무시(鈴虫), 유기리(夕霧), 미노리(御法), 마보로시(幻)의 총8권(卷)으로 구성되어 있다.

제1부의 이야기가 준태상천황(准太上天皇)의 지위로 상징되듯 겐지의 절대적인 영화의 달성을 그려낸 것이라고 한다면, 제2부는 그 이상세계가 내부로부터 점차 붕괴되어 고뇌와 절망의 세계로 변모해가는 모습을 그린 것이라고 할 수 있다.

제2부에서는 여러 비극이 연쇄적으로 일어나게 되는데, 사건은 겐지가 온나산노미야(女三の宮)를 정처(正妻)로 맞이한 데서 비롯된다. 연속적인 사건들은 겐지와 무라사키노우에(紫の上)의 절대적인 사랑과 신뢰로 유지되어 왔던 육조원(六条院)의 안정을 크게 뒤흔들게 된다. 제2부의 이야기는 바로 겐지와 무라사키노우에와의 사랑과 갈등을 중심으로 전개된다.

　　오직 겐지의 사랑만을 의지처로 삼아왔던 무라사키노우에는 절망
에 빠지지만 내면의 고뇌를 참고 견디며 만사에 현명하게 대처해나갔
다. 그녀에 대한 겐지의 애정은 더해가지만 한번 깨진 마음의 유대는
쉽게 회복되지 않았고, 무라사키노우에는 점차 출가를 원하게 된다.
그리고 결국 병을 얻게 되어 이전의 거처였던 이조원(二条院)에서 요양
하는 처지가 된다.

　　겐지가 그녀의 간호에 여념이 없는 틈을 타 온나산노미야는 가시
와기와 밀통하여 임신까지 하는 사건이 일어난다. 그 사실을 안 겐지는
분노와 절망에 빠지지만, 아버지인 기리쓰보(桐壺) 천황를 배신하여 계
모인 후지쓰보(藤壺)와 밀통한 죄의 응보(応報)로서 사태를 감수할 수
밖에 없었다. 그는 자신의 숙세(宿世:전생에서부터 정해진 거역할 수 없는

운명)의 어둠에 전율하게 된다. 결국 온나산노미야는 가오루(薫)를 낳은 뒤 출가하고, 가시와기는 죄의식에 견디지 못해 죽게 된다. 남겨진 가오루를 자식으로 받아들여야 할 겐지는 피할 수 없는 운명의 굴레를 다시금 실감한다. 온나산노미야의 밀통은 그야말로 겐지 세계의 붕괴를 상징하고 있다.

겐지가 51세 되던 해, 결국 병에서 회복하지 못한 무라사키노우에는 출가의 소망을 이루지 못하고 죽음을 맞이하게 된다. 평생의 반려자를 잃은 겐지는 깊은 절망에 빠지지만 애도와 출가의 준비로 1년을 보낸 뒤 죽는 장면은 나오지 않고 이야기의 무대에서 사라진다.

제2부의 세계에서는 특히 겐지를 둘러싼 '애집'(愛執)과 '숙세'(宿世)의 문제를 통해 인간의 존재성이 깊이 파헤쳐지고 있는 것으로 보인다. 그것을 가장 상징적으로 보여주는 것이 위에서 언급한 온나산노미야의 밀통과 로쿠조미야슨도코로(六条御息所) 원령(怨霊)의 출현이다.

온나산노미야의 밀통과 가시와기의 파멸적인 죽음은 겐지에게 후지쓰보와의 밀통에 대한 인과응보(因果応報)라는 인식 이상으로 인간의 운명적인 애집에 대해 절망감을 안겨주고 있다. 그리고 점차 밀통사건을 가오루가 탄생하기 위해 피할 수 없는 전생의 인연이라고 생각하고, 자신의 숙세로서 체념적으로 받아들이려 하고 있다. 인간의 벗어나기 힘든 애집과 불가사의한 숙세를 불가분의 것으로 재인식하고 있는 것이다. 그것은 겐지가 생애를 통해 후지쓰보와의 관계와 레이제이(冷泉)의 탄생을 피할 수 없는 숙세로서 인식하고, 레이제이에게 왕자가 없이 왕위가 단절된 것을 후지쓰보와의 비밀이 누설되지 않은 대가로 보고 있는 것과 연동한다.

또 겐지에 대한 집착으로 지속적으로 출현하는 로쿠조미야슨도코로의 원령은 인간의 애집의 상징이다. 제1부에서는 아오이노우에(葵の上)를 죽게 했고, 제2부에서는 무라사키노우에를 절명시키고 온나산노미야를 출가시켰다. 이들은 모두 겐지의 정처들이다. 그리고 스즈무시권(鈴虫卷)의 아키코노무중궁(秋好中宮)과의 대화에서 겐지는 원령으로 떠도는 로쿠조미야슨도코로의 업고(業苦)에 관해 누구나 그것을 두려워하면서도 그 원인인 애집에서 벗어나지 못하며 그러한 인간의 존재성을 조리하면서 숙명적인 것이라고 말하고 있다.

여기에는 온나산노미야의 밀통사건을 통해 반추해온 애집과 숙세에 대한 인식이 투영되어 있다. 그리고 무엇보다도 겐지 자신의 무라사키노우에에 대한 애집의 자각이 담겨져 있다. 겐지는 죄를 범할 수밖에 없는 인간의 애집의 무서움을 통감하고 그것을 통해 거역할 수 없는 숙세의 힘을 재인식한다. 그러나 그 숙명 앞에 완전히 체념하는 것이 아니라 인간적인 모순에 갈등하고 몸부림치는 모습에서 작품 세계가 추구하려는 진실이 엿보인다고 할 수 있겠다.

이러한 겐지의 애집과 숙세에 대한 인식은 출가의 과제와 현세 집착사이에서의 갈등이라는 형태로 그려져 있기도 하다.

사랑과 구도(求道) 사이에서 방황하는 인간

『源氏物語』 제3부

【김영심】

히카루 겐지가 군림하고 있던 『겐지 이야기』의 제1, 2부는 겐지와 처첩들의 주거지였던 교토의 육조원이 표상하고 있듯 작은 환상의 왕조 공간이었다. 모든 등장인물은 빛과 같은 존재인 겐지를 구심점으로 빛났으며, 그가 가진 권세의 자장 안에서 자신들의 삶을 영위해나갔던 것이다.

제3부는 겐지가 죽은 후의 후일담을 다룬 3첩과 그 자손들의 이야기를 다룬 '우지(宇治) 10첩'을 합친 총 13첩으로 구성되는데, 이야기의 중심은 우지 10첩으로 내용면에 있어서 제1, 2부와는 완전히 다른 세계이다.

우선 공간적 배경은 교토의 화려한 궁정이나 육조원과 같은 호화로운 공간으로부터 멀리 떨어진 우지이다. 우지는 당시 귀족들의 별장이 있는 우지강이 유유히 흐르는 곳인데, 그 건너편 쓸쓸한 산속을 무대로 이야기가 펼쳐진다. 사람의 마음을 스산하게 만드는 산바람, 정신을 심란케 하는 강물 소리, 종교의식을 방해하는 산새 소리, 정령이 튀쳐나올 듯한 어둡고 음습한 나무숲 등. 이러한 자연의 이미지는 그대로 우지에 살고 있던 3명의 자매와 그곳에 발을 디뎌 놓는 2명의 귀공자들의 심상 풍경이 되고 만다. '우울의 땅' 우지에서 사랑과 구도(求道) 사이에서 고뇌하고 번민하는 5명의 청춘남녀들의 이야기가 시작되는 것이다.

이 우지를 혼란의 늪으로 빠지게 한 장본인은 우지에서 칩거하며 불도를 닦고 있던 하치노미야(八宮)를 찾아간 겐지의 아들 가오루(薫)이다. 겐지 외에 친아버지가 따로 있던 가오루는 어머니의 불륜에 의해 태어났다는 죄의식 때문에 종교적 구원을 추구하면서도, 자신의 정신적인 스승인 하치노미야의 딸들인 3명의 이복자매에게 집착에 가까운 연정을 품는다. 문제는 그의 애매모호한 태도에 있었다. 종교인처럼 근엄하기도 하지만, 때로는 눈물로 사랑을 호소하기도 하는가 하면, 당대의 바람둥이 니오우미야(匂宮)를 데려와 여자들을 혼란에 빠지게 한다. 가오루적인 연애 방식은 니오우미야가 여자의 육체를 원했던 것과는 달리 육체의 집착에서 벗어나고자 안간힘을 쓰는 것이었다. 일견 숭고하고 정신적인 사랑 같지만, 그 안에는 여자를 고독하게 만들고 자신의 감정만을 중시하는 이기주의적이고 자기만족적인 바탕이 숨어 있다.

겐지의 일생이 '어떻게 하면 인간이 종교적으로 구원받을 수 있는가' 하는 경위를 보여준다면, 가오루의 삶은 수양 깊은 자가 무너져 가는 모습을 적나라하게 보여준다고 할 수 있다.

도심(道心)과 애욕 사이에서 방황하던 가오루는 결국 사랑도 잃고 종교적으로 구제되지도 못한 채 영원히 우지의 산 속을 방황하게 되는데, 그의 문제는 곧 그와 관계한 여인들의 '구제'로 이어진다. 세 자매 중 아버지의 유언대로 결혼을 하지 않고 독신으로 살려던 맏이인 오이기미(大君)가 가오루에게 시달리다가 병으로 죽고, 둘째인 나카노키미(中君)가 바람둥이 니오우미야와 결혼하여 교토로 가버리자, '물위에 떠 있는 쪽배'라는 뜻의 이름을 지닌 막내 우키후네(浮舟)만이 우지에 홀로 남게 된다.

과연 이름이 사람의 운명을 결정짓는 것일까. 우키후네는 어느 곳에도 정착하지 못하고 방황해야만 했던 여인이다. 딸을 귀공자인 가오루와 결혼시켜 팔자를 고쳐보려고 벼르는 억센 모친, 오이기미와의 이루어지지 않은 사랑을 우키후네에게서 찾으려는 가오루, 육체적으로 접근하여 우키후네로 하여금 그 하룻밤을 잊지 못하도록 하는 니오우미야. 소극적이고 말수 없는 우키후네는 이들 사이에서 이러지도 저러지도 못하다가 속앓이 끝에 우지강에 몸을 던지고 만다. 우키후네는 『겐지 이야기』에서 스스로 죽음을 택한 유일한 사람이다. 아니 정확하게 말하면 죽음으로 내몰릴 정도로 곤궁한 처지에 놓인 사람은 그녀밖에 없다.

그러나 자살은 미수에 그치고, 강가에서 정신을 잃고 있던 우키후네는 지나가던 승려에게 구원을 받고 또 그의 권유로 출가하게 된다. 간신히 우키후네를 찾아낸 가오루가 그녀의 남동생을 보내 자신에게로 돌아오도록 부탁하지만, 불도의 길을 걷기로 결심하는 우키후네는 냉정히 거절하고 불경을 외울 뿐이다. 이로써 『겐지 이야기』는 대단원의 막을 내린다.

사랑을 버린 그녀가 선택한 것은 구도의 길이었다. 여성인 우키후네가 가오루보다 더 확고하게 애집의 사슬을 끊고 고뇌의 질곡으로부터 해방되려는 의지를 보인 의미는 크다. 그도 그럴 것이 제1, 2부의 여인들은 후지쓰보나 로쿠조미야슨도코로처럼 겐지와의 애욕의 죄에서 벗어나지 못하고 끝내 망령이나 모노노케(怨靈)가 되어 구천을 헤매지 않았던가.

그러나 제3부에서 남녀의 구도관계는 반전된다. 결혼을 계속 거부했던 오이기미와 가오루의 애정을 뿌리치고 구도의 길을 선택한 우키후네처럼, 여자들은 남자에 대한 애욕으로부터 자유로웠던 것이다. 오히려 애욕을 극복 못한 것은 남자들이었다. 구도의 길을 찾아 우지에 왔지만 오이기미에게, 그리고 우키후네에게 집착하다가 끝내 애욕의 굴레에서 벗어나지 못하게 된 가오루야말로 풀지 못한 한으로 모노노케가 될 가능성이 가장 높다.

『겐지 이야기』의 주제를 인간의 구제로 보았을 때 이 작품은 제1, 2부에서 달성하지 못한 여자들의 구제를 제3부에서 풀고자 했던 것이다. 그러나 우키후네의 출가가 그녀의 구제를 보장하는 것은 결코 아니다. 그녀는 자신의 이름처럼 다시 속세라는 '물 위에 떠 있는 쪽배'가 되어 가오루의 세계로 환속할지도 모른다.

사랑과 구도의 영원한 순환인 『겐지 이야기』가 천 년이 흐른 오늘날에도 일본 최고의 고전으로서 추앙되고 있는 것은 종교의 힘으로 구원 받았다는 식의 종교문학적 자세를 배제하고, 인간의 심성을 주시하는 리얼리즘적 세계를 구현했기 때문이다. 인간의 내면의 갈등과 분열이 영원히 존재하는 이상, 그 문제를 예리하고 탁월하게 그리고 있는 『겐지 이야기』 또한 영원할 것이다.

실패하는 연애와 이상적인 연애

『堤中納言物語』

【윤혜숙】

중고시대 후기의 일본 최초의 단편집『쓰쓰미추나곤 이야기』(堤中 納言物語)는 모두 10편의 짤막한 이야기로 구성되어 있다. 한 사람의 작품이라기보다 몇 사람의 작품을 모은 것으로 보이는데, 10편 중「오 우사카를 넘지 못하는 곤추나곤」(逢坂越えぬ権中納言)만이 고시키부(小 式部)의 작품으로 알려져 있을 뿐, 나머지는 모두 작자 미상이다. 모두 밝고 명랑한 성격을 띠고 있는 이 단편작품들은 당시의 생활상이 잘 드 러나는 인상적인 장면들을 묘사하고 있다.

『쓰쓰미추나곤 이야기』는 젊은 미녀를 보쌈하려다가 잘못하여 늙 은 비구니를 데리고 나온다는 이야기「벚꽃을 꺾는 소장」(花桜折る小将), 섬뜩한 송충이 같은 벌레들을 수집하는 것을 취미로 하는 기묘한 아가 씨에 관한「벌레를 좋아하는 아가씨」(虫めづる姫君), 갑자기 남자가 온다 는 연락을 받고 당황하여 가루 대신에 먹가루를 얼굴에 발라 남자와의 관계가 파탄난다는 이야기「먹가루」(はいずみ) 등과 같이 다양한 소재를 통해 각각 인생의 단면을 예리하게 파악하며 웃음을 자아내고 있다.

이 중 「먹가루」는 다음과 같은 이야기다. 평범한 가문 출신의 처를 거느린 남성이 유복한 집안의 딸과 교제를 하게 되었다. 결국 본처를 내보내지만 그녀의 진심 어린 노래에 남성의 마음이 동요되어 다시 불러들인다. 그 후 새 여성의 실수로 인해 남성의 마음은 완전히 본처에게 돌아가게 된다.

이렇게 보면 다소 평범한 줄거리이지만 여기서 주목할 것은 사랑에 성공하는 매개체가 당시 남녀 간의 교제에 적지 않은 역할을 담당했던 와카(和歌)라는 점이다. 이렇게 노래를 읊어 어떤 덕을 입게 되는 이야기를 가덕설화(歌德說話)라고 한다. 본처는 남성의 마음을 움직일 만한 애절한 노래를 읊을 수 있는 재능과 교양을 갖추고 있었다. 그리하여 본처는 혼인의 위기를 막고 결국 남편의 사랑을 되찾아 이상적인 애정관계로 발전시킨다.

다시 이야기로 돌아가보자. 두 여성의 집안 환경과 신분을 들여다보면 몹시 대조적이다. 부모가 돌아가셔서 의지할 곳 없는 본처는 집을 나서면 당장 갈 만한 곳이 없는 처지인데 반해, 새 부인은 몹시 부유한 부모 밑에 지내고 있다. 새 부인의 부모가 '버젓이 처가 있는 사람이 내 딸을 귀히 여긴다고 말은 하지만 집에 있는 사람을 더 귀하게 여길테지'라고 말하니, 남자가 '지금 당장 집사람을 다른 곳으로' 하고 허둥댈 정도이다.

본처는 속 깊은 마음에 정갈한 솜씨를 갖춘 여성이지만, 하루 아침에 집에서 내쫓긴 처지에 이른다. 그럼에도 남편 앞에서는 울음을 참다가, 문을 나서자마자 기어이 봇물 터지듯 눈물을 흘린다. 본처는 다음과 같이 노래를 읊는다.

어디로 보냈느냐고 주인이 물으시면 마음이 맑아질 틈이라고는 없는 눈물
의 강(淚川)까지

이렇게 애절한 노래를 들은 남편은 곧 자신의 행동을 뉘우치고 본
처를 다시 집으로 불러들인다. 이로써 본처로서는 일단 집으로는 돌아
오게 된다. 하지만 불안의 씨앗이 완전히 사라진 것은 아니었다.

그 후 남자가 연락도 없이 새 부인을 찾는다. 그녀는 방심하고 있
던 중 남자가 찾아와 당황한 상태에서 화장을 한다. 하얀 분을 바르려
고 했지만, 얼떨결에 꺼낸 것이 검은 먹가루. 그러고는 거울도 안 보고
화장을 해버린다. 그녀의 새까맣게 변한 얼굴에 온 집안이 소동을 일으
키고 음양사를 부르기까지 한다. 그런데 새 부인이 울고불고 난리를 치
는 사이에 눈물 자국 자리가 원래 피부로 되는 것을 보고 유모가 종이
로 비벼 닦아 준다. 이런 소동을 통해 남자는 본처에게 완전히 마음이
돌아가게 된다.

이 이야기는 전반의 본처의 이야기가 차분하게 애수를 띠는데 반
해, 후반의 새 부인의 경우는 소란스럽고 희극적인 위기로 대조를 이루
고 있다. 그럼으로써 이야기의 맛을 살리며 독자에게 동정심과 웃음을
모두 불러일으킨다. 교양 있고 현명한 본처와, 유한 환경에서 자란 응
석받이에다 실수투성이의 새 부인. 결국 새 부인은 남자를 놓치게 되는
데, 그녀의 모습이나 결과적인 처지는 묘한 인간적 친근감을 불러일으

키며 독자로 하여금 폭소를 자아내고 있다.

이와 같이 『쓰쓰미추나곤 이야기』는 전편이 권태기에 들어선 헤이안 귀족들의 일상생활을 조명하고 귀족계층에 대한 풍자와 해학을 그리고 있다.

최고의 집안에서 허망한 일생을 산 여성
『蜻蛉日記』

【허영은】

　일기는 원래 귀족계급의 남성이 공적인 행사 등을 기록하기 위해 한문으로 쓰던 것으로, 실용성이 강하나 문학성은 떨어지는 것이었다. 일본에서 문학으로서의 일기는 기노 쓰라유키(紀貫之)가 여성을 가장해 가나로 기록한 『도사 일기』(土佐日記, 935)에 의해 성립되었다. 그 후 여성에 의해 가나로 된 일기문학이 활발하게 쓰여졌는데, 그 최초의 작품이 『가게로 일기』(蜻蛉日記, 974)이다. 이 작품은 자기를 응시하고 그 심정을 고백한 자서전적인 일기이다.

　'서른 밤 서른 날을 우리 집에서'

　작자인 미치쓰나의 어머니(道綱母)가 새해 첫날 각자의 소원을 비는 자리에서 남편이 자신을 매일 찾아와주기를 기원하며 한 말이다. 『가게로 일기』가 쓰여진 10세기경 일본에서는 부부가 동거를 하지 않고 남편이 아내의 집을 왕래하는 방처혼(訪妻婚)이 행해졌다. 또한 남자는 다수의 여성을 거느렸고, 이런 풍속하에서 작자의 소망은 이루어지기 어려운 과욕이었다. 그녀의 비극은 여기에서 시작됐고, 시대의 흐름을 거슬러 일부일처제를 동경하며, 아내와 어머니로서 고뇌에 찬 생애를 자전적으로 그려낸 『가게로 일기』가 탄생한다.

작자는 헤이안시대 섭관정치(摂関政治)의 중심 인물이었던 후지와라노 가네이에(藤原兼家)의 처로서 그다지 행복하지 못했던 21년간의 결혼생활을 회고한다. 작가가 40세 즈음에 완성한 이 작품은 상·중·하 3권으로 구성되어 있다. 집필 목적은 작가가 서문에서 밝히고 있듯이, 더할 나위 없이 신분이 높은 집안의 남자와의 결혼생활이 실제로는 어떤지를 사람들에게 알리고자 한 데 있다. 수많은 처첩을 거느리고 정쟁(政争)에 여념이 없는 남편 밑에서, 그녀 자신은 어떤 생활을 했고 그 괴로움은 무엇이었는지 호소하고 있는 것이다.

『존비분맥』(尊卑分脈)이나 『오카가미』(大鏡)와 같은 역사적 기록을 보면 미치쓰나의 어머니는 당시 3대 미인으로 꼽힐 정도로 아름다운 용모를 지녔고, 와카(和歌) 실력도 상당했다고 한다. 중류계급에 지나지 않는 수령(受領)의 딸인 그녀가 섭관가의 자제인 가네이에와 혼인을 할 수 있었던 것은 이러한 미모와 실력 때문인지도 모른다. 또 이러한 신분의 차이에도 불구하고 가네이에는 결혼 초에는 부인에게 상당한 애정을 쏟았던 것으로 보인다.

일기의 상권에는 가네이에와의 비교적 행복한 결혼생활이 기록되어 있다. 그중 가장 인상적인 장면으로는 가네이에가 중병이 들어 움직이지 못하게 되자 미치쓰나 어머니를 자신의 집으로 오도록 한 사건을 들 수 있다. 당시 여성이 남성의 집으로 찾아가는 것은 극히 이례적인 일이었다. 가네이에는 남들의 눈도 의식하지 않고 한낮이 다 되도록 미치쓰나 어머니를 붙잡아 두고 있다가 결국에는 몹시 아쉬워하며 돌려보낸다.

　이 부분은 『가게로 일기』 전체를 통틀어 가네이에와 미치쓰나 어머니가 가장 애틋한 부부애를 느꼈던 대목 중의 하나이다. 그러나 병이 낫자 다시 언제 그랬냐는 듯 예전의 모습으로 돌아가버리는 가네이에에게 미치쓰나의 어머니는 절망하지 않을 수 없었다.

　작가가 일기 속에서 가장 깊은 좌절을 경험했다고 기술하는 부분이 바로 가네이에가 자신의 집 앞을 그냥 지나치는 일이었다. 이러한 일은 두 사람이 결혼한 지 얼마 되지 않는 시기부터 시작된다. 작가가 미치쓰나를 낳은 직후, 가네이에는 미치쓰나 어머니 집 근처에 사는 골목길 안의 여자 집을 찾아다녔다. 가네이에의 행차를 알리는 가마와 하인들의 소리에 문을 열고 하인들이 무릎을 꿇고 있으면 그 앞을 태연하게 그냥 지나치는 일들이 몇 번이고 거듭되었던 것이다. 게다가 그 집에 보낼 바느질감을 미치쓰나의 어머니에게 천연덕스럽게 부탁하기도 하는 것이다. 이러한 냉대는 중권에서 가네이에가 오미라는 여성을 찾아다니던 때에도 그대로 반복된다. 일기의 주제가 되는 작가의 좌절과 상실감은 가네이에의 다른 부인들의 존재보다는 이러한 가네이에의 무신경에 근본적인 원인을 찾을 수 있다.

　가네이에와의 관계가 계속 어긋나기만 하자 작가는 하쓰세와 가라사키로 여행을 떠난다. 이 여행들은 결코 즐거울 수 없는 우울한 사색의 시간이었으나, 그 정점은 바로 나루타키의 칩거였다. 오미를 찾아다니며 작가의 집 앞을 그냥 지나치는 가네이에의 안하무인의 태도에 절망한 작가는 기나긴 정진을 위해 나루타키에 칩거한다. 나루타키 칩거는 이 일기의 절정이다.

정진을 떠나기 전에 가네이에에게 보낸 편지에는 '당신이 집 앞을 그대로 지나치는 일이 없는 세계로 가고 싶어서'라고 쓰여 있다. 사랑하는 사람을 자기 집에 머물게 할 수 없는 자신의 초라한 모습에 작가는 쓰디쓴 고통을 겪고 있었던 것이다. 그러나 이 칩거를 통해 작가는 조용히 자신의 내면을 응시할 수 있는 마음의 여유를 얻고, 남편과의 관계에서도 집착과 번민으로부터 어느 정도 해방된다. 이 부분에서 작가는 일기 전체를 통해 자신의 내면 세계를 가장 서정적으로 밀도 있게 그려내고 있다.

나루타키에서 돌아온 이후에도 가네이에는 여전히 왕래가 뜸하지만 작가는 이제 아집과 집착에서 벗어나 남편과의 관계에서도 초연하고자 하는 자기극복의 모습을 보인다.

하권은 작가의 달관한 모습을 담담하게 담고 있다. 때문에 더 이상 앞 권과 같은 긴장감은 느낄 수 없다. 가네이에에게서 벗어나 달관의 세계를 향하고 있는 모습으로, 자신의 인생을 덧없는 하루살이에 비유한 기록으로서의 『가게로 일기』는 끝을 맺는다.

사랑과 정열의 가인 이즈미시키부

『和泉式部日記』

【남이숙】

일본인들에게 고대에서 현대에 이르기까지 이름난 사랑의 시인 한 사람을 들어보라고 한다면 대부분 주저하지 않고 이즈미시키부(和泉式部,976?~1035)를 꼽는다. 헤이안 중기의 여류 시인 이즈미시키부는 사랑을 괴로워하고 찬미하며 일생을 살아낸 가인이었다.

あらざらむこの世の外の思い出に今ひとたび逢うこともがな

저 세상에서의 추억거리가 되도록 이승을 떠나기 전에 딱 한 번만이라도 좋으니 만나주었으면 하구려.

이즈미시키부가 세상을 하직할지도 모를 중병으로 앓아 누워 있을 때 사랑하는 이에게 읊어 보낸 와카(和歌)이다. 죽음을 앞둔 순간까지도 이처럼 정열적인 사랑을 토로할 수 있었다는 사실만으로도 그녀가 어떠한 일생을 살았는지 가히 짐작할 수 있다. 그녀가 일생 동안 부른 1,500여 수의 와카는 『이즈미시키부슈 · 이즈미시키부조쿠슈』(和泉式

部集·和泉式部続集)란 가집에 수록되어 있다. 사랑에 관한 노래가 대부분인데, 1천 년의 세월이 지난 지금도 일본인들에게 애송되고 있는 것들이 많다.

이즈미시키부의 와카에 사랑의 절창이 많은 이유는 당시 감정 위주의 정서가 발달했기 때문이다. 일본의 상류계급에 속한 천황이나 귀족, 승려까지도 직접 연가(恋歌)를 읊기도 하고 또한 '사랑'을 주제로 우타아와세(歌合:좌우로 팀을 나누어 와카의 기량을 겨루는 대회)를 개최하기도 했다. 우리나라의 당시 식자층 사람들이 사랑에 대한 감정의 노출을 삼갔던 데 반해, 일본에는 이런 연애시가를 배태시킬 만한 충분한 장과 토양이 마련되어 있었던 것이다.

그러나 무엇보다도 주목해야 할 사항은 그녀의 다양한 연애 체험이라 할 수 있다. 여기서 잠깐 이즈미시키부의 생애를 일별해보기로 하자. 이즈미시키부의 집안은 『이세 이야기』(伊勢物語)의 주인공인 아리와라(在原)와 같은 조상의 학자 집안으로, 에치젠(越前) 수령(지금의 도지사급의 관리)인 아버지와 엣추(越中) 수령의 딸인 어머니와의 사이에서 태어났다. 소녀 시절에는 어머니를 따라 때때로 쇼시 나이신노(昌子內親王)의 거처에 드나들게 되었는데, 이 시기에 공주인 나이신노가 이미 그녀의 재능을 인정해 『고킨슈』(古今集), 『고센슈』(後選集)는 물론 사가집(私家集) 등의 명가(名歌)를 암송하게 지도했다는 설이 있다.

실제로 그녀의 와카를 감상해보면, 천부적인 재능을 지닌 시인이기도 하지만, 선행의 『고킨슈』, 『고센슈』, 사가집 등의 명가를 암송하고 일찍이 한문, 불경의 문구, 갖가지 고사 등의 지식을 흡수하고 소화하여 창작활동에 응용하고 있는 것을 알 수 있다.

　이윽고 성장한 그녀는 자신의 집안과 거의 대등한 집안의 청년 관리로 유능하고 성실한 다치바나 미치사다(橘道貞)와 결혼하여 딸 고시키-후에 유명한 가인으로 활동하나 이즈미시키부보다 일찍 세상을 떠났다-를 낳고 행복한 시절을 보낸다. 이 시기에 읊었다고 추정되는 와카에는 다음과 같이 상당히 낙관적이며 정념으로 불타오르는 사랑의 찬가가 많다.

　　見えもせむ見もせむ人を朝ごとに起きてはむかふ鏡ともがな
　　날마다 들여다보는 거울처럼 매일 아침 당신을 바라볼 수 있었으면

　　君恋ふる心は千々に砕くれど一つも失せぬものにぞありける
　　당신을 사모하는 마음은 천 갈래로 부서지지만 단 하나도 사라지는 것은 없습니다

　　黒髪の乱れも知らずうち伏せばまずかきやりし人ぞ恋しき
　　긴 검은머리가 흐트러져 있는 것도 모르고, 누구보다 먼저 내 머리를 만져주신 님 생각에 빠져 있네

　그러나 이들의 결혼생활은 결코 순탄하지 않았던 것 같다. 구체적인 증거는 없지만 남편인 미치사다가 지방 수령관으로 임하면서 당시 미남으로 유명한 다메타카 황태자와 이즈미시키부가 염문을 뿌리게 된

것이 화근이었던 것으로 추정되고 있다. 그런데 역병의 유행으로 황태자가 1002년 6월, 26세의 젊은 나이에 죽음을 맞이하여 황태자 다메타카와의 사랑은 계속되지 못하고 막을 내리고 만다.

사랑하는 황태자의 죽음을 애도하며 혼자 시름에 빠져 있던 1003년 4월, 이즈미시키부는 죽은 황태자의 동생인 아쓰미치와 다시 사랑에 빠지기 시작한다. 황태자 다메타카가 죽은 지 10개월쯤 되던 시점에서였다. 이즈미시키부는 '가벼운 여자'라는 비난을 감수하면서 같은 해 12월 아쓰미치 황태자의 저택으로 들어가고, 몹시 화가 난 황태자비는 친정으로 돌아간다. 『이즈미시키부 일기』(和泉式部日記, 1008?)는 이러한 일련의 사건을 중심으로 그동안의 연애 경위를 자서전풍으로 쓴 것이다.

이 작품은 작자 자신을 '온나'(女)라는 3인칭으로 설정하고, 서로 주고받은 사랑의 산물인 142수의 와카와 연가 5수의 증답을 축으로 두 사람의 사랑이야기를 전개해 가는 형식을 취하고 있다. 이는 『이즈미시키부 이야기』(和泉式部物語)라는 이름으로도 남아 있어 한때 이즈미시키부가 아닌 다른 인물에 의해 쓰여졌다는 타작설(他作說)도 빈번히 제기되었다. 그러나 여주인공 온나의 심리와 행동이 치밀하게 묘사되어 있는 점, 주로 여성의 의식 흐름에 따라 이야기가 정리되고 있는 점, 그밖에도 작품의 여러 가지 내부자료의 정황으로 보아 본인의 자작설이 유력시되고 있다.

일기는 전술한 바와 같이 와카를 축으로 하여 전개되고 있는데, 두 사람이 주고받은 증답가는 다양한 형태를 취하고 있으면서 당시로서는 상당히 파격적인 구어적 표현을 사용하고 있음을 알 수 있다. 다음 노래는 두 사람의 사랑이 순조롭게 진행되지 못한 시점에서 주고받은 노래로, 황태자가 먼저 와카를 읊어 보내자 이즈미시키부가 답한 것이다.

[贈] うたがはじなほうらみじと思ふとも心に心かなはざりけり

[증] 의심하지 않을 뿐만 아니라 원망하지 않겠다고 다짐하건만, 마음대로 되지 않아 내 마음을 어떻게 해야 할지 나도 모르겠소.

[答] 恨むらむ心は絶ゆなかぎりなく賴む君をぞ我もうたがふ

[답] 원망하는 마음은 버리지 말아주십시오. 한없이 의지하고 있는 당신을 나도 의심하고 있으니까.

당시의 노래들은 마쿠라고토바, 죠고토바, 중의법 등 의례적으로 와카에 사용하는 여러 가지 수사법과 우아한 시어를 동원해 읊어야만 하는 것이 관례였다. 그러나 작자는 이러한 관례를 무시하고 구어체에 가까운 표현을 사용해 자신의 격렬한 감정을 위의 노래에서와 같이 가감없이 드러내고 있다. 이즈미시키부는 애정이 깊어짐에 따라 자제가 불가능한 심정, 황태자를 독점하고자 하는 집착을 나타낼 때 곧잘 이러한 표현을 사용하고 있다. 뿐만 아니라 당시 와카는 1수씩 주고받는 게 원칙인데, 그녀의 노래는 감정이 깊어지거나 고양되면 주고받는 와카의 형태가 양적으로 늘어나고 형태가 복잡해지는 형식을 취하고 있다.

사랑의 고뇌를 체험하고 나서 읊었다고 보이는 유명한 노래로는

135

다음과 같은 것을 들을 수 있다.

瑠璃の地と人もみつべしわが床は涙の玉と敷きしければ

님 생각에 눈물로 얼룩진 내 자리를 사람들은 영롱한 구슬이 가득한 곳
(정토)으로 볼 것임에 틀림없네

暗きより暗き道にぞ入りぬべし遥かに照らせ山の端の月

어둠 속에서 어둠 속으로 또 방황하는구려. 높은 덕을 지닌 고승이시여, 제
발 저를 광명의 세계로 인도해주시옵소서

物思へば沢の蛍も我が身からあくがれいずる魂かとぞみる

수심에 잠겨 있으니 연못가의 반딧불이도 내 몸에서 빠져나간 넋인 양 생
각되네

첫째는 오랜 사랑의 방랑을 거친 작자가 깊은 인생의 애수로부터
현세에서 정토를 보게 되었음을, 둘째는 다정다감한 성격으로 인해 자
신의 삶이 결코 순탄하지 못할 것이라는 것을 예감한 후의 느낌을, 셋
째는 사랑에 빠져 수심에 잠겨 있을 때는 자신의 넋 역시 물가를 떠도
는 반딧불이처럼 육체를 벗어나 방황하고 있는 것 같다는 사랑의 고뇌
를 잘 드러내고 있다.

프랑스문학자 데라다 도오루(寺田透)는 이러한 그녀의 와카를 '자
기객체시(自己客体視)의 노래'라고 칭하며 다음과 같이 평한다.

"자신의 심경을 객관화시켜 표현하는 데 성공했다. 그렇다고 그녀

의 노래가 이성 내지는 분별과 관계가 있는가 하면 그렇지도 않다. 정념이 살아 움직이는 상황을 그야말로 잘 포착해내고 있다."

실로 이즈미시키부의 와카는 정감이 흘러 넘치고 신선하며 박력있고 정열적이다.

누군가를 사랑하는 사람은 가슴에 우주를 안고 있는 사람이다. 사랑이 우리에게 제공하는 세계는 폭넓고 다양하다. 행복한 사랑의 경험에서 우리는 기쁨이나 열정을 배우고, 이루어지지 않은 사랑에서는 어찌할 수 없는 운명의 힘과 비극을 경험하게 된다. 사랑은 이처럼 어떤 종류의 것이든 혹은 어떤 결과를 가져오든 우리의 감성을 더욱 풍부하게 가꾸어준다. 이 사랑을 알기 위해서 이즈미시키부의 문학세계에 흠뻑 빠져보는 것도 좋을 것이다.

화려한 궁중생활 속의 고독

『紫式部日記』

【신선향】

　『겐지 이야기』의 작가 무라사키시키부(紫式部)는 당대 최고의 권세가 후지와라 미치나가(藤原道長)의 권유에 따라 이치죠(一条) 천황의 중궁 쇼시(彰子)를 모시게 된다. 『무라사키시키부 일기』(紫式部日記)는 쇼시를 모시는 뇨보(女房)의 입장에서 다음과 같은 내용을 기록하고 있다.

1. 1008년 즉 관홍(寬弘) 5년 초가을 무렵부터 11월 18일까지, 미치나가의 사저 쓰치미카도전(土御門殿)에서 아쓰히라(敦成) 왕자가 탄생할 즈음 중궁의 근황 및 주변의 경축 분위기.

2. 1008년 11월 20일부터 1009년 1월 3일까지, 궁중의 여러 행사 및 궁중생활 견문록풍의 기술.

3. 1010년 1월 1일부터 15일까지의 일기적 기술. 아쓰요시(敦良) 왕자 탄생 50일 기념 축하연을 중심으로, 1과 2가 혼합된 내용이 반복.

4. '열하룻날 새벽'(十一日の暁)이라는 서두로 시작되는 일시 불명

의 일기적 기술.

5. 일기 전체의 20% 정도를 차지하는 서간문적 글과 수상적 글에서 동료 시녀들에 대한 비평과 자기 성찰 등을 기록.

이와 같이 서간문이 혼입된 일기인데다가, 편집상의 혼란에 의해 전후가 연결되지 않는 부분들이 많아서 취재노트나 작가수첩 같은 성격 또한 갖고 있다. 그런 만큼 당시 후궁에 근무했던 전문직 여성의 자세와 작자의 개인적 내면 세계를 엿볼 수 있다.

일기는 쇼시가 출산을 위해 머물고 있는 쓰치미카도 저택이 아름다운 저녁노을에 물든 가운데, 안산(安産)을 기원하는 승려들의 장엄한 불경소리와 저택 앞

『무라사키시키부 일기』의 에마키

을 흐르는 물소리가 혼연일체가 되어 들려오는 정경의 묘사가 격조 높은 문체로 시작되고 있다. 초산의 불안감을 감추고 의연한 모습을 보이는 쇼시를 대하며 무라사키시키부는 상념에 젖는다.

'근심 많은 이 세상살이를 위로받자면 바로 이렇게 훌륭하신 중궁을 찾아뵙고 모셔야 되는 것이라고 여느 때의 울적한 마음과는 전혀 달리 뭐라 비유할 수 없을 정도로 저절로 모든 근심 걱정이 잊혀져버리는 건, 한편으로 생각해보면 나 자신으로서도 알 수 없는 일이다.'

훌륭한 중궁 때문에 후궁 근무에 몰입해 모든 우울함을 잊어버리게 된다는 심정 한편으로는, 여전히 어떤 거부감을 버리지 못하면서도

그 세계에 차츰 적응해가는 자기 자신을 발견한다. 자신의 내부에서 일어나는 양극(両極)의 심경변화를 냉정하게 객관시할 수 있는 이성적 일면을 보이는 부분이다.

일기에는 당대 유수한 학자로 명망 높았던 작자의 부친이 무라사키 시키부의 재능에 대해 '유감스럽도다. 이 아이가 사내 아이가 아닌 것은 정말 불행이로구나' 라며 탄식했다는 어린 시절의 일화가 보인다. 여성의 재능이 무용지물로 여겨지던 시대에 그 자랑할 만한 능력 발휘의

「무라사키시키부 일기」 중 귀족들이 뇨보에게 말을 거는 모습

기회는 현실사회 속에서 완전히 막혀 있었다. 하지만 여자로 태어난 한탄스러움은 시키부의 내면 깊숙한 곳에 자리잡고 있다가 궁중 근무생활에서 자신의 재능을 발휘하는 것으로 보상받을 수 있었을 것이다. 그러면서도 일기에 묘사된 후궁 근무생활에 떠도는 우수 어린 색조는 자기를 둘러싼 현실에 동화되지 못하는 고뇌를 보여준다.

9월 11일, 쇼시가 무사히 대망의 사내아이를 출산하여 기쁨에 넘쳐 있을 때, 시키부는 홀로 연못 위를 노니는 새떼를 바라보며 현재 자신의 신세와 비교하며 탄식한다. '물새들은 즐거운 듯이 놀고 있는 것처럼 보이지만, 그 신세가 되어 보면 분명 무척 괴로울 것' 이라면서.

10월 16일, 이치죠 천황이 새로 태어난 아쓰히라 왕자를 보기 위

해 행차하는 날이다. 모든 사람들의 시선이 가마에서 내리는 천황에게 쏠릴 때, 시키부는 비참하게 기듯 가마를 젊어지고 어전에 올라 웅크리고 있는 비천한 가마꾼을 응시한다. 무척 힘들어 보이는 그 모습은, 그러나 다른 사람이 아니다. 자신은 중류 귀족 집안 출신. 자연히 한계가 있는 후궁 근무자라는 우울한 번민으로 전환하여 다시 인간 공통의 고뇌를 떠올리는 것이다.

11월 1일, 『무라사키시키부 일기 그림책』(紫式部日記絵巻)에는 아쓰히라 왕자 탄생 50일 기념의식이 있던 날 밤 술자리에 참석했던 귀족들의 추태가 잘 묘사되어 있다. 이때 후지와라 긴토(藤原公任)는 자신을 겐지에, 무라사키시키부를 무라사키노우에에 비유한다. 시키부가 『겐지 이야기』의 여주인공으로 비유된다는 것은 그녀가 바로 작자임을 인정하는 것이고, 이 기사는 남성 귀족들까지 그 작품을 높이 평가했음을 암시하고 있는 것이다. 또한 일기에 따르면 이치죠 천황 몸소 『겐지 이야기』를 읽고 작자가 재주 있을 것이라고 말했다는데, 이는 작자 시키부가 후궁사회의 경쟁 속에서 확고한 자기 위치를 획득한 사실에 대한 자부심을 간접적으로 표출한 것이다.

무라사키시키부가 살았던 시대는 여성이 사회에 나와 일하는 분야가 여전히 남성과 비교하여 좁은 시대였던 만큼 선택된 사람들 내부에서도 경쟁은 심했다. 더구나 그들이 일하는 곳은 왕실을 중심으로 한 좁은 울타리 안이다. 따라서 항상 부친과 집안에 대한 의식으로부터 자유롭지 못했던 시키부로서는 자신처럼 학문과 문학적 재능을 지닌 여성들에게 경쟁심을 가졌을 것이고, 몇몇 재원 동료 시녀들에 대한 비평은 바로 그러한 의식의 발로라고 하겠다.

흥미로운 사실은 그다지 재능이 뛰어나지 않는 인물들에 대한 비평에서는 필치가 부드러워지는 정도를 넘어서 칭찬으로 일관하는데, 이들이 자신을 전혀 위협하는 존재가 되지 못한다고 생각했던 때문일 수도 있다. 그러나 당시 귀족사회에서 존경받던 대재원 센시(選子)의 살롱에 관해서는 '인간 본연의 모습을 이해할 수 없는 좁은 범위의 세계'라고 비평하고, 연이어 세이쇼나곤(淸少納言)과 이즈미시키부(和泉式部) 비평에 이르러서는 궁중 시녀로서의 우아함이나 기품을 벗어 던지고 전혀 다른 사람처럼 공격에 몰두한다.

이처럼 과격한 어조의 비평은 오히려 이 일기 가운데 가장 생생하고 자연스럽게 무라사키시키부의 인간상을 부각시키는 문장이라고 할 수 있겠다. 당대의 최고권력자 미치나가가 그 재능을 높이 사서 쇼시의 후궁으로 불러들인 무라사키시키부는 항상 자신의 재능, 인품, 중궁에 대한 공헌도가 위의 선배 여류문인들과 비교되는 것을 의식했고, 이는 그녀에게 심리적 압박감을 주었을 것이다. 세 여류문인들과 비교, 평가된다는 것은 다시 말해 당시 이미 정평을 얻고 있던 그들이 무라사키시키부의 궁중 시녀로서의 자질을 재는 기준이 되었다는 것을 의미한다. 그러나 시키부는 그 사실을 절대적인 것으로 받아들이지 않고 자기 자신을 기준으로 해서 그들을 평가하고 위상을 정하는, 즉 평가받는 측 스스로가 평가하는 측으로 위치를 전환함으로써 어려운 후궁 근무생활에서 자신을 구원하려 했던 것이라고 볼 수 있다.

일기 속에 상전인 미치나가가 자신을 신뢰하는 정도를 일일이 기

록하고, 그 부인이나 자녀들도 자신을 존중하고 친밀하게 대해주는 모
습을 잊지 않고 남기려는 심리야말로 후궁이라는 경쟁사회에서 전문
직업인으로서 살아가는 순수한 자세일 것이다.

『겐지 이야기』에 홀린 한 여성의 회한기

『更級日記』

【이미숙】

여성이 자기의 삶을 자기만의 가슴속에 담아두지 않고 글로써 남겼을 때 그것은 하나의 문학작품으로 남게 된다. 우리나라의 혜경궁 홍씨의 『한중록』(恨中錄)이 그 범주에 들어가며, 974년 무렵 첫선을 보인 『가게로 일기』(蜻蛉日記)를 필두로 고대 일본에서 잇따라 등장하기 시작한 '여류 일기문학'이라는 일련의 작품들이 그 대표적인 예이다.

남성들이 공적인 사실을 한문으로 기록한 일기와는 달리 여성들이 가나(仮名) 문자로 자기의 삶을 회상해 구구절절이 기록한 이 작품들이 '문학'으로 자리매김하게 된 것은 단지 시간 순에 따른 객관적 기술이 아니라 자기 삶을 기본 제재로 하면서도 이를 탄탄한 구성력을 바탕으로 하나의 독립된 작품으로 형상화해냈기 때문이다.

1060년경에 쓰여진 『사라시나 일기』(更級日記)는 최초의 여류 일기문학인 『가게로 일기』와 어깨를 나란히 하는 일본 중고시대의 대표적인 일기문학 작품이다. 작자는 중류귀족 집안인 스가와라 다카스에의 딸(菅原孝標女)인데, 그녀가 『가게로 일기』의 작자 미치쓰나의 어머니(道

綱母)의 이복여동생의 딸, 즉 조카라는 점은 그 시대 여류문학의 흐름 상 흥미로운 사실이다. 그리고 자기 이름을 지니지 못하고 '누구의 딸' 이라거나 '누구의 어머니'로 불렸던 그 시대 일반 여성들의 호칭을 통해 서 헤이안시대 일본 여성의 지위를 짐작할 수 있다.

『사라시나 일기』는 작자가 쉰 고개를 넘긴 뒤 자기 일생을 회고해 쓴 자전적 작품이다. 10대 중반에 결혼하는 게 일반적이던 그 시대에 33세의 늦은 나이에 다치바나 토시미치(橘俊通)와 결혼했지만, 51세 때 남편과 사별한 뒤 인생의 헛됨을 절절히 느끼며 쓴 이 작품은, 여성 이 삶의 한 고비를 겪어낸 뒤 자기 삶을 되돌아보며 썼다는 점에서는 다른 여류 일기문학과 다를 바 없다.

하지만 일본 고전문학의 최고봉이라 일컬어지는 『겐지 이야기』가 이 작품의 주요 모티프, 더 나아가 한 여성의 삶의 키워드가 될 정도로 큰 비중을 차지하고 있다는 점은, 『겐지 이야기』가 세상에 나온 지 50 여 년 후 주요 독자층인 여성들에게 어떻게 향유되고 있었는지 그 구체 적인 양상을 보여준다는 점에서 다른 작품과 구별되는 문학사적 의의 를 지니고 있다고 할 수 있다.

떼려야 뗄 수 없는 작자의 삶과 『겐지 이야기』로 대표되는 모노가 타리(物語)와의 밀접한 관계는 작품 모두(冒頭)에서부터 찾아볼 수 있 다. 지방관인 아버지를 따라 임지인 가즈사(上総) 지방에서 다감한 소 녀 시절을 몇 년간 보낸 작자가 '교토에 빨리 올라가게 해주셔서 그곳에 잔뜩 있다는 모노가타리를 전부 보여주십시오'라고 부처님께 빌었다는 귀절에는 모노가타리에 열중해 있는 시골 문학소녀의 모습이 생생히 그려져 있다.

가즈사 지방이란 도쿄 가까이에 있는 지바(千葉) 지방의 옛 이름으로 오늘날엔 도쿄(東京)와 가까운 지역이지만 교토(京都)가 수도였던 헤이안시대 때는 벽지였던 곳이다. 따라서 작자에게 모노가타리와 그 속에서 전개되는 세계는 현실의 자기 삶과는 동떨어진 동경의 대상이며, 이는 교토에 대한 동경과 동일선상에 있음을 알 수 있다.

마침내 꿈에 그리던 교토로 상경했지만 시골생활과 별반 다를 게 없는 쓸쓸한 일상 속에서,『겐지 이야기』54권 중 여주인공인 무라사키노우에(紫の上)에 관한 이야기를 읽고 전권을 통독하게 해달라고 마음속으로 빌고 있는 부분과, 어렵게 구한『겐지 이야기』를 방안에 혼자 틀어 박혀 첫 권부터 읽어가는 기쁨을 '황후자리도 부럽지 않다'고 표현하고, 등장인물인 유가오(夕顔)와 우키후네(浮舟) 같은 여성이 되고 싶다는 기술을 통해, 모노가타리라는 허구세계에 탐닉함으로써 현실의 스산함을 잊고자 하는 작자의 모습을 엿볼 수 있다. 작자가 동경했던 유가오와 우키후네라는 여성이『겐지 이야기』속에 등장하는 수많은 여성들 가운데서도 평범한 행복을 얻지 못하고 박복한 삶을 살아가는 인물이라는 점은, 일기를 쓰는 시점에서의 작자의 처지와 맞물려 있다고도 볼 수 있다.

작자에게 있어 모노가타리가 단순한 소일거리가 아닌 그녀의 삶에 대한 태도를 비추는 거울이라는 것은, 남편을 잃고 혼자된 인생의 늘그막에 삶의 헛됨을 깨달으며 지나칠 정도로 모노가타리와 그 속의 허구세계를 동경하던 자신의 옛모습을 참담하게 응시하는 작자의 시선을 통해 알 수 있다.

　이렇듯 일기에서 『겐지 이야기』로 대표되는 모노가타리는 작자의 박복하고 불행한 삶의 주요 원인으로서 제시되고 있으며, 작자는 자기 불행의 원인을 지나치게 모노가타리에 탐닉한 나머지 현실생활을 경시하고 종교생활을 소홀히 한 데서 찾고 있는 것이다. 『겐지 이야기』 전 권을 처음 통독하던 때 꿈속에 스님이 나타나 '법화경 5권을 빨리 배우거라'라고 일러주셨지만 배울 생각도 하지 않았다는 기술, 영험이 있다고 소문난 하세데라(長谷寺)나 이시야마데라(石山寺) 등에 진작부터 참배하지 않은 것을

후회하는 기술 등에서 그 같은 작자의 인식을 엿볼 수 있다. 이러한 작자의 시각은 작품 말미의 '옛날부터 허황한 모노가타리나 와카 등에만 열중하지 말고 밤낮으로 한마음으로 부처님께 기도했다면, 이렇듯 꿈같이 허무한 말년을 보지 않아도 됐을 텐데'라는 귀절 속에 가장 뚜렷이 나타나 있다.

　끝으로 작품명인 '사라시나'(更級)는 나가노현(長野県)에 있는 지명인데, 남편과 사별한 뒤 쓸쓸히 살아가는 작자를 조카가 찾아왔을 때 읊은 '달조차 숨은 오바스테야마(姨捨山)에 칠흑 같은 이 저녁 무엇하러 왔는가'라는 와카 속에 나오는 노파를 버린 전설을 지닌 오바스테야마가 있는 곳이다. 이를 통해 작자가 말년의 자기 처지를 오바스테야마에 홀로 버려진 노파와 같다고 인식하고 있음을 알 수 있다. 그리고 이 작

147

품의 성격을 모노가타리에 열중하다가 현실생활을 경시한 회한기(悔恨期)로 규정했을 때, 『사라시나 일기』의 작자에게 있어 『겐지 이야기』는 미래의 달콤한 꿈과 현실의 스산함을 모두 맛보게 해준 애증의 대상이라고 할 수 있을 것이다.

작은 것이 아름답다

『枕草子』

【정순분】

1001년경에 궁중 뇨보(女房)인 세이쇼나곤(清少納言)에 의해 성립된 『마쿠라노소시』(枕草子)는 무라사키시키부(紫式部)의 『겐지 이야기』(源氏物語)와 함께 헤이안문학의 쌍벽을 이루는 작품이다. 귀족적이고 왕조적인 미의 진수를 그대로 구현한 것으로 마음속 깊이 애절하게 느끼는 내향적인 '모노노아와레'(もののあわれ) 개념을 표현한 『겐지 이야기』와는 달리, 작품은 어떤 사물에 대해 밝은 마음으로 찬미하고 지적(知的)인 흥취를 느끼는 '오카시'(をかし) 개념을 표현하고 있다.

『마쿠라노소시』는 시간이나 장소의 제약 없이 작자의 체험이나 감상을 자유롭게 써내려간 것으로 일본 문학사상 수필의 효시로 위치하고 있다. 내용은 세이쇼나곤이 이치조(一条) 천황의 중궁 데이시(定子) 후궁에 출사한 993년부터 데이시가 사망한 1000년까지 7년 동안의 궁중 경험을 바탕으로, 자연과 인사(人事)에서 폭넓게 취재하여 그에 대해 평론한 것이다. 예리한 관찰력과 감각, 명확하고 섬세한 표현력, 개성적 서술이 그 특징이다. 또 대상에 몰입되지 않는 객관적 태도로 인간과 자연의 단면을 단적으로 파악하고 있다. 작품은 당시 와카적 서정을 주류로 한 일반적 경향과는 다른, 작가의 개성과 극도로 세련된 미적 감흥의 정수라고 할 수 있다.

구성은 총 300여 단으로 이루어져 있는데 내용과 형식에 따라서 어떤 주제를 제시하고 그에 해당하는 항목을 열거하는 유취적(類聚的) 장단, 자연의 정취나 세상살이의 묘미에 대해 감상·비평한 수상적(隨想的) 장단, 궁중생활의 체험을 회상한 일기회상적(日記回想的) 장단으로 나뉘어진다.

그중 가장 수필다운 부분으로 수상적 장단을 들 수 있는데, 계절에 따른 정취를 간결한 묘사력으로 기품 있게 서술하고 있다.

봄은 새벽녘이 좋다. 점차 하얗게 되어 가는 산등성이가 조금씩 밝아져 보랏빛 구름이 길게 드리워진 것이 멋있다.

여름은 밤이 멋지다. 달 밝은 밤은 말해 무엇하리. 그러나 어두운 밤일지라도 반딧불이가 이리저리 날고 있는 것은 참으로 멋지다. 비가 와도 운치가 있으리라.

가을은 해질 무렵이 멋지다. 석양이 산등성이 가까이 내려와 있을 때, 까마귀가 둥지로 돌아가느라 삼삼오오 짝지어 날아가는 것까지 그윽한 정취가 있다. 또 기러기가 나란히 줄을 이루고, 아주 작게 보이는 모습이란. 해가 다 지고 어둠속으로 들려오는 바람 소리, 벌레 소리는 이루 말할 수 없이 운치 있다.

겨울은 이른 아침이 좋다. 눈이 쌓여 있으면 더 좋으리라. 그렇지 않더라도 아주 추운 날 숯불을 서둘러 지펴 방마다 들고 들어가는 모습도 계절과 꼭 맞는 모습이다. 낮이 되어 추위가 점점 누그러지면 화롯불도 하얗게 재가 되어 정취 또한 사라져버린다. (1단)

한편, 당시 다른 작품에서는 볼 수 없는 특이한 장단이 유취적 장단인데 「산은」(10)단과 같이 소재를 제시하고 그 종류에 해당하는 항목을 열거하는 '～은(는)'형 장단과, 「얄미운 것은」(25)단과 같이 주제를 제시하고 그에 해당하는 항목을 열거하는 '～것'형 장단과 같이 두 가지 형식이 있다. 이 유취적 장단은 추상적이고 애매한 개념을 실제적인 예를 들어 나열해 놓은 미(美)적 개념의 집합체로, 당시의 미적 가치를 알 수 있는 척도로 사용되고 있다.

그중 「예쁘고 귀여운 것」(うつくしきもの)(146)단을 보면 다음과 같은 것을 열거해놓고 있다.

참외에 그린 아이 얼굴. 참새 새끼가 쮸쮸쮸 하고 부르면 팔짝팔짝 뛰어 오는 모습. 두세 살짜리 아이가 급히 기어오다가 조그만 티끌을 발견하고 조막만한 손으로 집어서 어른한테 보여주는 것. 단발머리 아이가 머리가 앞으로 내려온 것도 쓸어 올리지 않고 고개를 삐딱하게 한 채 열심히 뭔가를 보고 있는 모습. 그리 크지 않은 동자가 말끔하게 차려 입고 여기저기 돌아다니는 모습. 예쁘게 생긴 어린아이가 잠시 안고서 얼르고 있는 사이에 새근새근 잠들어 버린 모습도 너무너무 귀엽다.
인형 놀이 장난감. 연못에서 건져 올린 아주 작은 연꽃 잎. 접시꽃 잎사귀

중에서도 아주 작은 것. 그러고 보면 작은 것은 다 귀엽다.

(중략)

긴 다리에 하얀 옷을 입혀 놓은 듯한 병아리가 시끄럽게 삐약삐약 하면서 사람 앞으로 왔다 뒤로 갔다 하거나 어미 닭을 따라서 저도 같이 달려가는 모습도 귀엽기 그지없다. 물새알. 유리 항아리.

이 장단을 보면 예쁘고 귀여운 것은 모두 작은 것이다. 모든 성장이 다 끝난 완성체와는 다른, 청순하고 천진난만하며 가냘픈 속성이 미적 개념으로 파악되고 있다. 실제로 작가는 '그러고 보면 작은 것은 다 귀엽다'라고 작은 것에 대한 종합적인 평가를 내리고 있다.

현재 '아름답다'의 뜻인 형용사 'うつくしい'는 당시에는 'うつくし'의 형태로 '귀엽다' 또는 '사랑스럽다'라는 뜻이었다. 원래 헤이안 시대 이전에는 부모가 자식에 대해서 갖는 감정으로 사랑스럽고 애처롭게 생각하는 마음을 나타내는 말이었는데, 헤이안기에 들어와서부터 시간적, 공간적으로 작은 것을 귀엽게 생각하는 마음으로 바뀌고 다시 헤이안 후기부터 의미 변화가 일어나서 가마쿠라(鎌倉), 무로마치(室町) 시대 이후에는 일반적인 미(美)를 가리키는 말로 정착한 것이다. 작은 것에 국한되어 호의적인 감정을 나타내는 말이 사물 전체의 미질(美質)에 대한 평가어로 바뀌어, 일반적이고 절대적인 의미로 확대된 것이다.

일본 문화사를 살펴보면 간무(桓武) 천황이 794년 헤이안쿄(平安京)로 천도하기 전 시대는 도래인(渡来人)들이 대륙의 선진문화를 받아들여 이룩한 문화가 중심이었다. 특히 6세기경 중국과 한반도로부터 한자와 불교를 받아들이면서 문화가 급속도로 발전하였는데 그 성격은 소박하고 진솔하면서도 자연의 미를 강조하는 대륙적인 것이었다.

그러나 헤이안시대에 들어서면서부터 본격적인 일본화가 진행되어 현재 우리가 알고 있는 특징적인 일본문화의 대부분이 이 시기에 형성되었다. 이때부터 매우 섬세하고 인위적이며 기교적인 것으로 되었다. 조개껍질 안쪽에 그려넣은 그림이나 칼자루에 새겨넣은 무늬 등과 같이 정교함의 극치를 이루고 있는 헤이안문화는 작은 것에 대한 흥미와 미적 향유의 소산물로, 일본인들이 일찍부터 작은 것에서 우아하고 세련된 미를 발견하여 안도감과 친근감을 느끼고 그것을 예술로 형상화시킨 것으로 볼 수 있다.

헤이안 귀족은 이럴 때 웃음거리가 된다

『今昔物語集』

【이시준】

　『곤자쿠 이야기집』(今昔物語集:이하『곤자쿠』)을 우리말로 하면 '옛날 이야기 모음집' 정도가 될 듯하다. 당시 사람들이 인식하고 있었던 세계 전체, 즉 인도, 중국, 일본 삼국의 1천여 화의 설화를 전체 31권(8권, 18권, 21권은 결권)에 체계적으로 집대성한 일본 최대의 설화집이다. 설화에는 광대한 공간을 배경으로 천황, 귀족, 승려에서 무사, 농민, 거지, 도적에 이르기까지 다양한 계층과 직업을 가진 인물들이 활약한다.

　인간사회의 구석구석에 대한 통찰과 사실적 묘사가 돋보이는 매우 풍부한 내용을 담고 있는『곤자쿠』의 성립시기는 1120년경에서 1140년경까지, 고대에서 중세로 넘어가는 변혁기로 무사계급의 급부상에 비해 상대적으로 귀족문화에 조락(凋落)의 그림자가 드리워지는 시대지만 여전히『겐지 이야기』(源氏物語)나 우지뵤도인(宇治平等院)을 대표로 하는 왕조 귀족문화가 꽃을 피우던 시기다. 귀족사회의 틀 안에서 자아에 침잠하여 그 나름대로 깊이는 있지만 극단적으로 시각이 한정된 왕조 귀족문학에 비교하면 『곤자쿠』는 예외적으로 광범위한 시각을 가지고 사회의 모든 모습을 예리하게 포착하여 표현하고 있다.

그런 만큼 왕조 귀족문학에서 그려지는 귀족의 모습과는 달리 색다른 소재를 제공하며 한층 객관적이고 비판적 시각에 입각한 내용의 설화가 수록돼 있다. 여기서는 '소화'(笑話)가 집중적으로 수록되어 있는 권 28의 이야기를 몇 가지 소개하기로 한다. 권28 제3화는 소네 요시타다(曽禰吉忠)가 엔유(円融) 상황이 주재하는 후나오카(船岡) 야유회에 불리지 않았는데도 가인(歌人)들의 말석에 잠입하여 주위의 귀족들에게 걷어차이며 추방을 당해 웃음거리가 되었다는 내용이다.

요시타다는 거무스레한 오렌지색의 초라하고 간편한 복장으로 등장해 처음부터 귀족들 사이에서 두드러진 존재가 되었다. 주위 귀족들이 그의 출현을 질책해도 의연하게 자리를 지키더니 급기야 그들에게 붙들려 몇 차례나 밟힌 후 도망치게 되어 웃음을 사는 형세가 되었다. 하지만 그는 도망가면서도 다음과 같이 소리쳐 다시 한 번 웃음거리를 제공한다.

"너희들은 뭘 웃느냐. 나는 창피한 것 구애받지 않는 노인이다. 그러니 하는 말인데 잘 들거라. 상황이 주재하는 연회석에 가인을 부르신다고 해서 이 몸이 자리에 참석했다. 그리고 과자를 오도독 오도독 먹다가 내쫓겨 걷어차였다. 그게 뭐가 창피한 일이냐!"

편자는 이야기 끝에 '요시타다는 시는 잘 짓지만 사려가 깊지 않아 가인을 초대한다고 듣고서는, 부르지도 않았는데 얼굴을 내밀어 이런 창피를 당했다. 그는 뭇사람들과 후세에까지 웃음거리가 되었다'고 평을 적고 있다.

제23화는 삼조추나곤(三条中納言) 아사나리(朝成)가 비만을 치료하기 위하여 의사로부터 물에 밥을 말아서 먹는 '수반'(水飯)의 처방을 받아, 이를 먹기는 하지만 그 양이 엄청날 뿐만 아니라 많은 양의 마른 오이와 은어절임까지 곁들여 먹어치웠다는 이야기다.

웃음의 초점은 아둔한 사람이라면 모를까 고귀한 현자로서 형식적으로는 처방을 따르기는 하지만, 실제로는 식사량을 줄이지 않고 여전히 포식을 했다는 점에 있다. 이야기 앞부분에서 그가 비만을 제외하면 예의작법에 정통하고 관현(管絃)에 탁월했으며 사려깊은 이상적인 귀족으로 설명되어 있어 한층 해학적이다.

이와 같이 당연히 갖추어야 할 혹은 갖추었으리라 생각되는 교양 및 사려의 결여로 웃음을 사는 것은 기노 하세오(紀長谷)의 경우도 마찬가지이다. 추나곤(中納言) 기노 하세오는 음양사(陰陽師)로부터 도깨비의 출현에 대비해 몇월 몇일은 외부와의 접촉을 단절하고 근신하라고 주의를 받는다. 그러나 그는 이 말을 까맣게 잊어버리고 그날 그만 제자와 시를 짓고 있었는데, 뿔이 솟은 네발 달린 괴물이 튀어나와 모두를 공포에 빠뜨렸다.

이때 한 남자가 괴물의 머리를 내쳤더니 그것이 뾰족한 손잡이가 달린 그릇을 뒤집어 쓴 강아지임이 밝혀지고 사람들은 박장대소를 한다. 기노 하세오는 해박하고 유능한 문장박사로, 당시 스자쿠문(朱雀門)의 누각 위에서 한시를 읊은 신인(神人)을 볼 수 있을 정도였다(권24 제1화). 당대 최고학자의 부주의함은 모든 사람들에게 웃음을 유발하는 것이다.

한편 사려깊지 못함이 웃음을 사는 정도에 그치지 않고 결국 그를 둘러싼 사회집단으로부터 고립되는 심각한 지경에 이르는 경우도 있다. 제30화는 좌경속(左京属:제4등관) 직에 있는 기노 모치쓰네(紀茂経)가 상사인 좌경대부(左京大夫:좌경직 장관)에게 도미절임을 선물해 잘 보이려고 했지만, 도미절임이 낡은 나막신과 짚신으로 바뀌는 바람에 창피를 당했다는 이야기다.

결국 모치쓰네는 사람들이 이렇게 웃어대는 동안에는 어디에도 가지 않겠다고 집에 칩거한다. 웃음거리가 되는 것이 귀족에게 있어서 보통 일이 아니었다는 사실은, 사건이 터진 후 좌경대부가 세상사람들의 이목을 의식하여 '나처럼 운이 나쁜 사람은 사소한 일에도 이런 어처구니없는 일을 당하는구나. 세상사람들이 이 일을 전해듣고 재미삼아 후세까지 우스갯거리로 삼을 게 틀림없다. 말년에 정말 어처구니없는 일을 당했구나!' 라며 한탄한 것에서 미루어 짐작할 수 있다.

사소한 실수로 후세까지 우스갯거리가 되는 일에 대해 공포심을 갖는 것을 보면, 예의작법을 따지고 체면을 중시하는 권위적인 사회집단에 있어서 웃음의 공격적인 일면을 잘 드러내고 있다고 할 수 있다. 헤이안시대의 귀족생활에서는 연중행사 등 의식전례(儀式典礼)가 가장 중요한 일이었는데, 그 시행은 예의작법에 근거하고 있었다. 따라서 예의 작법의 기억 및 전승은 귀족들에게 필수였으며 이를 위해 당연히 선례를 구체적으로 들어 설명하는 설화가 이용되게 되었다.

후지와라 다다자네(藤原忠実)의 담화를 측근이 기록한 것으로 식

157

사 때의 젓가락 사용법과 더불어 풍부한 설화를 담고 있는『후케고』(富家語), 『추가이쇼』(中外抄)와 같이 본격적이지는 않지만, 위의 예화들은 귀족이 당연히 갖추어야 할 교양과 사려가 이야기의 중심에 있다는 점에서는 공통성을 가지고 있는 것으로 보인다.

이외에도 권28에는 경솔한 행동과 돌발적인 실수에 의해 웃음을 사는 이야기가 보이는데, 정무집행 중 머리에 쓴 관(冠)을 떨어뜨리는 제26화나, 남전(南殿)의 동쪽 끝에서 음경을 드러내는 제25화, 시합에 지고 큰 거리를 달려 도망친다는 제35화 등이다.

엄밀하게 구별할 수는 없지만 이와 같이 공적인 장소에서의 돌발적인 실수에 대해서는 비교적 유쾌하게 웃음을 터뜨리는 정도였다고 한다면, 교양이나 사려의 부족을 향한 폭소는 한층 공격적이다. 하지만 양쪽 모두 웃음거리가 되는 이유는 귀족에게 요구되는 상식적인 품위나 교양의 결여에 의한다. 그리고 정도의 차이는 있을지언정 그 웃음에는 이상적인 귀족계급의 모습에 대한 당대의 시대의식이 반영되어 있다고 판단된다.

헤이안쿄의 밤을 누빈 어느 여도적 이야기
『今昔物語集』

【이시준】

『곤자쿠 이야기집』(今昔物語集)에는 각양각색의 내용만큼 다양한 인간군상이 등장한다. 그중 이전의 문학에서 다루어진 적이 없는 군상으로 시대의 주역으로 대두하기 시작한 무사계급, 지방행정관인 수령, 그리고 시대의 질곡(桎梏) 속에서도 굴하지 않는 당찬 서민 등 다채로운 계층이 등장하며, 인간의 모습을 띤 동물도 더불어 활약한다. 그러나 무엇보다 당시 사회가 선명하고 행동적으로 묘사된 이야기로 권29의 '도적담'을 들 수 있지 않을까 싶다.

헤이안시대라고 하면 보통 섬세하고 우아한 귀족세계를 떠올리기 쉽다. 하지만 당시 귀족들의 일기나 문서에는 도적에 의한 피해를 입었다는 내용이 상당수 보이고 있다. 요시시게 야스타네(慶滋保胤)의 『지테이기』(池亭記)에는 '동쪽에 화재가 나면 서쪽도 온전하지 못하고, 남쪽의 가옥에 도적이 들면 북쪽의 가옥도 도적과의 전투로 화살을 피하지 못한다'며 개탄하고 있다. 헤이안기는 실제로 역병이나 천재가 계속되는 사회불안 속에서 도적으로 인한 피해가 끊이지 않았던 시기이기도 했다.

'악행'(惡行)이라는 부제가 붙은 『곤자쿠』 권29에는 도적의 모습이 생생하게 그려져 있는데, 아쿠타가와 류노스케(芥川龍之介)의 단편인 『라쇼몬』(羅生門), 『덤불속』(藪の中)의 원화도 여기에 수록되어 있다. 또한 도둑 하카마다레(袴垂)가 출옥해서 세키야마(関山)에서 죽은 체하고는 무심코 다가오는 무사를 죽이고 나서 다시 무리를 규합하여 바람과 같이 사라지는 제19화에도 실감나게 묘사되어 있다. 하지만 뭐니뭐니해도 제3화 '베일에 쌓인 여도적 이야기'를 빼놓을 수는 없을 것이다.

　　어떤 하급무사가 헤이안쿄(平安京：현재의 교토)의 거리에서 스무 살 남짓의 매력적인 여자의 유혹을 받고 동거를 시작하는데, 그는 여자의 권유로 채찍질에 견뎌내는 등의 훈련을 받은 후 군도(群盗)의 일원이 된다. 한두 해가 지난 어느 날, 여자는 울면서 이별을 암시하고 남자가 2, 3일 집을 비운 사이 홀연히 사라진다. 남자는 단 한 번 그 여자가 도둑단의 두목으로 행동하는 모습을 훔쳐보았을 뿐이다. 이상의 설화 본문에 이어 편자의 감상이 덧붙여지는데 '기이(奇異)한 일이다'라는 평이 몇 번씩이나 되풀이되고 있다. 무엇이 그렇게 기이하게 여겨졌을까? 『곤자쿠』 편자와 당시의 사람들은 과연 어떤 시각으로 도적을 보았던 것일까?

　　첫번째로 여자와 같이 살았던 집과 창고가 이틀 사이에 형체도 남기지 않고 사라진 점이 기이하다. 본문을 보면 집은 '□와 □의 부근'이었고 창고는 '육각(六角)에서 북쪽, □로부터는 □'이라 되어 있어 모두 헤이안쿄 안에 있었으며, 특히 창고는 '육각에서 북쪽, 몇 개나 되는 창고의 하나로 주변에 운송업자가 운집했다'고 하니 당시 사람들은 어디

쯤이었는지 대충 짐작할 수 있었으리라 생각된다. 『곤자쿠』의 편자는 공란을 남겨둠으로써 리얼리티를 확보함과 동시에 베일에 쌓인 사건의 진실에 접근하려는 모습을 보여주고 있다. 남녀의 동거장소이자, 도적질의 거점이었던 집과 창고는 헤이안쿄라는 공간에 속하는 동시에 그것과 다른 이공간(異空間)이 되어 버렸다. 하지만 이질적인 점에서는 공간만이 아니라 도적 자체가 도시인들에게는 이인(異人)이면서 타자(他者)였던 것이다.

두 번째로 막대한 양의 보물들과 부하를 거느리고 사라졌음에도 불구하고 그후 전혀 소식을 들을 수 없었다는 것과 여자와 동거하고 있을 때 여자의 명령이 없었음에도 부하들이 척척 제때에 나타나 일을 했다는 점도 기이하다. 40~50명이나 되는 도둑 무리들이 도시 한 쪽에서 흔적도 없이 사라진 것이다. 명령도 받지 않고서도 일사불란하게 움직인 도적의 집단 행동양식이 놀라울 뿐이다. 권29에 묘사된 군도(群盜)의 집단활동을 살펴보면, 엄격한 상하의 질서 아래 철저히 규범을 지키고 각 구성원들이 자신의 역할을 다하고 있다. 여자가 남자에게 삶과 죽음을 자신에게 맡기라고 말하고는 남자를 기둥에 묶어놓고 등에 수차례 채찍질을 가했던 것도 그를 도적의 일당에 가담시켜도 손색이 없는지 테스트하기 위한 일종의 통과의례였다. 그리고 남자가 여자의 지시에 따라 밤 첫 도적행위가 끝나고 훔친 물건을 분배할 때 그것을 냉큼 받아서는 안 되었던 것도 도적의 구성원으로서의 자질을 시험하는 절차였던 것이다. 어둠 속에서 누구에게도 들키지 않고 이합집산하는 데 필요한 암호를 습득하고 교환하는 도적의 놀라운 집단 행동양식은 당시 사람들에게 기이하게 여겨졌다. 즉 '암흑의 세계'로 비유할 수 있는 그들 세계와 생활방식은 당시 사람들에게 있어 너무나도 낯설었던 것이다.

세번째로 도적의 수령인 여자를 비롯한 도적 무리들의 정체를 알 수 없다는 점이다. 특히 여인의 정체에 관해서 남자의 시점에서 '피부가 하얗고 키가 작은 남자'라고 밖에 서술되어 있지 않지만, 설화의 제목에 '여도적'이라고 명기되어 있듯이『곤자쿠』의 편자는 동거했던 여자가 군도의 수령이었음을 확신을 가지고 이야기하고 있다는 점이다. 하지만 최종적으로는 '그것도 확실한 것이 아니다'라고 하고 있다. 그들의 정체를 아무리 해도 밝힐 수 없었던 것이다.

『곤자쿠』에는 도적 이외에도 무사나 도깨비와 같은 영귀(靈鬼)가 타자(他者)로 그려지고 있다. 영귀는 일상생활이 아닌 초자연적인 세계의 주민으로써 불가해한 존재이기 때문이다. 또한 무사의 경우는 당시의 귀족들이나 도시인들이 그들의 무위(武威)를 긍정하면서도, 권25 제9화에 '세상사람들 모두 극도로 무서워했다'거나, 권25 제12화에 '이해할 수 없는 사람들의 마음이구나'라고 서술된 바, 보통 사람의 상식으로는 이해할 수 없는 두려운 대상으로 인식되고 있었던 것이다.

문학사적으로『곤자쿠』를 후대의 설화집과 비교했을 때 문학의 세계를 한 차원 확대시켰다는 평가를 내릴 수 있는 이유는, 바로 위와 같이 스스로도 불가해하게 생각하며 자신의 잣대로 통용되지 않는 타자의 세계를 압도적으로 풍부하고 다양하게 그려내고 있기 때문이다.

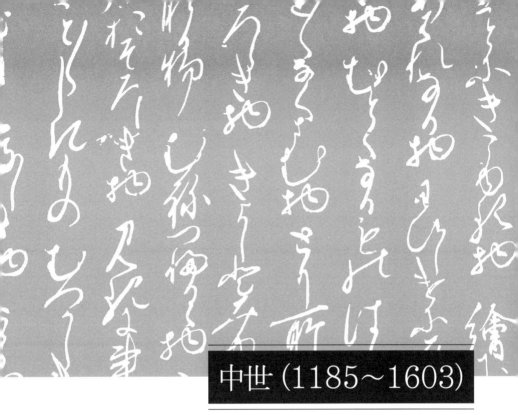

中世 (1185~1603)

꿈속의 다리가 끊어져서

『新古今和歌集』

【박혜성】

春の夜の夢の浮橋とだえして嶺にわかるるよこ雲のそら

봄날 짧은 밤 꿈길 끊겨 잠을 깨니 새벽 하늘에 가로 흐른 구름이 봉우리서 떠나네 (春上, 38)

이 노래는 일본 중세시대 최고의 칙찬와카집 『신코킨와카슈』(新古今和歌集)에 수록된 것이다. 칙찬집이란 천황의 칙명을 받아 혹은 천황이 직접 노래를 뽑아 우수한 와카를 선별해 만든 가집으로, 『신코킨와카슈』는 8대 칙찬집에 해당한다.

성립 과정은 먼저 1201년 7월에 와카 선별을 위한 임시 관청 와카도코로(和歌所)가 설치되고, 같은 해 11월 와카를 찬진하라는 고토바인(後鳥羽院) 상황의 명이 내려져, 편찬자에 의해 와카가 선별되었다. 편찬업무를 담당하게 된 사람은 후지와라 사다이에를 비롯한 6명인데, 그 중 자쿠렌(寂蓮) 법사는 다음해에 사망하여, 고토바인의 주도 아래 5명의 편찬자에 의해 작업이 진행됐다. 여러 기록을 보면, 이렇게 5명이 선별하여 내놓은 와카들을 고토바인 스스로가 다시 선별하고, 와카집의 구성이나 순서를 정할 때도 직접적인 지시를 내렸다고 한다. 마침내 1205년『신코킨와카슈』가 완성되는데, 이후에도 수정작업은 계속된다.

가집은 전 20권으로 와카 수는 약 2천 수이며, 마나(真名) 서문과 가나(仮名) 서문을 갖추고 있다. 구성은 봄(상·하), 여름, 가을(상·하), 겨울, 축하, 애상, 이별, 여행, 사랑(1~5), 잡가(상·중·하), 신들에게 바치는 노래, 불법을 설포하는 노래로 분류되어 있으며, 작자 미상을 제외한 총 작자수는 396명이다. 중심축이 된 것은 동시대 가인들의 작품으로, 만요(万葉) 이후 역대 가인들의 노래가 실려 있다. 가장 많은 와카가 채택된 가인은 사이교(西行, 1118~90. 수도자이면서도 쉽게 초월할 수 없는 인간 감정을 솔직히 토로한 방랑시인)로 94수가 채택되었으며, 고토바인 자신의 와카도 35수가 들어 있다.

가집의 특징으로 오늘날 '신코킨조'(新古今調)라고 일컬어지는 '감각적인 상징미'를 들 수 있을 것이다. 약 400년간 귀족문화의 꽃을 피워 왔던 헤이안 왕조는 여러 차례의 전란 끝에 막을 내리고 권력은 무사들의 손에 넘어가게 된다. 귀족계층은 급변해가는 시대상황 속에 무력한 채로, 정치의 중심에서 벗어나 있었다. 이런 가운데 귀족들은 초라한 자신들의 처지를 잊고자 현실을 외면하고 부정하며, 극도의 낭만적인 풍조를 추구하며 화려했던 왕조시대에의 동경을 예술 세계에 응축시킨다. 이렇게 해서『신코킨와카슈』의 상징적이고 감각적인 미(美)의 세계가 탄생한 것이다.

감각적 상징이란, 자신이 감각적으로 받아들인 것을 구체화하기

위하여 엄선된 언어만을 구사하여 다시 새로운 이미지로 구성하는 것을 말한다. 그러한 가운데 많은 와카의 기법들이 발달하게 되는데, 그 중 대표적인 것에 5·7·5·7·7자로 구성된 와카의 5구 가운데 제1구에서 내용이 끊어지는 '초구끊김'(初句切れ), 제3구에서 끊기는 '삼구끊김'(三句切れ), 마지막인 제5구 끝 문절을 체언으로 끝내 여운(余韻)이나 여정(余情)을 나타내는 '체언맺음'(体言止め)이 있다. 또한 유명한 옛 와카의 표현이나 내용의 일부를 빌려, 고가(古歌)의 이미지 위에 새로운 세계를 전개시켜 중층적인 표현 효과를 보게 하는 '본노래 취함'(本歌取り) 등의 기법이 있다.

글 서두에 제시한 와카가 바로 '본 노래를 적절히 취하여 이미지를 증대시킨 노래'에 해당한다. 봄날 새벽을 읊고 있는 이 와카는 고토바인과 함께 신코킨와카 칙찬에 지대한 영향을 미친 후지와라 사다이에(藤原定家, 1162~1241)의 노래이다. 사다이에는 흔히 데이카로도 불리는데, 그는 아버지인 후지와라 도시나리(藤原俊成)-순제이라고도 한다-의 뒤를 이어 당대 와카의 지도자적인 가문을 이끌어간 위대한 가인이다. 도시나리가 정립한 '유겐'(幽玄)이란 독특한 미의 세계에의 추구를 상징하는 것으로, 표면적 아름다움이 아니라 언어 외에 풍기는 그윽하고 외로운 정적미를 말한다. 유겐의 미의식은 중세 예술을 일관하는 근본적인 이념이라고 할 수 있다.

와카 2번째 구의 '꿈의 다리'(夢の浮橋)(위에서 우리말 번역은 글자수를 맞추기 위해 '꿈길'로 함)는 중고시대의 유명한 『겐지 이야기』3부의 마지막 첩에서 이름을 딴 것으로, 가오루(薫)가 우키후네(浮舟)와의 못 이

167

・・・

「신코킨와카슈」의 '가을' 내용을 보고 혼아미 고에쓰(1558~1637)가 그린 그림

룬 사랑을 끝내는 곳이다. 이 노래는 사다이에가 가오루의 입장에서 창작한 것으로, 하구(下句) 14자도 우지 산 고을에서 홀로 밤을 샌 가오루의 눈에 어린 쓸쓸한 정경이 이어진다.

이 와카에서 '꿈의 다리가 끊겨'란 다리가 중간에서 끊겨 건널 수 없었다는 뜻인데, 꿈길을 더듬어도 끝내 다다르지 못하는 안타까움을 나타낸다. '가로 흐른 구름 봉우리서 떠나네'는 밤중 산 아래 걸렸던 구름이 새벽이 되면 다시 하늘을 향해 올라가듯, 우키후네를 향한 가오루의 애틋한 마음을 표현한 것이다. 이야기의 주인공을 와카 속의 주인공으로 다시 살려 환상적으로 표현한 한 수로, 동적이고 입체적인 와카의 세계를 알 수 있게 해준다.

山ふかみ春とも知らぬ松の戸にたえだえかかる雪の玉水

산이 깊어서 봄 온지 알 수 없는 산가(山家) 소나무 문에, 눈 녹은 물방울이 똑똑 떨어지누나 (春上, 3)

이 와카는 『신코킨와카슈』의 대표적 여류가인 쇼쿠시 나이신노(式子内親王)의 작품이다. 산 깊은 곳에서 지내는 사람에게도 봄은 반드시 찾아오고, 지붕 위에서 떨어지는 눈 녹은 물방울에서 봄을 깨닫는다는 내용이다. 이 노래는 작자가 죽기 1년 전에 지은 것으로 그의 원숙한 경지를 알 수 있다. 여기에는 『만요슈』 1859번과 『고킨와카슈』 323번의 노래를 바탕으로 하여 고가(古歌)의 숨소리가 전해지는 것 같다.

또한 가어(歌語) '소나무 문'(松の戶)은 백낙천(白樂天)의 한시문이나 『겐지 이야기』와 관련하여, 현세로부터 떨어져 초암에 은둔하는 은자의 생활을 돋보이게 하는 가어이다. 『신초쿠센와카슈』(新勅撰和歌集)에서는 이 가어가 구사된 와카를 4수나 찾아볼 수 있다. 이렇게 이 와카는 고가 전통에서 묻어나오는 은둔자의 심적 계보를 능동적으로 계승하면서, 자연이라고 하는 외계(外界)와 혼돈의 시대를 고뇌에 찬 채로 살아가는 자기 자신과의 조화를 가능케 했다. 즉 자연과 인사의 융합이라고 하는 고킨와카슈적 기법을 새로운 내용으로 부활시킨 신코킨적 기법의 전형이라 할 수 있는 것이다.

또 '눈 녹은 물방울'(雪の玉水)이라고 하는 우아하고 아름다운 가어를 포함한 상구와 하구 사이에, 정(靜)과 동(動)을 배치하여, 쓸쓸하면서도 공허한 아름다움과 화려하고도 우아한 아름다움의 신비한 조화를 이루어내고 있다.

『신코킨와카슈』 성립 이후 사다이에 등에 의해 『신초쿠센와카슈』가 편찬되고, 가단은 그의 아들인 다메이에(為家)로 이어져가나 활동은 급속하게 쇠퇴한다. 더욱이 다메이에 사후에는 장남인 다메우지(為氏)

의 니조 가문(二条家), 차남인 다메노리(為教)의 교고쿠 가문(京極家), 막내인 다메스케(為相)의 레이제이 가문(冷泉家)의 3개의 집안으로 분열·대립하게 된다. 그러는 중에도 칙찬와카집은 꾸준히 편찬되는데, 니조 가문에 의해 대표되는 니조파(二条派)는 온아하고 평이한 가풍을 이상으로 삼고 전통적인 입장을 고수한 반면, 교고쿠파(京極派)는 참신한 자연관조나 심리의 응시를 겨눈 혁신적인 가풍을 추구하여『교쿠요와카슈』(玉葉和歌集)와『후가와카슈』(風雅和歌集)라고 하는 참신한 칙찬집을 만들어내기도 하였다.

이러한 칙찬와카집은 무로마치 초기에 편찬된『신쇼쿠코킨와카슈』(新続古今和歌集)를 끝으로 마지막을 장식한다. 그것은 계속 평이한 스타일의 특징 없는 와카집이 만들어짐으로써 더 이상 와카가 시대의 요구에 부응할 수 없었기 때문이었다. 중고, 중세시대에 통산 21개의 칙찬와카집이 만들어졌는데, 이후 와카는 렌가(連歌)에게 운문문학의 주된 자리를 내어주게 된다.

후지와라 도시나리로 시작되는 와카의 가문은 지금 현재 레이제이 가문이 명맥을 이어가고 있으며, 근대 이후 와카는 단가(短歌)라는 형태로 다시 태어나 오늘날까지 많은 동호인을 확보하고 있다. 또한 오늘날도 천황가에서는 새해에 천황을 비롯한 황족들이 자신들이 지은 와카를 국민들에게 공포하고 있으며, 와카는 황족들이 갖추어야 할 기본적인 교양으로 중시되고 있다.

■ 운문

백 명의 백 가지 노래

『小倉百人一首』

【최충희】

　『햐쿠닌잇슈』(百人一首)는 말 그대로 와카(和歌)의 달인 1백 명을 엄선하여 그들의 대표작 1수씩을 모아놓은 가집이다.

　현재 통용되고 있는 『햐쿠닌잇슈』는 원래 '오구라햐쿠닌잇슈'(小倉百人一首)라고 불렸다. 이것은 처음부터 작품집으로 엮어진 것이 아니라, 일본 중세시대를 대표하는 가인 후지와라 사다이에(藤原定家)가 평소 좌우명처럼 기억하며 애송하던 노래들을 자신의 별장이 있는 오구라 산장 벽지에 적어놓았는데, 사후에 일반인에게 알려지면서 '오구라햐쿠닌잇슈'라고 불리게 된 것이다.

　『햐쿠닌잇슈』에 실려 있는 가인들은 야마토시대서부터 가마쿠라(鎌倉) 초기에 활약한 사람까지 다양하며 소재도 봄, 여름, 가을, 겨울의 사계절은 물론이고 사랑, 이별, 여행 등 다양하다. 특히 사랑에 관한 노래가 43수, 가을을 읊은 노래가 17수로 단연 많다. 이들을 통해 사다이에가 만년에 어떤 노래를 애송했는지 엿볼 수 있는데, 죽음을 노래한 애상이나 신의 음덕을 기리는 신기(神祇), 부처의 가르침을 노래한

석교(釈教) 등을 소재로 한 노래가 수록되지 않은 것은 아마도 산장의 벽지에 적었다는 유래에서 알 수 있듯이, 분위기와 어울리지 않았기 때문이라 생각된다.

『햐쿠닌잇슈』는 이밖에도 붓글씨의 교재나, 일본식 카드라고 할 수 있는 가루타의 성행으로 유명해졌다고 할 수 있다. 일본인들은 특별히 문학을 좋아하지 않더라도 『햐쿠닌잇슈』에 실려 있는 노래 몇 수쯤은 대강 암송할 수 있다고 생각해도 과언이 아니다. 여기에 실린 대표적인 몇 작품을 소개하면 다음과 같다.

奥山に紅葉踏み分け鳴く鹿の声聞く時ぞ秋は悲しき
깊은 산 속에 낙엽을 헤치면서 짝 찾아 우는 숫사슴 울음소리 가을은 애닯어라

이 노래는 사루마루 다유(猿丸大夫)의 작품으로 『햐쿠닌잇슈』에 수록되어 있다. 그렇지 않아도 슬픈 가을에, 산 속에서 애절한 숫사슴 울음소리가 들려 오니 슬픔이 더할 것은 당연하다.

天の原ふりさけ見れば春日なる三笠の山に出でし月かも
휘영청 밝은 밤하늘 쳐다보니 먼 옛날 고향 미카사산에 떴던 그 달 닮았네

이 노래는 견당사의 일행으로 당나라에 유학한 아베노 나카마로(安倍仲麿)의 작품이다. 아베노 나카마로는 당나라에서도 과거에 급제하

여 관리로 지냈을 정도로 시에 출중한 실력을 지녔다고 한다. 작품은 긴 중국생활을 청산하고 일본을 향해 떠나기 전날 밤에 읊은 것으로, 유학을 가서 외롭고 쓸쓸할 때마다 고향을 떠나올 때 마음속에 간직하고 온 그 달을 생각하며 시름을 달랬을 작자의 향수(鄕愁)를 잘 나타내고 있다.

후일담으로 이 노래를 지은 다음날 배는 예정대로 일본을 향해 출발했지만, 풍랑을 만나 표류하고 현재 베트남 부근까지 밀려갔다가 작자는 결국 귀국하지 못하고 중국에서 일생을 마쳤다는 슬픈 사연이 전한다.

花の色はうつりにけりないたずらにわが身世にふるながめせしまに

꽃처럼 곱던 내 얼굴도 어느새 변해버렸네 장맛비를 한동안 바라보는 동안에

이 노래는 우리나라의 황진이(黃眞伊)에 버금가는 여류가인인 오노노 고마치(小野小町)의 작품이다. 작자가 나이가 들어 용모가 변한 모습을 비유하여 읊은 노래로, 세월의 빠름과 인생의 무상(無常)을 감각적이고 섬세한 필치로 그려낸 수작(秀作)으로 꼽히고 있다.

시심의 교향곡 렌가(連歌)

【최충희】

'렌가'(連歌)란 여러 사람의 공동 제작에 의한 독특한 형식의 시로, 『신코킨와카슈』 이후 정체되어 가던 와카(和歌)를 대신하여 꽃을 피운 중세를 대표하는 시가이다. 와카가 작가 한사람이 5·7·5·7·7의 31자로 된 시로 완성하는데 비해, 렌가는 2명 이상의 복수의 사람들이 한 사람이 5·7·5, 다음 사람이 7·7, 그 다음 사람이 5·7·5 하는 식으로 이어가는 형태의 시이다. 즉 와카나 하이쿠 등이 독주(独奏)라고 한다면 렌가는 여러 사람이 연합하여 하나의 음악세계를 만들어내는 교향악이라고 할 수 있다.

렌가의 유래는 멀리 『고지키』(古事記)로 거슬러 올라간다. 야마토다케루노미코토(倭建命)가 '니바리에 있는 쓰쿠바산을 지나 몇 밤을 잤는가?(新治筑波を過ぎて幾夜か寝つる)라고 노래를 불렀더니 미히타키노오키나(御火焼翁)가 '날을 세어보니 밤으로는 아흐레, 낮으로는 열흘이오.'(日々並べて夜には九夜日には十日を)라고 답한 데서 찾을 수 있다.

이 노래를 렌가의 출발로 보고 있으며, 이후 중세시대에는 렌가를 '쓰쿠바의 길'(筑波の道)이라고 불렀다. 이것이 발전하여 두 사람이 5·7·5구와 7·7구를 각각 읊어 한 수의 단가(短歌) 형식으로 엮어가는 것이 원시적인 렌가의 형태로 이것을 일반적으로 단렌가(短連歌)라고 부른다. 단렌가는 헤이안 중기 이후 가인들 사이에서 유희와 해학을 중심으로 여흥으로 읊어졌을 뿐 문학적으로 주목받지 못했다. 그러다가 헤이안시대 말기쯤에는 5·7·5구와 7·7구를 계속 길게 이어가는 초렌가(長連歌)가 발생한다. 이 초렌가는 가마쿠라(鎌倉) 막부의 고토바인(後鳥羽院) 시대 무렵에는 5·7·5구와 7·7구를 합쳐 100구로 엮는 햐쿠인(百韻) 형식으로 정착하게 된다.

초렌가의 매력은 제일 첫 구인 홋쿠(発句)를 제외하고는 앞의 구에 구를 붙여서 하나의 작품세계를 만들게 되지만, 뒤에 다른 구가 붙게 되면 원래의 구와는 전혀 예상치 않은 또다른 작품세계가 전개되는 형식으로 작품세계가 고정되어 있지 않고 끊임없이 변화해간다는 데 있다. 초렌가에는 그 나름대로의 질서와 규칙이 있는데 이를 '시키모쿠'(式目)라고 한다. 시키모쿠가 어느 정도 정비된 것도 고토바인시대 즈음이라고 할 수 있다.

가마쿠라시대 초기의 렌가는 해학을 주로 하는 무신렌가(無心連歌)와 우아한 정취를 지향하는 우신렌가(有心連歌)로 분류된다. 그리고 작자층도 귀족계급인 구게(公家)뿐만이 아니라 승려, 신흥계급인 무사, 일반 민중들까지 다양하며 무신렌가는 그 세력이 약해지고 우신렌가가 성행하게 된다.

남북조시대에서 무로마치시대에 걸쳐서는 니조 요시모토(二条良

基,1320~88. 북조의 太政大臣)와 같이 지위가 높고 학식 있는 사람이 등장하여 렌가를 권장하고 문학적 지위를 향상시키기 위해 노력함으로써 더욱 성행하게 된다. 니조 요시모토는 최초의 렌가 작품집인『쓰쿠바슈』(菟玖波集)를 엮고, 렌가의 이론서인『쓰쿠바몬도』(筑波問答)와 시키모쿠를 정리한『오안신시키』(応安新式)을 남겨, 렌가를 하나의 당당한 문학으로 대성시키는 계기를 만들었다.

요시모토에 이어 이마카와 료슌(今川了俊, 1326~?), 본토(梵灯, 1349~1427?), 소제이(宗砌, ?~1455), 신케이(心敬, 1406~75) 등이 활약했는데, 이 중에서 신케이는 쇼테쓰(正徹)의 가론(歌論)을 이어받아『사사메고토』(ささめごと)를 비롯한 여러 렌가 이론서를 남기고 렌가의 예술성을 높이는 데 힘썼다.

신케이를 이어 렌가를 혁신하여 크게 완성시킨 사람이 소기(宗祇, 1421~1502)이다. 소기는 1467년부터 11년 동안 계속된 '오닌(応仁)의 난'을 전후하여 전국의 유력한 무사들의 비호하에 전국을 순회하며 렌가를 지도하는 렌가시(連歌師)로서의 활약상이 돋보이는 사람이다. 렌가의 이론 및 실제 작품활동에도 눈부신 업적을 남기고 있으며 또한 렌가를 계몽, 교육하는 분야에서도 크게 활약을 했기 때문에 명실상부한 렌가의 대성자라 할 수 있다. 이후 그는 니조 요시모토 이후의 좋은 작품들을 모아『신센쓰쿠바슈』(新撰菟玖波集)를 편찬했다.

소기의 렌가 작품집 중에서 특히 자신의 제자 소초(宗長, 1448~1532), 쇼하쿠(肖柏, 1443~1527)와 함께 엮은『미나세산긴햐쿠인』(水無瀬三吟百韻)이 가장 유명한데, 작품의 첫 8구를 감상해보자.

雪ながら	잔설 있으나	
山もとかすむ	산기슭에 안개 낀	
夕かな	석양이로구나	(소기)
行く水遠く	아득히 물 흐르고	
梅にほふ里	매향 감도는 마을	(쇼하쿠)
川かぜに	강바람으로	
一むら柳	버드나무 사이로	
春見えて	봄이 보이네	(소초)
舟さす音も	노 젓는 소리 또한	
しるきあけがた	선명한 새벽 무렵	(소기)
月やなほ	달빛은 아직	
霧わたる夜に	안개 낀 밤 저편에	
のこるらん	남아 있겠지	(쇼하쿠)
霜おく野はら	서리 내린 들판에	
秋はくれけり	가을은 깊어가네	(소초)
鳴く虫の	울어재치는	

| 心ともなく | 풀벌레 마음과 달리 |
| 草かれて | 풀은 마르고 | (소기) |

| 垣ねをとへば | 찾아온 담장 너머 |
| あらはなる道 | 황량한 길만 보이네 | (쇼하쿠) |

어느 사이엔가 시간이 흐르고 계절이 바뀐다. 봄에서 가을로, 저녁에서 아침으로, 시각적인 구에서 청각적인 구로 이어진다.

소기 등에 의해 크게 성행했던 렌가는 그 문예성이 지닌 가치도 높이 평가할 만하지만 렌가의 제일 처음 구인 홋쿠(発句)는 독립된 시의 형태로 그 시가 읊어진 장소의 배경과 시간을 반영해야 하는, 이것이 나중에 하이카이(俳諧)로 발전해가는 계기를 만들어주었다는 점에서도 의의가 있다. 우리가 흔히 일본의 대표적인 시의 형태로 5 · 7 · 5, 즉 17자로 된 하이쿠(俳句)를 꼽는다. '하이쿠'라는 말은 옛날부터 있던 말이 아니라 근대 초기 마사오카 시키(正岡子規)에 의해 생성되었는데, 원래 렌가나 하이카이의 홋쿠를 지칭하는 말이었다. 하이쿠에 계절을 상징하는 '계어'(季語)나 구를 끊어주는 '기레지'(切字)가 필수적인데 이것도 홋쿠에서부터 이미 지켜지고 있었던 것이다.

소기시대에 완성된 렌가는 그 후 시키모쿠가 더욱 복잡해져 일반 민중들이 읊기에는 점점 어려워지게 되고, 이에 따라 정통렌가는 쇠퇴의 길로 접어들게 된다. 반면, 시키모쿠에 구애받지 않고 자유롭고 해학적인 내용의 하이카이렌가(俳諧連歌)가 유행하게 된다. 야마자키 소칸(山崎宗鑑)은 하이카이렌가를 모은 『신센이누쓰쿠바슈』(新撰犬筑波集)를 남기고 이후 에도(江戸) 시대의 하이카이문학을 낳는 데 산파 역할을 한다.

그러면 어째서 중세시대에 렌가가 성행했을까? 중세는 전란이 잦고 무사들이 할거하던 시대로, 어떻게 세상이 바뀔지 예측할 수 없는 시기였다. 이처럼 인생살이의 가장 심층적인 부분과 어떻게 변화해갈지 알 수 없는 렌가의 세계가 맞닿아 있다. 또 전란을 헤쳐나가기 위해 상대방의 마음을 읽고 결속을 다져나가야 하는 무사들의 시대에, 상대방의 시심을 충분히 음미하고 난 다음 자연스럽게 이어나가야 하는 렌가가 발전할 수 있었으리라.

사색과 구도의 은자문학

『方丈記』

【이영아】

중세는 궁정 귀족계급 대신 새롭게 성장한 무사들이 정권을 잡고 막부정치를 실시하던 군웅할거의 시대로, 계속되는 전쟁과 천재지변으로 나날이 불안한 시기였다. 그 속에서 불교에 귀의해 종교적 안정을 구하고, 현실로부터 도피하여 산촌에 숨어사는 지식인과 은둔자(隱遁者)들이 등장한다.

은자문학(隱者文学)이란 이처럼 속세를 벗어남으로써 세상을 보다 객관적으로 관찰할 수 있었던 이들이 이루어낸 것으로, 내용은 주로 불교적인 무상관(無常観)을 바탕으로 자신의 생활과 인생, 자연, 신앙, 사회에 대한 생각을 뛰어나게 표현한 것인데, 그중 대표적인 장르로 수필을 들 수 있다.

『호조키』(方丈記, 1212)는 가모노 초메이(鴨長明, 1155~1216)가 쓴 중세 은자문학의 대표작으로, 속세를 등지고 은자생활을 하던 1장(丈) 4방(方) 즉 2.73평(坪)의 암자에서 글을 썼다는 데서 이처럼 이름지어진 것이다.

가모노 초메이는 교토의 시모가모 신사(下鴨神社)의 신관(神官)의 아들로 태어나, 가인(歌人)으로서 활발하게 활약하며, 고토바인 상황에게 발탁되어 와카를 찬집하기도 했다. 자신도 아버지의 뒤를 이어 신관이 되려 했지만 친척들의 방해로 뜻을 이루지 못하자, 궁중에서 물러 나와 53세에 출가(出家)한다. 그가 출가한 것은 신관직이 좌절되었다는 실망 때문만이 아니라, 동족(同族)이 보여준 인간사회의 냉혹함에 대한 일종의 심리적 저항과, 사회 정세의 심각한 변동으로 불안과 인생무상을 강하게 느꼈기 때문이라고 전해진다. 초메이는 작품을 통해 만년 57세에 자신의 생애를 회고하며, 인생을 어떻게 살아갈 것인가를 사색적으로 묻고 있다.

우주만물은 변하지 않는 것이 하나도 없다. 세상 모든 것이 덧없이 변해 가는 모습을 몸에 스미듯 절감하는 작자의 무상관은 다음

『호조키』의 서두

문장에 잘 드러나 있다. 오늘날에도 뛰어난 문장으로 평가받고 있는 『호조키』의 유명한 서두는 다음과 같다.

흐르는 강물은 멈추는 법이 없으나, 그 물은 시시각각으로 흘러 본래의 물

이 아니다. 물이 소용돌이치는 곳에서 일어나는 물거품은, 사라졌는가 하면 다시 생겨나고, 생겨났는가 하면 다시 사라져 잠시도 머무는 일이 없다. 이 세상에 살고 있는 사람과 그의 거처도 이와 마찬가지다. 아름다운 교토에서 빽빽이 들어선 용마루를 이은 기와집들, 그것이 신분이 높은 사람의 집이거나 낮은 사람의 집이거나 대(代)를 이어 계속해서 사는 것 같지만, 실제로는 옛날에 있던 집은 거의 없다. 어떤 경우에는 커다란 집이 사라지고 오두막이 생겨난다. 살고 있는 사람도 이와 마찬가지다. 장소도 옛날과 마찬가지이고 사람도 변함없이 많지만, 안면이 있는 사람은 이삼십 명 중에서 불과 한두 명뿐이다.

한편에서는 아침에 사람이 죽고, 그런가 하면 한편에서는 저녁 때 사람이 태어나는 이 세상, 인간계의 모습은 사라졌다가는 맺히는 물거품과도 같다. 이와 같이 태어나서 죽는 사람들은 어디에서 와서 어디로 가는 것일까. 잠시 머물다 가는 이 세상에서, 누구를 위하여 악착같이 살며, 어떤 인연으로 호화로운 생활에 정신을 빼앗기는가. 그렇게 악착같이 산 사람도, 호화로운 대저택도, 서로 경쟁하듯이 변해가고 없어져버린다. 말하자면 아침의 이슬과 같다.

본서의 구성은 크게 2부분으로 나눌 수 있다. 전반부는 천재이변(天災異変)의 비참함이 객관적으로 묘사되어 있는데, 작자가 직접 체험한 5대 재앙 곧 1177년의 대화재, 1180년의 돌풍, 1180년의 천도로 인한 민심의 동요, 1181년과 1182년에 걸친 대기근과 돌림병으로 수많은 사람이 사망한 것, 1185년의 대지진 등에 대한 공포감 등이 그려져 있다. 회상문 형식으로 쓰여진 이 부분은 세상의 무상함과 덧없음을 고뇌하는 저자의 정신세계를 직접적으로 표변하고 있다.

후반부는 작자의 성장과정과 둔세(遁世)의 경위, 히노(日野) 도산(外山) 암자에서의 생활, 불교를 수행하는 구도자로서의 모습을 보여주고 있다.

히노의 방장암(方丈庵)에서의 작자의 생활상은 다음과 같다.

지금, 히노산 깊숙한 곳에 자취를 감춘 후 암자의 동쪽에 3척 정도의 차양을 내고 섶나무를 꺾어 땔감으로 삼으며 살고 있다. 남쪽에는 대나무로 툇마루를 만들었다. 그 서쪽에는 아카단(불상에 공양을 바치는 불단)을 만들고 북쪽에 칸막이를 세워서 아미타를 그린 불화를 안치하고 그 옆에는 보현보살을 걸고 앞에는 법화경을 놓아두었다. 동쪽 모퉁이에는 고사리를 엮어 밤에 잘자리를 꾸몄다. 서남쪽에 대나무로 된 달아맨 선반에 놓인 검은 가죽함 3개에는 와카와 음악에 관한 책, 왕생요집 같은 불교의 발췌서를 넣어두었다. 곁에는 거문고와 비파를 각각 하나씩 걸어두었다.

세속의 고난으로부터 벗어나 마침내 도달한 한거생활. 방장암의 생활은 지극히 검소하고 질박한 것인 동시에 그 좁은 공간 안에서의 정신 세계는 풍요로운 것이었다. 작자는 세상의 무상함과 자신의 처지에 대한 자각을 다음과 같이 술회하고 있다.

도읍에서 일어나는 일에 대해 들어보면, 내가 이 산에 들어온 이래, 고귀한

183

분들이 돌아가셨다는 소식이 많이 들려온다. 별달리 신분이 높지 않은 사람의 경우에는 이루 다 알 수 없을 정도이다. 다시 화재가 나서 타버린 집 또한 얼마나 많을 것인가. 오로지 이 임시 거처만이 평온하고 안전한 것이다. 면적은 좁아도 밤에 잠잘 수 있는 바닥이 있고, 앉을 장소가 있다. 이 한 몸 살아가는 데 부족함이 없다.

소라게는 작은 조개를 좋아한다. 큰일이 생겼을 때의 위험을 알기 때문이다. 물수리는 파도가 높고 바위가 많은 해안에 산다. 그것은 사람을 피하기 위해서이다. 나 또한 그들과 같다. 무슨 일이 생겼을 때의 두려움을 알고, 세상의 덧없음을 알기에 아무것도 바라는 것이 없고, 집착하지도 않고, 단지 조용함을 원하며, 불안이 없는 것을 다행으로 여기고 있는 것이다.

그러나 불도정신의 자세로 끝없이 부정(否定)에 부정을 거듭하며, 한적한 생활에의 집착도 부처님의 가르침을 위반하는 행위라는 것을 인식한 초메이는 다만 부처님의 이름만을 두세 번 불러보는 것으로 끝맺고 있다.

무료하고 쓸쓸한 나머지

『徒然草』

【정순분】

중세 수필문학의 꽃『쓰레즈레구사』(徒然草)는『호조키』(方丈記)와 더불어 은자문학(隱者文学)의 대표적인 작품이다. 1330년경에 성립됐다는 설이 있으나, 정확한 성립연대는 미상이다. 전체 244단으로 이루어진 수필집으로, 각 단은 독립된 주제로 유식고실, 설화, 자연의 정취, 회고담, 처세훈, 불교적 무상관 등 실로 다양한 내용을 다루고 있다. 『호조키』와 다른 점은 무상관을 본질로 하되, 작자가 대상에 사로잡히지 않고 항상 냉정한 눈으로 대상을 관찰하는 객관적 태도를 취하고 있다는 점이다. 그러면서도 작자는 인간의 나약함에 온화한 눈길을 돌린다.

'쓰레즈레구사'라는 작품명은 다음에 소개하는 서단의 '특별히 하는 일도 없이 무료하고 쓸쓸한 나머지'(徒然なるままに)라고 하는 표현에 연유하여 후세에 붙여진 것이다. 집필 동기로 밝히고 있는 '쓰레즈레'라는 말은 '아무런 할 일도 없고 공허한 상태'를 뜻하는 것으로 원래 헤이안 여류문학에서는 장마로 오랜 비가 계속되거나 사랑하는 사람이

찾아오지 않아서 정신적으로 채워지지 않을 때 사용되던 부정적인 의미가 강한 말이었다. 하지만 여기에서는 창작의 정신적 토양일 뿐만 아니라 작자가 추구하고자 하는 이상적인 상태를 나타내는 말로 쓰이고 있다.

특별히 하는 일도 없이 무료하고 쓸쓸한 나머지 온종일 벼루를 마주앉아 마음속에 떠오르는 걷잡을 수 없는 상념들을 두서 없이 적어가노라니 묘하게도 기분이 상기되어 온다. (서단)

작자 겐코(兼好) 법사는 궁중에서 구로우도(藏人:궁중의 잡무직)로 하루하루를 바쁘게 보내다가 불현듯 흉흉한 세상을 등지고 불교에 귀의하여 은둔생활을 시작한다. 그에게 있어서 불교에 귀의한다고 하는 것은 불도에 대한 강한 집착이 아니라, 어떤 외부 사항에도 얽매이지 않고 주변의 모든 것으로부터 자유로워진다는 의미였다. 즉 겐코법사는 무료하고 쓸쓸한 쓰레즈레의 상태야말로 인간의 정신이 가장 자유로워질 수 있는 경지로, 특별한 목적이 없는 시간 속에서 자기 내부와 인간 존재에 대하여 깊은 상념에 빠질 수 있다고 믿었던 것이다.

그는 방관자적 관조를 바탕으로 복잡한 인생과 세태를 예리하게 포착하며 난세를 살아가는 인간의 생을 긍정하고자 노력하고, 무상한 이 세상에서 불도전심의 도표를 제시한다. 그의 문장은 간결하고 평이하면서 투철한 관조안과 성찰을 담고 있어 현재에도 명수필로 읽히고 있다.

모든 면에서 뛰어나다고 하더라도 열정적인 사랑에 마음이 움직이지 않는 남자는 무언가 부족한 것 같고, 마치 금잔에 밑이 없는 것과 같아 보인다. (3단)

생명이 있는 존재로서 인간만큼 무척 오래 사는 편이다. 하루살이는 저녁을 기다리다 죽고, 여름의 매미처럼 봄이나 가을을 알지 못하고 죽는 것도 있지 않은가. 단 1년을 지내더라도 더 바랄 바 없이 유유자적하게 지내야 한다. 언제까지고 만족하지 못하고 아쉽다고 생각하면, 천 년을 지낸다 해도 하룻밤 꿈과 같이 짧은 기분이 들 것이다. 영원히 살지 못하는 이 세상에 오래 살아서 추한 자신의 모습을 보는 것이 무슨 의미가 있겠는가? 목숨이 길면 그만큼 부끄러운 일도 많아지는 것이다. (7단)

벚꽃을 어찌 만개했을 때만 감상할 것인가. 또 달이 구름이 없을 때만 아름답다고 할 수 있는가. 비를 바라보며 보이지 않는 달을 그리워하고, 집 안에서 발을 쳐놓고 그 안에 들어앉아 봄이 스러지는 모습도 알지 못하는 것도 그윽한 풍치가 있는 것이다. 지금이라도 필 것 같은 나뭇가지나 꽃이 져버린 뜨락은 그 중에서도 단연 볼 것이 많다. (137단)

죽음은 앞에서 다가오는 것이라고 모두 생각하고 있지만 그렇지 않다. 실은 뒤에서 다가온다. 해변에서 바닷물이 언제 밀려들어올까 모두 바라보고 있지만, 밀물은 사실 모래사장 쪽에서 차 들어온다. (제155단)

『쓰레즈레구사』는 헤이안시대의 수필『마쿠라노소시』(枕草子)와 종종 대비되곤 한다. 인간에게 있어서 가장 마음의 평화를 깨뜨리고 혼란을 초래하는 것으로 성욕, 남녀 간의 애정을 첫째로 꼽고 있는데, 이는 헤이안 여류문학에서는 마음의 공허함 즉 '쓰레즈레'를 달래주는 최상의 것으로 여겨졌다. 반면에 중세시대에 이르러서는 정신적인 고뇌를 초래하는 욕망으로 간주되고 있는 것이다.

세상 사람들의 마음을 현혹시키는 것 중에서도 가장 으뜸가는 것은 성욕이다. 인간의 마음이란 얼마나 어리석은 것인가. 향기란 일시적으로 의복에 잠시 머무를 뿐이라는 것을 알면서도 좋은 향기가 코끝에 와닿으면 왠지 마음이 설레어온다. (제8단)

명예와 재물에 눈이 멀어 마음의 한가로움도 잊은 채 자신의 생을 괴롭히는 것은 어리석은 일이다. 재산이 너무 많으면 그것을 관리하기에 바빠 자신의 몸을 돌보는 일에 소홀하게 된다. 많은 재산은 또한 타인으로부터 위협을 부르게 되고, 재난을 초래하는 매개물이 되기도 한다.…명예에 있어서도 언제까지나 사라지지 않는 명성을 후세에 오래도록 남기고자 하는 욕망은 누구에게나 있겠지만 지위나 신분이 높은 사람만을 훌륭하다고 할 수 있겠는가. (제38단)

명예와 재물도 마음의 한가로움을 해쳐서 인생에 도움이 되기는커녕 오히려 재난만 초래하는 것이 된다. 관직 등용과 경제적인 부유함을 고귀함과 동일시하던 헤이안시대 귀족문학과는 매우 다른 양상을 보이고 있다.

　세상이 어지러운 시기에는 오히려 인간의 본질을 추구하는 철학이 발전하게 된다. 무사들이 전란을 일삼던 격동의 시대에 불교적 무상관을 바탕으로 자연응시, 인간성찰, 사회관조를 중요한 축으로 삼는 수필문학이 발달한 것은 당연한 일일지도 모른다. 무상한 이 세상에서 심신을 달래는 유일한 방법이 불교에의 귀의라는 사실을 불자 겐코는 시대를 초월하여 설법하고 있다.

반중세적 일생을 살아간 여성 이야기

『とはずがたり』

【권혁인】

가마쿠라(鎌倉) 시대의 『도와즈가타리』(とはずがたり)는 고후카쿠사인 니조(後深草院二条)의 극적인 일생을 흥미롭게 구성하여 쓴 작품이다. 작품명 '묻지마 이야기'가 뜻하는 것은 '사람들이 묻지도 않았는데, 스스로 자신만의 추억으로 말했다'는 고백적인 의미에서 작자 자신의 명명에 의한 것으로 추정된다. 이 작품은 중세 여류 일기문학을 대표하는 것이지만, 독자에게 다가갈 수 있는 허구적인 요소도 적지 않게 가미되어 있는데, 구상의 긴밀성은 이야기로서도 높이 평가받고 있다.

한 여자의 일생이 제도적, 집단적으로 아내이자 어머니로 규정되고 강요받던 사회에서, 자기존재를 증명하기라도 하듯, 반(反)중세적인 일생을 살아온 니조의 애정편력이 주된 내용이기는 하나, 작품의 후반에서는 출가하여 당시 귀족여성으로서는 드물게 수행의 여행을 떠나, 당시 일본의 주요 명소를 여행한 기록으로 마무리하고 있다. 물론 니조 자신이 직접 집필한 이야기이다.

니조는 무라카미겐지(村上源氏) 계보의 천황 혈통으로, 고가(久我)

집안의 마사타다(雅忠)의 딸이며, 그녀의 어머니는 고후카사쿠인(後深草院)의 양육을 담당하여 궁정에 출사하고 있던 여성이다. 니조의 어머니는 니조가 두 살이 되었을 때 사망했는데, 그녀는 사실 니조가 태어나기 전 자신이 양육을 담당하고 있었던 고후카사쿠인이 처음으로 여성을 체험한 상대이기도 했다.

이러한 배경의 주인공인 니조가 고후카사쿠인의 여자가 되는 장면으로부터 『도와즈가타리』는 시작되고 있다. 작품에 묘사된 다수의 연애는 이러한 우리의 도덕성을 철저히 배격하고 있지만, 그럼에도 불구하고 작품의 내용이 비천하게 다가오지 않는 이유는, 성(性)의 자유 외에는 자유를 구가할 수 없었던 당대의 여성의 삶을 진솔하게 자기 변호없이 써내려 갔기 때문일 것이다.

4세가 되던 해부터 궁정에서 자란 니조는 14세 때 고후카사쿠인의 여인이 된다. 물론 이 일은 고후카사쿠인과 니조의 아버지 사이에 이미 약속된 일이었고, 니조의 의지와는 상관없이 진행된다. 고후카사쿠인과 첫날밤을 지낸 니조는 너무도 놀란 나머지 울기만 하여 그를 곤란하게 만드는데 이러한 장면 등은 『겐지 이야기』(源氏物語)의 무라사키노우에(紫の上)와 겐지(光源氏)의 첫날밤을 연상하게 한다. 많은 연구자들이 『도와즈가타리』에 대한 『겐지 이야기』의 영향관계를 연구하고 있는 것은 다수의 『도와즈가타리』의 표현이나 구상의 모티브가 『겐지 이야기』에 근거하고 있기 때문이다. 『도와즈가타리』는 또한 후대의 『마스카가미』(增鏡)에서도 매우 많이 인용되고 있다.

얼마 후 임신을 하게 된 니조는 아버지의 죽음으로 인하여 유모의

집에 내려가 있게 되는데, 그곳에서 예전부터 그녀에게 구애를 해온 유키노아케보노(雪の曙)와 맺어지게 된다. 유키노아케보노는 고후카사쿠인과는 사촌지간이다.

이유고 니조는 왕자를 출산하지만, 한편으로는 유키노아케보노와의 관계도 여전히 유지된다. 두 사람의 사이를 알아챈 고후카사쿠인의 편지가 도착한 날 밤에, 니조와 유키노아케보노는 그들의 자식을 임신하는 꿈을 꾼다. 이러한 애정관계 속에서 니조는 고후카사쿠인에게 임신한 개월 수를 속이고, 또한 친가에 내려가서 여자아이를 출산한 뒤에는 유산해버렸다고 이야기한다. 출산한 여자아이는 유키노아케보노의 본처의 자식으로서 길러지게 된다. 어느덧 고후카사쿠인과 첫날밤을 지낸 뒤, 울먹이며 밤을 지새우던 소녀다운 모습은 없어지고, 대담하게 자신의 연애생활을 헤쳐나가는 작자의 모습이 부상된다.

그 다음으로 등장하는 니조의 남자로는, 아리아케노쓰키(有明の月)라는 이름으로 불리는 고후카사쿠인의 동생인 세이조호신노(性助法親王)가 있다. 니조를 만나기 전까지 여자를 몰랐던 아리아케노쓰키는 그녀에게 첫눈에 반하게 되고, 승려의 신분을 포기하고 죽어서 지옥에 떨어지더라도 상관없다는 듯 열렬한 구애를 한다. 그러한 기세에 눌려 하룻밤을 같이 보낸 니조는 양심의 가책을 느껴서인지 그를 계속 거부한다. 하지만 이러한 사실을 알게 된 고후카사쿠인은 질투하거나 버럭 화를 내기보다는, 오히려 동생이 니조와 관계를 지속할 수 있도록 주선하는 입장을 취한다.

여기서 당시의 중세 귀족들은 연애를 진정한 마음에서 주고받는 것이 아니라, 일종의 놀이 혹은 유희로 간주하고 있음을 지적하고 싶다. 이는 권력을 가지지 못했던 황실 내의 비극적 현상이라 할 수 있으며, 오늘날 우리들이 가진 도덕적 기준과는 전혀 다른 세계였다고 볼 수 있다.

이러한 상황 속에서도 차츰 니조는 순수한 아리아케노쓰키에게 마음이 끌리게 된다. 결국 두 사람 사이에는 아들이 태어나게 되는데, 임신 중에도 고후카사쿠인의 동생으로 황태자가 되어 왕위를 이은 가메야마인(亀山院)과도 육체관계를 맺게 된다. 여기서 작자는 '(이러한 남녀의 관계가) 이제 와서 새삼스럽게 괴로운 세상에 흔히 있는 일이라는 걸 알았다'고 고백하고 있다. 가메야마인과의 사건이 있은 후에, 아리아케노쓰키의 아들이 태어나고, 아리아케노쓰키가 죽은 뒤에는 유키노아케보노와 고후카사쿠인과도 소원해진다.

이윽고 니조는 33세가 되어서, 이제까지의 애욕으로 가득했던 생활을 청산하고 출가하여, 일찍이 동경하던 사이교(西行) 스님이 한 바와 같은 기행의 기록을 남긴다. 그는 관동(関東)과 관서(関西) 지방을 두루 다니며 약 20년간 여행을 하는데, 여행의 도중에 우연히 이와시미즈하치만구(石清水八幡宮)에서 상왕이 된 고후카사쿠인을 만나 이야기를 나누게 된다.

한편 유키노아케보노와도 오랜 친구와 같은 사이가 된다. 그에게 부탁해 고후카사쿠인이 사망했을 때 장례식에 참석해서 구석에서 지켜보던 니조는 결국에는 슬픔을 참지 못해 맨발로 울면서 장례행렬을 뒤쫓는 감동적인 장면으로 이야기는 매듭지어진다.

이 작품은 텍스트, 인물론, 구상, 주제 등에 대한 연구가 활발하게 이루어졌으며 오늘날 여성사학, 민속사, 중세사 등에서도 활발하게 거론되고 있다. 서양에서는 『겐지 이야기』 다음가는 모노가타리(物語)로 평가되어, 『The Confessions of Lady Nijo, Nijo's Own Story』라는 타이틀로 번역되었고, 오늘날 일본의 수많은 소설과 영화 등의 작품에도 영향을 끼치고 있다.

일본의 혹부리 영감

『宇治拾遺物語』

【김경희】

『우지슈이 이야기』(宇治拾遺物語:이하『우지슈이』)는 15권으로 구성된 중세 설화집으로 총 197개의 설화가 수록되어 있다. 편자 미상이며, 13세기 초에 성립된 것으로 알려져 있으나 확실치 않다. 『우지슈이』는 『곤자쿠 이야기집』(今昔物語集)이나 『고지단』(古事談) 등의 다른 일본 설화집과 그 내용이 유사한 설화를 많이 싣고 있다. 하지만 다른 설화집과 비교해볼 때 몇 가지 재미있는 특징을 발견할 수 있다. 이는 일본의 민화가 실려 있다는 것과 그 민화는 우리의 설화와 유사성이 많다는 것이다. 먼저 일본의 '혹부리 영감 이야기'(1권 3화)를 살펴보자.

옛날 오른쪽 뺨에 큰 혹이 난 영감이 산에 나무하러 갔다가 폭풍우를 만나 산 속에서 밤을 보내게 되었다. 이때 괴이한 형상의 도깨비들이 나타나 술을 마시고 춤을 추며 놀기 시작했는데 영감도 무언가에 홀린 듯 그 앞에 나아가 온몸을 흔들며 춤을 추었다. 도깨비들은 그 춤에 매우 경탄하며 노인에게 앞으로도 계속 참석할 것을 명하였다. 그러면서 그의 얼굴에 달린 혹을 떼내 저당물로 잡힌다.

이 소문이 동네에 퍼지자, 이웃의 다른 혹부리 영감도 자신의 혹을 없애기 위해 산에 올라갔다. 도깨비들의 유흥이 시작되자, 그는 무서워하면서 도 도깨비 앞에 나가서 춤을 췄다. 그렇지만 그 춤이 너무나 서툴러 도깨비들은 저당물로 잡아 놓았던 혹을 이웃집 영감의 뺨에 붙여버렸다. 그 결과 혹을 떼러갔던 영감은 좌우에 혹이 두 개가 되어버렸다고 한다.

이와 비슷한 이야기는 우리나라에도 있다. 노래를 잘부르는 마음씨 좋은 할아버지가 혹에서 노래가 나오는 것으로 착각한 도깨비에게 금은 보화를 받고 혹을 떼서 팔게 되었다. 이 소식을 들은 이웃의 마음씨 나쁜 혹부리 영감이 혹도 떼고 부자도 될 욕심으로 산에 올랐다가, 혹을 팔기는커녕 도리어 혹을 하나 더 붙이게 되었다는 이야기다. 한국의 혹부리 영감과 일본의 혹부리 영감은 어떻게 다른 것인가?

『우지슈이』의 민화를 하나 더 살펴보도록 하자. 우리의 설화와 자주 비교되는 것으로 '참새의 보은 이야기'(3권 16화)가 있다. 이 이야기는 제비와 참새라는 요소는 다르지만, 우리에게 친숙한 흥부전의 제비 이야기와 매우 흡사하다.

어떤 노파가 허리가 부러진 참새를 정성껏 돌봐주고는 그 참새가 은혜를 갚기 위해 물어온 박씨를 심었다. 박이 열려 그것을 타보니 그 속에는 아무리 퍼내도 줄지 않는 쌀이 들어 있는 것이었다. 이 소식은 주위에 알려졌고, 이로 인해 이웃집 노파는 자식들로부터 능력 없다고 비난받게 되었다.

그래서 이웃집 노파는 일부러 참새의 허리를 부러뜨린 후 간호해주었더니 그 참새가 역시 노파에게 박씨를 물어다주었다. 그것을 심고 박이 열릴 때를 기다려 타보니 온갖 독벌레가 나와 노파와 그 가족을 물어 죽였다.

앞의 두 이야기는 줄거리나 소재 면에서 우리의 설화와 매우 유사하다. 하지만 한국 설화의 전통적인 '권선징악'이라는 측면에서 보면, 『우지슈이』의 민화들은 그 초점을 달리하고 있다. 한국의 흥부전에서 흥부는 착한 사람, 놀부는 악한 사람이라는 설정으로 처음부터 선과 악이 대립하고 있다. 반면 『우지슈이』의 이웃집 할머니는 처음부터 악한 사람은 아니었다. 원래 평범한 사람이었지만 자식에게 부자가 된 할머니와 자신이 비교되면서 점점 부자가 되고 싶다는 욕망이 싹트게 된다.

『우지슈이』는 바로 이런 인간 심리묘사에 중점을 두고 있을 뿐, 결코 선악의 대립을 고정시켜 기술하고 있는 것은 아니다. 그 점에 대해서 『우지슈이』는 이야기의 마지막 부분에 '마음씨가 나쁘면 벌을 받는다'는 교훈이 아닌 '남을 부러워해서는 안 된다'는 말로 결론짓고 있다. 다시 말해, 이웃집 할머니는 참새의 허리를 부러뜨린 벌로 죽음을 당했지만, 처음부터 악인으로 규정되지는 않은 것이다.

이러한 설정은 '혹부리 영감 이야기'에서도 찾을 수 있다. 『우지슈이』의 두 혹부리 영감은 선인도 악인도 아니다. 한 영감은 춤을 잘 추고, 다른 영감은 춤이 서투를 뿐이다. 이에 반해 한국의 설화는 마음씨 좋고 나쁨이 처음부터 설정되어 있어, 마음씨 나쁜 영감이 혹 하나를 더 붙이게 되었다는 필연적인 인과응보라는 선악의 고정관념이 작용하

197

고 있다.

이 권선징악의 교훈은 일본의 다른 민화인 '혀 잘린 참새 이야기'와
도 일맥상통한다. 그 이야기에서 마음씨 착한 할아버지가 지극 정성으
로 참새에게 모이를 주고 보살피는데, 이를 질투하고 모이조차 아까워
한 나쁜 할머니가 참새의 혀를 잘라 버렸다. 그것을 불쌍히 여긴 할아
버지는 다시금 정성껏 참새를 돌봄으로써 복을 얻고 나쁜 할머니는 벌
을 받는다.

이상을 종합해 볼 때, 『우지슈이』의 민화는 우리나라의 설화나 다
른 일본민화의 교훈적인 것과는 달리 현실적이고 당시 민중들의 생활
감정을 생생히 드러내고 있다는 점을 특징으로 들 수 있다.

『우지슈이』의 많은 설화는 근대 일본 문학의 소재가 되었다. 그 대
표적인 예로 아쿠다가와 류노스케(芥川龍之介)의 『도조문답』(道祖問
答), 『지옥변』(地獄変), 『용』(竜) 등을 들 수 있다. 그중 『지옥변』은 『우지
슈이』 3권 6화의 '불화를 그리는 화가 료슈(良秀), 집이 불타는 것을 보
고 기뻐함'에서 소재를 얻었다. 불화를 그리는 화가 료슈가 자신의 집
이 불타는 것을 보고 처자의 안부 따위는 뒷전에 둔 채, 화염 광경을 관
찰하여 부동명왕의 화염을 그린다는 내용이다. 이 이야기를 통해 예술
가의 예술에 대한 광적인 집착을 살펴볼 수 있겠지만, 『우지슈이』는 료
슈의 예술혼 그 자체를 논하지 않고, 결국 그림을 돈으로 환산하는 마
지막 장면에서 그의 속물적인 모습을 여지없이 드러내고 있다.

많은 선행 설화가 왕조에로의 회고와 종교적 교훈으로 그려져 있
는 것에 비해, 『우지슈이』는 철저하게 인간 중심적인 작품이다. 혹부리

영감은 성격과 재능에 의해 운명이 바뀌었고, 평범한 할머니가 비교의식으로 점점 욕망을 갖게 되었으며, 화가는 자신의 집이 불타는데 처자의 안전보다는 그림 구상과 금전적인 계산에 골몰하고 있다. 이와 같이 『우지슈이』에는 선인이나 악인을 무론하고, 모든 남녀노소가 개개의 개성과 나이, 계층에 적합한 행동과 심리로 간결하게 묘사되어 있다. 우리는 그 속에서 시대를 초월한 인간 본성에 대한 통찰을 엿볼 수 있을 것이다.

무사계급에 의한 정권의 성립

『平家物語』

【장영철】

일본의 무사는 본디 귀족의 신변을 호위하는 계급이었다. 무사를 가리키는 '사무라이'에 해당하는 한자가 '侍'(모실 시)인 것이 이 같은 사실을 뒷받침한다. 귀족들 사이에 벌어진 권력다툼에 동원된 무사들은 그 와중에 자신들의 힘을 깨닫게 되었다. 1192년 무사집단은 고대 귀족사회를 무너뜨리고 천황가를 압도하는 실권을 장악하여 가마쿠라 막부를 세우는데, 이는 고려 무신정권 성립 시기와 거의 일치한다.

고대 왕조 체제하 무사집단의 양대 가문으로 헤이케(平家)와 겐지(源氏)가 있었다. 헤이케 가문은 50대 간무(桓武) 천황의 자손으로 935년 마사카도(将門)가 당시 변방에서 천황을 참칭하며 난을 일으키기도 했다. 그러나 같은 가문으로서 그와 대립했던 사다모리(貞盛)의 자손들은 중앙에 진출하여 출세의 기반을 다졌다. 한편 겐지 가문은 56대 세이와(清和) 천황의 자손으로 11세기 동북 지방에서 일어난 수 차례 반란을 진압하면서 동국(東国) 무사들을 복속시켜 주군의 가문으로 성장한다.

당시 역사는 무사들의 세상이 1156년 일어난 호겐(保元)의 난 때부터 시작했다고 기술하고 있다. 궁정 쿠데타의 성격을 띤 이 난에 동원된 헤이케와 겐지는 양편으로 갈려 싸웠고 승리는 헤이케 편이었다. 3년 뒤, 두 가문은 다시 싸우고 또다시 헤이케가 승리한다.

승리한 헤이케 가문을 이끈 인물은 키요모리(清盛)로, 그는 당시 귀족 가문만이 독점 세습했던 태정대신(太政大臣)에 오르고 어린 외손자를 천황 자리에 앉혀 외척정치를 펼쳤다. 심지어 당시 왕권을 행사하던 상황(上皇)마저 유폐시켰다. 헤이케 가문은 중앙과 지방 요직을 독차지하여 스스로 귀족화했다. 이에 기득권을 빼앗긴 왕조 귀족들과 호족 세력으로 성장한 지방의 무사집단이 반발하게 된다.

두 차례나 싸움에 패한 겐지 가문은 몰락의 지경에 이르렀으나 '타도! 헤이케'의 기치를 내걸고 유배지에서 은거하고 있던 요리토모(頼朝)가 거병했다. 이에 주군의 뜻을 받들어 동국의 무사들이 속속 모여들었다. 그 중에는 요리토모의 이복동생 요시쓰네(義経)도 있었다. 요리토모는 가마쿠라(鎌倉)에서 배후를 지키며 총괄 지휘했고, 요시쓰네는 전선에 나가 기습전 등을 감행하여 결국 헤이케를 멸망시켰다. 그리고 미나모토 요리토모(源頼朝)에 의해 가마쿠라 막부가 성립함으로써 중세 일본이 열리게 된다.

『헤이케 이야기』(平家物語)는 완성도가 뛰어난 일본 역사군담의 대표작이다. 작자는 미상이지만 13세기 무렵 성립되어 수세기에 걸쳐 텍스트와 공연물의 형태로 성장, 발전한 특색이 있다. 중세 당시에는 비파법사(琵琶法師:비파를 타며 이야기를 들려주는 맹인 예능인)가 연주하는 헤이쿄쿠(平曲:『헤이케 이야기』 내용을 음률에 실어 연주하는 음악 양식)로서 일세를 풍미했다. 텍스트는 읽을거리로서의 소설류 양식과 공연물 대본으로서의 양식 두 가지로 크게 나뉜다. 일반적으로 12권이 기본이나 이본(異本)이 많은 것으로도 유명하다. 소재는 헤이케 일문의 흥망보다는 성쇠에 초점을 맞춰 고대에서 중세로 바뀌는 일본역사의 결정적 전환기를 다루고 있다. 당시 유행했던 불교사상을 기조로 몰락귀족의 시점을 반영하면서 실제로는 무사집단의 역할 및 활약상을 적극적으로 그려내고 있다. 따라서 왕조의 세계에서 무가의 세계로 옮겨가는 시대상을 바탕으로 허구의 틀과 역사적 사실 사이에서 흥미로운 문학적 성취를 이루고 있다고 하겠다.

유려한 문장으로 무상관(無常観)을 표방한 것으로 잘 알려진『헤이케 이야기』의 서두는 다음과 같다.

기원정사(祇園精舍) 종소리는 제행무상의 울림이요 사라쌍수(沙羅双樹) 꽃 색깔은 성자필쇠(盛者必衰)의 이치를 알린다. 교만한 사람 오래 가지 못하느니 마치 봄날 밤 꿈과 같도다. 용맹한 자 또한 결국에는 망하느니 단지 바람 앞의 티끌과 같을진저.

멀리 외국의 예를 보건대 진나라 조고(趙高), 한나라 왕망(王莽), 양나라 주이(周伊), 당나라 록산(祿山). 이들은 모두 구주선황(鼓主先皇)의 다스림을 따르지 않고 쾌락만을 추구하며 간언을 듣지 않고 천하가 어지러워짐을 깨닫지 못하고 민간의 걱정하는 바를 알지 못했으니 오래 가지 못하고 망한 자들이다.

가까이 본국을 살피건대 쇼헤이(承平) 연간의 마사카도, 덴쿄(天慶) 연간의 스미토모(純友), 고와(康和) 연간의 기신(義親), 헤이지(平治) 연간의 노부요리(信賴). 이들은 교만한 마음도 용맹한 일도 모두 각자 대단했지만 아주 가까이로는 로쿠하라(六波羅)에 살았던 출가자이며 전 태정대신 다이라 아손(朝臣) 기요모리공이라는 사람이야말로 전해져 내려오는 이야기가 마음으로도 말로써도 미치지 못할 정도였다.

'제행무상'으로부터 '성자필쇠'로 전환하여, 멀리 이국에서 일본으로 시점을 옮겨 다이라노 기요모리에게 초점을 맞추기 위해 교묘히 구성된 문장이다. 한문을 풀어 읽는 듯한 어조에 일본어 특유의 음률을 바탕에 깔고 있는 『헤이케 이야기』의 문체는 중세 산문의 새로운 정형을 이루었다. 압권을 이루는 주요 전투장면에서는 역동적이며 사실적인 묘사가 전체 상황을 조망하는 가운데 전개될 뿐만 아니라, 비극적인 남녀 사랑 이야기들은 애조를 띤 서정성을 잘 살리고 있다.

이처럼 『헤이케 이야기』는 서사 산문의 기본 골격에 서정 어린 애화(哀話)들을 덧붙이고 있다. 아울러 중국과 일본의 고사(故事)와 불교설화 등 폭넓은 소재를 통하여 당시의 세계관과 역사관을 보여주고 있다.

『헤이케 이야기』는 모두 3부로 구성되어 있다. 제1부인 1~6권은 헤이케 가문을 이끌며 실질적인 왕권을 행사하던 기요모리가 천황가와 왕조 귀족을 탄압한 끝에 미나모토 요리토모의 거병을 맞아 싸우던 도중 병사하는 것이 주된 내용이다. 제2부인 7~9권은 요리토모와 같은 겐지 가문 출신인 요시나카(義仲)가 교토(京都)에 쳐들어가 헤이케를

・・・

동굴 속의 미나모토 요리토모

몰아낸 후 천황가와 대립하다 몰락하는 것이 주된 내용이다. 제3부인 10~12권은 수 차례의 전투 끝에 헤이케가 결국 멸망하고 그 과정에서 무훈을 세운 요시쓰네 또한 형인 요리토모의 막부 설립과 함께 몰락하는 것이 주된 내용이다.

작품의 주제는 불교적 무상관으로 단순화할 수 있다. 작품의 성립도 불교사원과 밀접하게 연결되어 있으며, 주요 등장인물들이 어떻게 살았는가 보다 어떻게 죽어갔는가에 서술의 초점이 맞추어져 있다. 그런가 하면 천황가와 왕조귀족을 압박하는 악행을 저질렀다는 기요모리가 이야기 중심 축에 놓여 있다는 점에서 『헤이케 이야기』는 반(反)영웅소설이라고도 할 수 있다. 그러나 표면상 전통적 천황제를 옹호하면서 실제로는 요리토모의 막부 창건을 정당화하고 있다는 점에서 영웅주의 역사관을 갖고 있음을 알 수 있다.

하지만 헤이케를 비난하면서도 그들의 몰락을 끝까지 지켜보고 비극적인 죽음 앞에서는 동정을 아끼지 않는 것이 서술자의 태도이다. 여기에는 역사상 실패하여 억울하게 죽은 영혼을 진혼한다는 『헤이케 이야기』의 또다른 주제가 담겨 있다. 요컨대 『헤이케 이야기』는 다양한 관점에서 감상할 수 있고 그런 점에서 지금까지도 다채로운 해석과 재창조가 반복되고 있다.

일본은 정말 신국(神国)인가

『古今著聞集』

【김경희】

해마다 8월 15일 광복절을 전후해서 한국과 일본은 일본의 한반도 식민지 지배 문제와 그 해결책에 대해 미묘한 대립을 거듭해왔다. 최근에는 고이즈미(小泉) 총리가 태평양전쟁 전범들의 위패가 안치되어 있는 야스쿠니신사를 참배한 사실과 관련하여 일본의 우경화는 경제불황과 맞물려 날로 심각해지고 있다. 일본의 우경화 문제는 천황제와 불가분의 관계가 있으므로, 이를 일시적인 현상으로 치부하기보다는 역사 속에서 그 근원을 찾아볼 필요가 있다.

일본 천황의 존재는 고대『고지키』, 『니혼쇼키』에 묘사된 신화에서 출발하여 현대에 이르기까지 다양한 형태로 이념화되어 왔다. 일본 중세 설화집『고콘초몬쥬』(古今著聞集)는 중세신화의 한 단면을 살펴 볼 수 있는 좋은 자료 중의 하나이다.

1254년경에 편찬된『고콘초몬쥬』는 전 20권에 700여 편의 설화를 수록하고 있어『곤자쿠 이야기집』(今昔物語集) 다음가는 중세 최대의 설화집이다. 편자인 다치바나 나리스에(橘成季)는 모든 설화를 30항목으로 분류하고, 각 항목의 서문에서 그 기원과 유래 등을 간단하게 설명하고 있는데, 일본의 고대·중세 설화가 모두 연대순으로 배열되어 있고, 신불(神仏) 세계, 귀족사회를 중심으로 하는 인간계, 요괴계, 자연계 등이 백과사전과 같이 매우 체계적으로 편집되어 있다.

첫번째 항목에는 여러 신들을 가리키는 '신기'(神祇)에 대한 내용이 실려 있는데, 이를 통해 일본 중세의 신기신앙을 엿볼 수 있다. 『고콘초몬쥬』「신기편」의 서문에는 천지개벽과 태양신인 아마테라스오미카미(天照大御神)의 자손이 인간 천황이 되어서 일본을 다스리게 된다는 유래가 나온다. 이것은 『고지키』, 『니혼쇼키』의 내용이 그대로 인용된 것이며, 신공(神功) 황후가 신라, 고구려, 백제를 정벌할 수 있었던 것도 여러 신의 도움에 의한 것으로 설명하는데, 이는 일본 중세의 큰 사상적 흐름인 신국사상과 일맥상통하는 것이다.

신국사상이란 일본의 국토와 그 속에 있는 것은 모두 신에 의해 생성되었고 신에 의해 보호받고 있다는 사상이다. 국토라고 하는 것은 최고신인 아마테라스오미카미의 자손이 천황으로서 군림하는 나라, 즉 일본을 의미한다. 고대 일본은 원래 신기에 대한 신앙이 강했지만, 백제로부터 불교가 전래되면서 신기신앙과 불교가 대립을 하게 되었다. 불교 전래 초기에는 신기를 불교의 구원을 받아야 하는 불교의 하위개념으로 두었으나, 차차 불교와의 융합을 꾀하면서 중세에는 신을 우위에 두려고 하는 신국사상이 발달하게 된다. 이 신의 성격을 명확히 파악하기 위해 본문 내용을 살펴보기로 하자.

설화집에는 엔닌(円仁)이라는 일본의 유명한 대사가 법화경을 필사

할 때, 스미요시(住吉) 신이 나타나서 자신이 천황과 불교를 수호하기 위해 현신했다는 내용이 보인다(제5화). 또 미이데라(三井寺)의 수호신인 신라명신이 엔친(圓珍)의 불교 유학 길을 수호하기 위해 잠시 신의 모습으로 현신했다는 이야기(제4화), 그리고 엔친이 신라명신의 계시에 의해 일본의 유명한 절 온죠지(園城寺)를 재건했다는 이야기(제4화) 등이 있다. 이와 같이 신라명신은 천황과 불교를 수호한다는 내용이 반복적으로 묘사되고 있다.

이상을 통해서『고콘초몬쥬』에서는 신과 부처가 융합되어 있는 신불습합(神仏褶合)의 형태로 나타나 있음을 알 수 있다. 그러나 큰 맥락은 신라명신의 역할을 통해 알 수 있듯이 신이 천황의 왕권과 불교를 수호한다는 것이다. 서문에는 신의 가호가 신의 자손인 천황이 다스리는 일본과 그 다스림을 받는 모든 사람에게 연결된다는 내용이 있다. 설화로써 그 예를 들어보면, 고산죠(後三条) 천황 때에 왕자의 탄생을 알리는 계시가 있었고(제10화), 1166년에는 닌나지(仁和寺) 근처에 살고 있던 여자의 꿈에 천하의 정치가 바르지 못하므로 가모노다이묘진(賀茂の大明神)이 일본을 버린다는 계시를 내렸다(제21화).

다른 기록에 의하면 이 여자는 1166년 6월과 7월 상순에 두 번이나 같은 꿈을 꾸었기 때문에 가모신사 관계자가 당시의 섭정인 모토자네(基実)에게 보고했다고 한다(『百練抄』, 仁安 1년 7월조). 이로 보아『고콘초몬쥬』「신기편」에서는 천황은 물론 서민에 이르기까지 신의 권능이 꿈이나 계시를 통해서 나타나는데 이것은 신국으로서의 일본을 확인시켜 주는 설화라고 할 수 있다.

편자는『고콘초몬쥬』의 모든 설화에 구체적인 연호와 천황명을 기술하면서 신에서부터 역대천황으로 이어져 이 작품이 편찬된 시대까지를 연결시키고 있는데, 이를 통해 일본 천황의 왕권의 정통성을 확인하고 있다. 따라서『고콘초몬쥬』는 불교와 신과의 융합관계를 내포하면서 신국사상을 표방하고 있다는 점에서 중세설화집의 특징을 그대로 나타내고 있다.

위의 내용을 종합해 볼 때,『고콘초몬쥬』특히「신기편」은 일본 중세의 하나의 흐름이었던 신국사상을 내포하고 있다. 이 사상은 고대 일본신화인『고지키』『니혼쇼키』의 신화에 그 뿌리를 두고 있다. 백제에서 불교가 전래되면서 중세에 이르러서는 신이 불교와 왕권을 모두 수호하는 존재로 변화하면서 고대와는 다른 신화로 전개되었다.

현대 일본의 우경화 문제를 언급하려면 일본의 신화가 시대에 따라 변화를 거듭하면서 현 일본 천황의 정통성을 부여하고 있다는 것을 상기하여야 한다. 한국에서는 이해하기 힘든 현대 일본의 역사의식, 복잡한 종교관을 염두에 두고『고콘초몬쥬』를 읽어본다면 더욱 흥미로울 것이다.

천황제 이데올로기의 대중화

『太平記』

【최문정】

『다이헤이키』(太平記)는 가마쿠라(鎌倉)) 막부에서 무로마치(室町) 막부로 권력이 넘어갈 때 일어난 남북조(南北朝) 전란을 소재로 한 작품이다. 가마쿠라 막부를 멸망시킨 고다이고(後醍醐) 천황이 직접 정치를 주도하려던 중 이에 불만을 품은 아시카가(足利) 가문의 반발로 전란이 일어나, 드디어 아시카가가 승리를 거두고 무로마치 막부를 열게 되었는데, 그 이후로도 전란은 계속되었다. 가마쿠라 멸망 과정과 그이후 계속된 남북조 내란의 긴 전란사를 다룬 작품이 바로 이『다이헤이키』이다. 50여 년간이나 계속된 전란에 지친 당대의 사람들이 얼마나 태평성대를 갈구했던지, 그들의 염원을 담아 '태평기'라 이름지었다고 한다.

『다이헤이키』의 내용은 구조상 3부로 나누어 볼 수 있다. 제1부는 가마쿠라 막부의 패망 과정을 다루고 있다. 제2부는 실제로는 남조 고다이고 천황과 무장 아시카가와의 싸움을 중심으로 다루고 있는데, 천황에 맞서 대결하는 구도를 두려워한 무장 아시카가가 천황가의 일족인 북조(北朝)를 옹립함으로써 남북조의 대결 구도가 되었다. 이 전란에서 남조 고다이고 천황 쪽이 패배하고 북조 천황을 옹립한 무장 아시카가가 승리를 거두어 무로마치 막부를 열고 장군이 된다. 제3부는 아시카가 다카우지(足利尊氏)를 수장으로 하는 무로마치 막부 중추부의 권력 투쟁과 더불어 계속되는 남북조 내란을 다루고 있는데, 특기할 만한 사실은 제2부에서 패배한 남조 고다이고 천황과 이를 따르는 권속들이 원령(怨靈)으로 등장하여 무로마치 막부의 내분을 획책하는 내용으로 되어 있는 것이다. 막부 중추부에서 소외된 자들이 속속 남조와 합체하여 막부를 공격해왔기 때문에 그러한 발상이 믿어질 수 있던 환경이었다.

『다이헤이키』의 내용 중 한 가지 큰 특징은 전투와 죽음 서술의 사실적 묘사로서, 특히 무장(武將)이 자가의 패망이라는 원통한 상황을 맞아 감행하는 할복자살 장면이 압권이다. 이미 승부는 기울었지만 멸망을 맞는 최후의 순간까지 패배를 인정치 않으려는 무사도 정신의 발로로, 최대한 용감하고 처참한 모습으로 스스로 할복하는 모습은 전율 그 자체이다. 『다이헤이키』 제1부 중 가마쿠라 막부 최고 실권자였던 호죠(北条) 가문이 마지막 술잔을 돌리며 집단할복에 임하는 장면은 좋은 예이다.

그런데 여기서 유의할 점 한 가지는 남조측 무장들은 죽어가면서 모두 상대방에게 한없는 원념을 표출하고 있는 것이다. 이러한 특징은 무장들뿐만 아니라 고다이고 천황과 그 황자들의 경우도 마찬가지였고, 그러한 원념에 따라 사후에 그들은 원령이 되어 나타나 아시카가 막부의 내분을 획책한다는 구조로 되어 있다.

할복 후 장시간의 고통에 울부짖으며 적에 대한 분노, 원한, 저주가 절정에 이른 상태에서 드디어 기를 잃고 죽어가는 할복행위는 무사도의 강조에서 성행하게 되었지만, 다른 한편으로는 일본 고래로부터 전해오던 뿌리깊은 원령사상, 곧 한 맺힌 죽음은 원령이 되어 상대에게 해코지를 한다는 믿음이 존재함으로써 가능했다. 일본에는 예로부터 이러한 토속적 콤플렉스가 강했기 때문에 정토교가 발달하여, 임종시에 '아미타불'에 의지하기만 하면 누구나 왕생한다고 가르쳤는데, 당시 패배자들은 이러한 가르침을 거꾸로 이용하여 정토를 포기해서라도 오히려 원령이 되어 원수를 갚겠다는 강한 의지를 표명하며 죽어간 것이다.

이처럼 무장 아시카가에 패해 죽은 고다이고 천황과 그를 따르는 신하와 무장들의 적개심과 원령화를 크게 강조하는 배경에는, 권력을 잡고 전통에 도전하려드는 신흥 무사계급에게 황통(皇統)의 원령을 크게 강조함으로써 황통에 대한 두려움을 인식시키고, 또 원령의 진혼을 위한 불교의례의 중요성을 강조하려는 의도가 있는 것으로 보인다. 이와 같은 원령화와 진혼이라는 메커니즘하에서 패배자를 주인공으로 하는 군기문학이 생겨날 수 있었던 것으로 판단된다.

『다이헤이키』의 또다른 특징은 그 서술이 매우 사실적임에도 불구하고 유형적인 작위성이 엿보이는데, 그것은 『다이헤이키』에 당대 지배계급이었던 무가, 천황가 및 불가의 기득권 유지를 위한 메커니즘이 짙게 깔려 있기 때문이다. 무엇보다 천황가와 불법에 대한 존숭이 두드러진다. 예컨대, 무장의 자해(自害) 사례를 종합해본 결과, 고다이고 천황을 모시고 싸우는 남조군 무장의 자해에서는 상대방에 대한 엄청난 저주와 적개심이 표현되고 있는데 반해, 남조천황에 대항해 싸운 가마쿠라 막부의 수장이었던 호죠군단(北条軍団)의 패망의식에서는 분노와 저주의 묘사가 전혀 없이 무사도 정신의 규범이 될 주종 간의 윤리만이 서술되어 있다.

이러한 차이는 왕법, 불법을 숭배하고 옹호하는 『다이헤이키』의 서술자가 천황에게 패망한 호죠무장(北条武将)이 감히 천황을 상대로 저주와 분노를 표출하는 모습을 적었을 리가 없기 때문이다. 따라서 무가의 윤리인 주종관계에 충실한 모습으로 죽어가는 아름답고 감동적인 최후를 서술함으로써 그 죽음을 미화시키고, 진혼을 꾀한 것으로 판단된다. 반면 무로마치 막부의 아시카가군에게 패한 고다이고 천황파 무장들은 전술한 바와 같이 상대방에게 한없는 적개심을 표명하며 죽어간 후, 막부 중추부의 내분을 획책하는 원령으로 등장한다는 구조로 이어지고 있다.

또한 괴멸적 전사 등의 사례를 종합해보아도, 천황의 신권력을 나타내려는 의도에서 비롯된 작위성을 발견할 수 있다. 괴멸적 전사란 적의 전술이나 공격에 말려들어 제대로 싸워보지도 못하고 아군의 군세를 일시에 다수 잃게 되는 경우를 말함인데, 이 사례를 보면 모두 남조군의 공격으로 상대방이 괴멸되는 내용이다. 일본을 다스리는 천황신의 가호, 또는 조정에 대적한 자는 반드시 망한다는 논리가 이 괴멸적 전사의 서술에도 제시되어 있는 것으로 판단된다.

현실 세계의 산물인 작위적 문학 서술은, 독자들의 인식을 통해 역으로 현실 정치에 영향을 미치게 된다. 천황가에 대적하는 조적은 반드시 망한다는 징크스가 이미 백성들 사이에 널리 퍼져 있었기 때문에 무로마치 막부의 장군이 된 아시카가도 전투과정에서 결국 북조 천황을 옹립해 모실 수밖에 없었고, 중세 최대 혼란기인 전국시대에도 각지에서 난이 벌어질 때마다 크게 필요했던 것은 '조적을 정벌하라'는 어명의 문서였다.

역사학자 와키타 하루코(脇田晴子)는 전국시대의 구체적인 사회상황을 분석하면서, 무로마치시대에 모든 권력을 무가에 빼앗겨 사실상 허울뿐이었던 천황의 권력이 오다(織田), 도요토미(豊臣), 도쿠가와(德川)의 통일권력에 의해 다시 부활되게 되는데, 이처럼 '천황이 살아남을 수 있었던 원인은 문화, 종교에서의 천황제 이데올로기의 대중화라 할까, 민중 레벨에까지 미치는 영향을 통일권력이 부정할 수 없었기 때문'이라고 지적하고 있다. 그리고 그러한 배경과 원인에 대해 구체적으로는 '천황, 조정이 신관, 승려의 임면권(任免權)을 장악한 결과'라고 분석하고 있다.

즉 천황이 승려의 임면권을 갖고 있었다는 점도 하나의 중요한 요인이 되어 사찰에서 고급승려들의 지도하에 천황의 신권력을 강조한 문학 작품이 양산되어 갔던 것이고, 이러한 문학을 민중이 향수함으로 인해 권력을 장악한 장군이라 하더라도 천황의 영향력을 이용하는 편이 유리하다고 하는 것을 경험상 깨닫게 되어, 천황제가 유지될 수 있었다고 하는 것이다.

문학의 힘을 파악할 수 있는 또 하나의 사례는, 실제로 일본황실이 남북조전란 후 결국 북조 황통으로 이어져갔음에도 불구하고, 남조가 정통이라고 인식되고 있는 점이다. 당시에 남북조전란의 패배자인 남조 고다이고 천황을 주인공으로 하여 그의 정통성을 주장한『다이헤이키』가 이미 많이 읽혀져 그 영향력이 대단했기 때문에, 에도 막부의 장군 도쿠가와 이에야스(德川家康)는 남조의 공신 닛타(新田)의 후예임을 칭했고『대일본사』(大日本史) 집필 시에도 닛타 가문이 모시던 남조를 정통으로 인정하게 되었다. 그리고 메이지(明治) 이후에도 천황의 신권력을 강조한『다이헤이키』의 영향력을 이용하기 위해, 이를 역사서로 인정하고, 수신교과서에 실어 학생들에게 읽히게 했으며, 남조정통론에 이의를 제기한 교수들이 필화를 당하기도 했다.

2차 대전 이후『다이헤이키』는 민중문학이라는 틀 속에서 주로 설화형성론적 방법 등의 단편적 시각의 연구가 행해져왔다. 그러나 앞서 살펴본 바와 같이『다이헤이키』를 전체적으로 조망해보면 당대의 지배 이념과 메커니즘을 강화하기 위한 작위성이 들어있음을 알 수 있다. 『다이헤이키』는 일본학 연구에 있어 귀중한 작품으로, 다각적인 연구가 필요하다.

역사는 거울이다

歷史物語

【최문정】

중고 후기, 상황이 통치하는 원정(院政) 시대가 시작되고 무가세력이 득세하게 됨에 따라 현란한 왕조문화를 낳은 섭관체제도 점차 무너져 갔다. 귀족계급이 권력을 잃게됨에 따라, 귀족문화도 활기와 신선미를 잃고 쇠퇴해

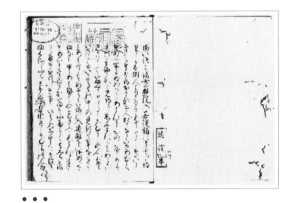

『오카가미』의 서두

간다. 이때, 지나간 영화를 회고하거나 비평하는 역사소설(歷史物語)이 생겨났다. 중고 말기에 성립된 『에이가 이야기』(栄花物語)를 효시로 하여 '거울 경'(鏡) 자가 붙은 4편의 가가미모노 시리즈가 나왔는데, 중고 말기에 나온 『오카가미』(大鏡), 『이마카가미』(今鏡)와 중세에 나온 『미즈카가미』(水鏡), 『마스카가미』(增鏡)가 그것이다.

역사소설은 한문기록물인 정사(正史)에 대신하여 가나로 역사를 재미있게 기록하려는 의도에서 성립된 것으로, 문학사적으로 중요한 의의가 있다. 역사소설에 '鏡'자가 붙은 것은 '역사는 거울'이라는 사관(史觀)에서 비롯된 것이다. 이 사관은 원래 중국 상대에서부터 시작되어 후세에 주변국들에까지 많은 영향을 미친 것으로, 위정자의 입장에서 역사의 감계적(鑑戒的) 기능, 즉 권선징악적 역사사상을 강조한 것이다. 다시 말해 여기서 거울이란, 현실을 그대로 정확하게 비추는 것이라기보다는 지배자의 입장에서 바람직하다고 생각하는 모습을 민중에게 비추어 보여주어야 앞으로의 역사도 그렇게 바람직한 방향으로 나아간다고 믿는 신념으로 이해되어야 할 것이다. 이러한 의미의 거울은 결국 지배자가 지향하는 지배이념이 최고의 가치로 제시되고 미화된다는 속성을 지니고 있다.

역사나 문학의 감계적 서술은 그 내용의 차이만 있을 뿐 우리나라의 경우도 마찬가지였다. 우리는 흔히 이념논쟁이 근현대에 이르러 치열했던 것으로 생각하기 쉬운데, 고전 역사에서의 이념문제에 대해서도 치밀한 분석이 필요하며, 그렇지 못할 경우 각국의 고전 역사물과 문학의 본질을 파악하기 어렵다. 거칠게 말한다면, 조선과 중국은 유교적 감계, 일본은 신불습합(神仏習合)적 감계에 맞춰 역사와 문학이 쓰여졌다고 할 수 있다.

유교적 감계에 익숙한 우리는 늘 유교적 잣대가 옳다는 생각에서 일본문화를 재게 된다. 예컨대 종종 거론되는 일본 역사교과서 왜곡 시비가 바로 그러한 차원이다. 우리나라에서 문제시되고 있는 역사서술의 왜곡 시비는 한일 관련 국제문제에 초점이 맞춰져 있는데, 이러한 잣대로 일본 국내의 역사서술을 재어본다면, 유교적 관념에 익숙한 우리가 경악할 내용이 얼마나 많은지 헤아릴 수 없을 것이다. 그러나 자국 역사와 문화에 익숙한 일본인들은 그것이 인간 본연의 모습이고 오히려 유교가 잔인한 지배이념이라며 싫어한다.

이러한 견해의 차이를 살피기 위해 우리의 유교적 거울의 본질에 대해서도 재검토해볼 필요가 있겠지만, 우선 여기에서는 역사소설에 나타난 일본의 거울이 무엇을 지향하는가를 간단히 살펴보자.

일본 역사문학의 서술에는, 신불습합의 논리가 뚜렷하게 나타나 있고, 이 논리는 결국 지배계층의 신격화 및 미화로 이어지고 있다. 이는 상대(上代)의『고지키』(古事記)로부터 시작된 역사적, 문화적 전통이 후세에까지 다대한 영향을 미친 것으로서, 만세일계로 이어져온 천황가와 더불어 섭정가에 대한 미화를 우선으로 한다. 일본의 무궁한 발전을 위해 황실제사를 담당한 일본 천황가는 만세일계로 화려하게 이어져야 한다고 믿는 신념이 거울에 투영되어 있어, 이러한 배경에서 역사소설에 공통적으로 천황가의 서술이 중심을 이루고 있다.

사실 제정일치의 천황이라고 하지만, 천황이 직접 정치를 담당한 역사는 짧다. 즉 천황은 제사에 전념해야 한다는 명목 하에 섭정의 역사가 길게 이어져 내려왔는데, 헤이안시대에는 후지와라(藤原) 가문이 대대로 천황의 외조부로서 실권을 잡고 영화를 누렸다. 이상과 같은 배경에서 섭정기 중에서도 최고 전성기를 누린 후지와라 미치나가(藤原道長)의 영화가 화려하게 서술된『에이가 이야기』(栄花物語)가 성립되었다. 한문체의 사서『육국사』(六国史) 이후의 황실 및 후지와라씨의 계보, 연중행사, 풍속 등을 이야기하고, 그 외의 궁정귀족의 삽화와 성격, 용모 등의 서술이 포함되지만, 중심인물은 황실과 인척관계에 있는 전제권력가 후지와라 미치나가이다. 『겐지 이야기』(源氏物語)를 모방하여 40권 가운데 전반 30권을 정편, 후반 10권을 속편으로 나누어, 정편은 미치나가를 주인공으로 한 『미치나가 이야기』(道長物語)를 완성해내고, 속편은 미치나가의 자손의 이야기로 엮고 있다. 『에이가 이야기』의 정편 작자로 유력시되고 있는 아카조메에몬(赤染衛門)은 섭정권력의 최성기를 누리던 미치나가의 부인인 린시(倫子)를 모시는 뇨보(女房)이기도 한 만큼, 미치나가의 영화를 찬미하려는 의도에서 시작된 이야기라 할 수 있다.

　이처럼『에이가 이야기』가 여성적 취향에서 미치나가의 영화로운 생활상을 그림 두루마리[絵巻] 형식으로 재현한 것이라고 한다면, 『오카가미』는『에이가 이야기』의 정편과 거의 같은 시대를 다루고 있으면서도 미치나가의 영화가 유래하는 바를 밝히려는 시각이 가미되어 있다는 점에서 그 차이가 있다. 즉 후지와라씨의 영화를 찬미하면서도 그에 앞서 존재하는 천황가의 계보가 무엇보다 우선한다는 시각이 존재하고, 과거 후지와라씨의 영화를 회고하는 작자 정신에는 어느 정도의 비판의식이 가미되어 있다고 할 수 있다. 『오카가미』는 몬토쿠(文徳) 천황 때부터 고이치조(後一条) 천황 때인 1025년까지, 14대 176년간의 역사가 기전체(紀伝体)로 기술되어 있다. 앞부분에 14대 천황의 열전을 두고, 그 다음에 역대의 섭관가 후지와라씨 20명을 들고 있는데, 후자에 중심이 놓여져 있다. 그중에서도 미치나가가 중심적 역할을 하지만, 『에이가 이야기』에서와 같이 정(情)이 깊은 풍류의 미남자로서 이상화된 모습이 아니라, 결단력이 뛰어난 정략가로서의 면모가 강하다. 이처럼 『오카가미』는 정치성이 뚜렷하면서도 설화성이 풍부하여, 설화집 『곤자쿠 이야기집』(今昔物語集)의 본조(本朝=일본) 세속 설화 중에서 정치색이 짙은 설화를 분류하여 미치나가의 영화를 추적하는 표제하에 재구성하면, 그것이 『오카가미』와 거의 비슷한 작품이 될 것이라는 분석도 있다.

『오카가미』를 비롯한 4편의 가가미모노 모두 법회장 등의 사원을 무대로 한 희곡적 구성으로 되어 있다. 『오카가미』는 각각 190세와 180세인 두 노인이 이야기를 나누는 것을 30대의 젊은 무사가 옆에서 듣는 형식을 통해 옛날 이야기를 회고하는 방식이다. 이러한 형식은 내용에 대한 작자의 책임을 회피할 수 있어 역사에 대한 비판적 시각을 자유롭게 제시할 수 있기 때문에 가가미모노의 주된 수법으로 자리잡게 된다. 『이마카가미』의 경우에는 노파, 『미즈카가미』는 선인과 수행자, 『마스카가미』의 경우에는 노승 등, 이 세상을 꿰뚫어 보는 도통한 존재가 출연해 그들이 문답을 통해 세상을 비평하는 식의 서술방식을 택하고 있다. 따라서 상당히 불교문화적이고, 결과적으로 왕법과 불법의 위상이 높게 책정되어 있다.

헤이안 귀족시대가 지나 무가사회로 나아가면 갈수록 궁정귀족의 위기감이 더해가면서 황실사관은 그 농도가 더 짙어진다. 『이마카가미』는 1025년부터 1170년까지, 즉 고이치조 천황부터 다카쿠라(高倉) 천

황까지의 13대 146년간의 헤이안 후기 역사를 기전체로 서술하고 있다. 호겐(保元), 헤이지(平治)의 난을 계기로 귀족사회의 권위와 생활이 일거에 몰락해가는 상황 아래 이를 추모하는 마음에서인지, 황실 귀족이 전유했던 조정의식, 전고(典故), 가회, 시연, 예능, 사원 건축 등을 열의를 쏟아 강조하고 있다.

『오카가미』가 후지와라의 섭관시대 전성기를 기전체로 다룬 데 반해, 중세 혼란기를 맞아 황실사관이 한층 짙어진 시대에 성립된 『미즈카가미』(水鏡)는 그 앞부분을 메운다는 성격에서 전설시대인 진무(神武) 천황부터 닌묘(仁明) 천황까지의 54대 1510년간의 역사를 편년체(編年体) 형식으로 다루고 있다. 『미즈카가미』는 선인(仙人)의 시각을 통해, 불교 도래 이전 시대를 지금의 말법시대와 상통하는 시대로 규정하고, 불교 도래 후 불교사상에 의해 인과를 깨닫게 된 시대를 이상적으로 보는 관점을 제시하고 있다. 그래서 진무 천황 이래의 역사를 이야기한다고 하여도 결국 불교문화사라고 말할 수 있을 정도로 불교계 소식에 많은 부분을 할애하고 있고, 따라서 왕법, 불법의 위상이 더욱 높게 책정되어 있다.

『마스카가미』(增鏡)는 고토바(後鳥羽) 천황 때부터 고다이고(後醍醐) 천황 때까지 즉 1180년부터 1333년까지 중세 가마쿠라(鎌倉)시대의 15대 150여년간의 역사를 편년체 형식으로 당대의 문헌과 작자 자신의 견문, 체험 등을 모아 귀족의 입장에서 쓴 역사서이다. 문장은 『겐지 이야기』, 형식은 『에이가 이야기』를 따른 것이라고도 분석되고 있고, 네 가가미모노(鏡物) 중에서 『오카가미』에 이어 문학적으로 뛰어난 것으로 평가되고 있다.

이상의 역사소설 외에, 역사의 이치를 들어 비평하는 사론서(史論書)가 중세에 나타났다. 가마쿠라시대에 천태종(天台宗)의 좌주(座主)인 지엔(慈円)이 쓴 『구칸쇼』(愚管抄)는 불교적 입장에서 진무 천황 이래의 역사의 이치를 논한 역사비평서로서 『헤이케 이야기』(平家物語) 등의 군기문학 성립에도 지대한 영향을 주었다. 또 남조의 기타바타케 치카후사(北畠親房)는 『진노쇼토키』(神皇正統記)에서 남조의 정통성을 주장하며 일본국의 역사를 꿰뚫는 근본정신으로서의 신도관(神道観)을 토로하고 있는데, 이들 신불(神仏) 사관은 후세에 헤아릴 수 없이 큰 영향을 미쳤다.

중세 서민을 위한
단편소설 오토기조시(お伽草子)

【이용미】

　　일본의 중세는 전란과 천재지변으로 점철된 질풍노도의 시기였다. 귀족을 대신해서 새롭게 정치 주도권을 잡은 무사들은 자신들의 세력 확장을 위해 잦은 전란을 일으키고 여기에 지진과 기근 등의 천재지변이 가세되면서 일반 백성들의 삶은 나날이 황폐해져갔다. 이러한 사회상을 배경으로 이 시기 문학 풍토에도 커다란 지각변동이 일어나게 된다. 즉 섭관정치가 무너짐에 따라 귀족문학과 대궐의 후궁 살롱에서 찬란한 문학성을 꽃피웠던 궁녀문학이 쇠퇴하고 이를 대신하여 설화나 구비문학 등 이른바 서민문학이 등장하게 되는데 그중의 하나가 바로 오토기조시(お伽草子)이다.

　　오토기조시는 14~17세기에 걸쳐 탄생된 약 400여 편에 이르는 단편소설의 총칭으로 대부분 작자 미상이다. 주로 서민들을 중심으로 향수된 탓에 옛날 이야기나 설화, 전 시대의 유명한 일화 등을 소재로 한 소박한 이야기가 많지만 당시 서민들의 삶의 애환이나 가치관 등을 담고 있어 문학사뿐 아니라 민속학 방면의 연구에도 귀중한 자료가 되기도 한다. 또한 많은 유사한 이야기가 독자들의 욕구에 따라 제작되었기 때문에 작품 구조가 유형적이며, 권선징악 등의 주제로 교훈을 전달하는 경우가 많다.

여기서는 오토기조시 가운데 일본인들에게 가장 널리 알려져 있는 「잇슨보시」(一寸法師)를 살펴보도록 하자.

「잇슨보시」의 '잇슨'(一寸)은 약 3㎝를 의미하므로 굳이 제목을 한국어로 번역하자면 '엄지왕자'쯤 될까. 옛날 옛날에 오사카(大阪)의 한 마을에 금슬 좋은 부부가 살았다. 하지만 노인이 다 되도록 아이를 갖지 못한 부부는 신령님께 치성을 드렸다. 그래서 낳게 된 아이가 아쉽게도 엄지 정도의 조그마한 아들이었다. 두 부부는 키가 1치라고 하여 아기의 이름을 '잇슨보시'로 짓고 지극 정성으로 키웠다. 하지만 아들은 열두 살이 넘도록 키가 조금도 자라지 않는 것이었다. 실망한 부부는 박복한 자신들의 팔자를 한탄하며 그를 내다버리기로 결정한다. 이러한 부모의 대화를 엿들은 잇슨보시는 집을 나와 서울을 향해 가출을 감행한다. 우선 그는 위험에 대비하여 바늘을 칼 삼아 허리에 차고 바닷길 항해를 위한 함선으로 밥공기를, 노를 대신해서는 젓가락을 준비하는 등 철저한 계획으로 몇 달간의 험난한 여행 끝에 겨우 상경에 성공한다.

이윽고 서울에 도착한 잇슨보시는 고래등 같은 대갓집을 찾아 조금의 망설임도 없이 성큼성큼 들어가 집주인과의 면담을 청했다. 그 집의 대감 마님은 겁도 없이 들어와 당당히 일을 하게 해달라는 잇슨보시의 배짱에 감탄하며 흔쾌히 그를 머슴으로 삼았다. 이렇게 3년을 지내고 열여섯이 된 그는 키는 여전히 엄지만 했지만 야망만은 엄청나게 커져 있었다. 그동안 대감 마님의 외동딸에게 눈독을 들이고 호시탐탐 기회를 엿보고 있었던 것이다.

그래서 먼저 낮잠을 자고 있는 아씨의 입가에 풀칠을 하고 쌀알들을 붙여놓는다. 그리고 대감 마님에게 달려가 자신이 그동안 새경으로 받아 모아둔 쌀을 아씨가 훔쳐 먹었다며 눈물로 호소한다. 이에 대감은 딸의 도둑질에 격노하고, 여기에 계모의 부채질까지 가세되어 결국 아씨는 집에서 쫓겨난다. 잇슨보시는 쫓겨난 아씨를 문 밖에서 기다리다 손을 잡고 멀리 도망간다.

철저한 계획과 용의주도한 행동으로 자신의 소원을 이루어 의기양양해진 잇슨보시는 슬퍼하는 아씨를 배에 태우고 둘만의 보금자리를 찾아 망망대해를 떠돌다 우연히 무인도로 보이는 섬에 도착했다. 그러나 그곳은 도깨비섬(鬼ヶ島)이었다. 도깨비는 잇슨보시를 한입에 삼켜버렸지만, 잇슨보시는 눈으로 삐져나와 바늘로 마구 눈동자를 찔러댔다. 간신히 다시 한입에 꿀꺽 삼키면 이번에는 도깨비의 내장을 마구 쑤셔댄다. 결국 그의 용맹함에 질린 도깨비들은 도깨비방망이를 버려둔 채 줄행랑을 놓고 말았다. 도깨비방망이를 손에 넣은 잇슨보시는 제일 먼저 '키가 커져라, 뚝딱'해서 늠름한 귀공자로 변신하고 또 부자가 된다.

이윽고 아씨를 데리고 다시 서울로 돌아온 잇슨보시는 떵떵거리며 살게 되었고 이 소문을 들은 천황은 직접 그를 불러들여 그의 용맹함과 지혜를 칭찬하며 많은 상금과 전답을 하사하였다. 잇슨보시 부부는 이후 아들 딸을 낳고 행복하게 오래오래 살았다.

예로부터 민간에 전해내려오는 옛날 이야기에서 소재를 따온 이 작품은 반복해서 읽고 들으면 복(福)이 들어온다고 여길 만큼 당시 사람들에게 큰 인기를 얻었다고 한다. 과연 이 이야기에는 어떠한 메시지가 담겨 있기에 그토록 사랑을 받았을까?

먼저 이 이야기는 시골 사람이 혈혈단신 서울에 올라와 성공을 거두고 일가를 번창시킨 성공담으로, 군웅할거 속에서 강한 자만이 살아남는 시대적 상황에서 출신배경과 상관없이 오로지 자신의 실력과 능력 여하에 따라 입신출세 할 수 있다는 일반 사람들의 소망을 반영하고 있다.

이런 시대에 잇슨보시가 아씨를 얻기 위해 취한 술수 역시 하나의 능력으로 간주되었던 것이다. 더욱이 잇슨보시는 자신의 장애에 굴하지 않고 오히려 보통 사람 이상의 자신감으로 당당히 사회 속에서 자신의 입지를 굳혀나갔다.

한편 이야기를 여주인공에게 초점을 맞추어 조명해보면 '남성의 실력 지상주의'라는 주제의 이면에 실은 부창부수, 남존여비라는 유교적 윤리가 담겨 있음을 발견하게 된다. 다시 말해 부녀자들의 머릿속에 고귀한 대감댁 따님도 언제 농부의 아내로 전락할지 모르는 세상 속에서, 이 이야기는 비록 자신보다 보잘것없는 남편을 만나더라도 부인이 된 이상 헌신적으로 남편을 받들고 헌신하면 언젠가는 행복해질 수 있다는 논리를 담고 있다.

격식과 유겐의 중세극 노(能)

【김충영】

　　노(能)는 14세기 후기에 새로운 무대예술로 정립되어 오늘에 이르기까지 600여 년간 전승되어온 고전극이다. '노가쿠'(能楽)라고도 부르며, 가부키(歌舞伎)와 함께 일본의 고전예능을 대표한다.

　　노의 시작은 나라시대(奈良時代：710~784)에 중국에서 전래된 산가쿠(散楽)에서 유래한다. '산'(散)이란 원래 '흩어지다', '쓸데없다'의 뜻으로, 높은 품격을 중시하는 궁중에서 우아하게 행해지는 아악(雅楽)에 비하여 천하고 대중성을 띤 무악(舞楽)이라는 의미에서 명명된 것이다. 산가쿠는 11세기 헤이안 말기부터 가무(歌舞)나 흉내 등의 익살스러움이 가미된 사루가쿠(猿楽)로 발전했는데, 이 사루가쿠의 가무적인 측면을 간아미(観阿弥), 제아미(世阿弥) 부자가 보다 세련되고 깊이 있게 다듬어 예술적 수준을 한층 높여 완성시킨 것이 오늘날의 노이다.

　　특히 제아미는 상류 무가(武家) 사회의 후원을 받으며 그에 상응하는 예능의 질적인 고양과 예도(芸道) 향상에 힘쓴다. 그의 새로운 예풍은 종래의 골계적(滑稽的) 서민 유흥극에서 탈피하여 아취가 있는 귀족

적인 감상극에로의 전환이
었다.

　제아미는 상징성 높은 유
겐(幽玄)의 세계를 지향하며,
인간 내면의 깊이를 중시하는
작품을 많이 남겼다. 그의 예
술 목표는, 관객에게 최대의

노의 공연 모습

감동을 불러일으키는 아름다운 표현 효과를 지칭하는 개념인 '하나'(花)에 이
르는 것이다. 이 개념은 불교의 선(禪)을 토대로 한 것인데, 이를 정리
한 이론서로『후시카덴』(風姿花伝),『가쿄』(花鏡) 등이 있다.

　노의 대사는 '요쿄쿠'(謠曲)라고 한다. 요쿄쿠는 고문(古文) 및 당대
유행했던 렌가(連歌), 경문(経文) 등의 미사여구를 유려하게 인용하여,
우아하고 장중한 정취를 풍부히 자아내고 있다. 극에는 문학적 요소 뿐
아니라, 음악이나 미술적 요소도 무대 위에 함께 펼쳐져 흔히 종합예
술이라 평가된다. 또한 연기는 철저히 리얼리티를 배제하여 양식화되
어 있으며, 극도의 수련과 예격이 요구되며, 가면을 쓴 얼굴은 작은 움
직임도 용납되지 않는다.

　노는 종종 가부키와 대비되곤 하는데 가부키의 세계가 현실중심적
이라면, 노는 초현실적 몽환(夢幻)의 세계로, 신이나 유령 등 초현실적
존재가 다수 등장한다. 또한 가부키는 주로 일반 서민들이 즐겼으나,
노는 귀족이나 무사 등 상류계층이 주요 관객이었다.

　지금도 노의 상연 극장에 가보면, 대개 객석이 애호가들로 가득차

있다. 다음으로 일본인 애호가들에게 가장 사랑 받는 작품 중 하나인
『이즈쓰』(井筒)를 소개한다. 일본 중세시대의 무상감과 무대 위에 펼쳐
지는 유현미(幽玄美)가 작품 감상의 핵심이다.

 등장인물은 마을 여인과 이즈쓰(井筒)의 여인, 행각승이다. 작품은
크게 전장과 후장의 두 장(場)으로 나뉘는데, 전장 첫머리에 행각승인
와키(脇)가 등장하여 자기소개를 한다. 그는 수행차 각처의 유명 사찰
을 돌아다니다가 어느 절에서 우연히 젊은 여인을 만나는데, 이 여인은
『이세 이야기』(伊勢物語)에 나오는 주인공이다. 『이세 이야기』는 와카를
읊으며 연애와 풍류를 즐기는 아라와라 나리히라(在原業平)의 일대기

를 그린 모노가타리다.

전장에 등장한 여인은 나리히라의 아내로, 둘은 어릴 적 우물가에서 소꿉놀이를 하며 함께 놀다가 '우물 높이보다 크게 키가 자라면 같이 살자'는 약속을 하여, 성장 후 부부가 된 것이다. 나중에 나리히라에게 다른 여인이 생겨 결혼생활에 위기가 왔을 적에도 아내는 질투심을 드러내지 않고, 오히려 남편의 밤길을 걱정하는 내용의 와카를 읊어 그를 감복시키고 발길을 되돌리게 한다.

바로 이 이야기가 『이즈쓰』의 토대가 되고 있다. 여인은 남편이자 연인인 나리히라를 못 잊어 하며, 그의 무덤 앞에 정화수를 올리고 불공을 드린다. 그러면서 아름답던 어린 시절의 추억에 한껏 젖어든다. 그녀의 거동을 수상하게 여긴 승려는 사연을 묻고, 처음에는 시치미를 떼던 여인은 차차 정체를 드러내고는 사라진다.

후장이 되면, 전장에서의 기연(奇緣)에 아직도 취해 있던 승려가 옷을 뒤집어 입고서 잠을 청하고 있다. 옷을 뒤집어 입고 자면, 보고 싶은 사람을 꿈속에서 만날 수 있다는 풍습에 따른 것이다. 따라서 이 작품의 후장은 행각승의 꿈속에서 전개되는 이야기다. 그의 꿈에는 이즈쓰 여인의 유령이 등장한다. 그녀는 죽어서까지 나리히라를 잊지 못하고 있다. 불교적 시각에서 보았을 때 그녀의 그리움은 성불(成仏)을 방해하는 근본적 원인인 집심(執心)이 된다. 이 집심 때문에 그녀의 영은 구제받지 못하고, 떠도는 존재인 유령이 되어 다시 나타난 셈이다.

여인은 나리히라가 그리워서 그의 유품인 옷과 모자를 몸에 걸치고 있다. 무대 위에서 그녀의 그리움은 점차 고조되고, 급기야 나리히라의 영에 붙어 빙의(憑依) 상태의 춤을 춘다. 여기서 빙의란 나리히라의 유품을 걸친 것으로 인한 두 남녀의 영적합일(靈的合一)을 뜻한다. 춤을 추던 그녀는 최고의 행복감인 지복(至福)을 맛보지만, 시간이 지남에 따라 둘은 다시 원래대로 나뉘어진다. 멀리서 날이 밝아옴을 알리는 새벽 종소리가 들려오고, 승려도 잠에서 깨어나며 막이 내린다.

해학과 풍자의 전통극 교겐(狂言)

【김충영】

교겐(狂言)은 해학과 풍자로 관객들의 웃음을 자아내는 것이 주된 목적인 전통극으로, 노(能) 상연의 사이사이에 관객의 긴장을 풀어주는 역할을 담당한 일종의 막간극에서 출발했다. 즉흥적인 연기를 해야 했기 때문에, 특정한 대본도 없었으며 있다고 해도 꽤 오랫동안 유동적이었을 것으로 여겨진다. 그러나 중세 말기부터 서서히 고정된 대본이 나타나기 시작하여 근세시대에 들어서는 각 유파마다 고정된 대본을 가지게 되었다.

노와 교겐은 사루가쿠(猿楽)로부터 분화된 것이지만, 노가 상징적 유현미(幽玄美)를 지향하여 가무극(歌舞劇)으로 완성된 데 반해, 교겐은 사루가쿠 본래의 특성인 연희적 흉내내기의 예능을 전승해 해학적인 대화극으로 발전했다고 볼 수 있다. 초현실적 세계와 인간 내면의 고뇌와 갈등을 주제로 하는 노와 달리, 교겐은 현세를 사는 인간들의 일상생활이나 생각에서 웃음거리를 찾는다는 점에서 두 전통극은 대조적이다.

노에 비해 예술적 깊이가 없다는 점 등으로 교겐에 대한 평가가 낮은 것은 사실이나, 에도(江戶) 시대에 들어서는 막부의 정책적 보호를 받아 그 나름대로 발전할 토대를 마련했다. 이 무렵을 전후해서 오쿠라류(大藏流), 사기류(鷺流) 등의 유파가 생겼고, 이보다 조금 늦게 이즈미류(和泉流)가 성립하여, 이 3개 유파의 경쟁적 활약으로 교겐의 예능적 지위가 확보되기에 이른다.

메이지유신(明治維新) 이후 유력한 보호자였던 막부가 없어지자 잠시 존폐의 위기를 맞이하기도 했지만, 오쿠라류와 이즈미류는 지금도 명맥을 계속 유지하고 있다. 대사는 비교적 알아듣기 쉬운 말인 무로마치(室町) 시대의 대화체로 이루어져 있고, 당시의 일상용어가 자유롭게 사용되고 있다. 이런 점에서 교겐은 대중적 인기를 유지해 왔으며, 오늘날 일종의 만담예능으로 행해지고 있는 라쿠고(落語)에도 적지 않은 영향을 미쳤다.

다음은 교겐의 대표적 두 작품이다. 일상생활을 살아가는 서민들의 모습을 통해 관객들에게 부담없는 웃음을 선사하고 있다.

「아기도둑」(子盜人)

등장인물은 도둑과 부잣집 주인, 주인집 유모 등 3명이다. 먼저 유모가 아기-무대 위에서는 인형을 사용한다-를 안고 무대 위에 등장한다. 유모가 아기를 눕혀 옷으로 덮어놓고, 차 한 잔 마시고 오겠다며 부엌으로 간 사이, 도둑이 나타난다.

'스모의 끝은 싸움이 되고, 노름의 끝은 도둑이 된다'는 속담처럼, 노름에서 돈을 잃고서 도둑이 됐다는 그는 자기 처지와 도둑질을 밑천으로 노름에서 잃은 돈을 되찾겠다는 포부를 밝힌다.

도둑은 먼저 옷을 보고는 '요사이 마누라가 저기압이니 이거라도 갖다 주자'며 챙기다가 그 아래 있는 아기를 발견한다. 동그란 눈에 낯선 사람을 보고도 울지 않는 아기에게 푹 빠져버린 도둑은 아기를 안아들고 한참을 정신없이 어른다. 이윽고 유모가 돌아와 아기를 안고 어르고 있는 도둑을 목격하고는 기겁하여 소리를 지른다. 주인이 칼을 빼들고 나와 도둑을 베려고 하자, 물건을 훔치려 한 것이 아니라 아기를 지키고 있었다고 변명한다.

주인은 곧이듣지 않고 계속 베려 하고, 도둑은 아기를 볼모로 해서 칼을 이리저리 피해다니다가 기회를 틈타 아이를 놓아두고 줄행랑친다. 주인은 계속 쫓아가며 퇴장하고, 유모도 아기가 목숨을 잃을 뻔한 위기를 넘긴 것이 오래 살 징조라고 기뻐한다.

이 작품을 감상하는 관객들은 도둑의 인간미에 끌려 웃음을 짓게 된다. 도둑질 그 자체는 나쁜 것임에 틀림없지만, 아기의 귀여움에 본래의 목적이었던 도둑질을 잠시 잊고 실수를 거듭하는 그의 인간미에 사람들은 오히려 그의 편이 된다. 또한 익살스럽고 서민적인 그의 말투에 재미를 느끼고, 그가 무사히 도망치는 마지막 장면에서는 안도의 박수를 보내는 것이다.

「두 사람의 하카마」(二人袴)

결혼 후 처음으로 사위가 처가에 인사를 갈 적의 우스꽝스러운 해프닝을 소재로 한 작품이다.

오늘은 사위가 오는 날. 장인은 하인에게 갖가지 준비를 명한다. 한편 사위는 자기 아버지에게 혼자 가야 할 처갓집 인사에 함께 가자며 막무가내로 조른다. 아버지는 문앞까지만 데려다주겠다며 따라나서며, 처가에는 함께 왔다는 사실을 비밀로 하고, 누가 물으면 하인이 따라온 것이라 답하라고 당부한다.

처가에 도착해 그 집 하인에게 도착했음을 알리고 나서, 아들은 예복인 하카마(袴:일본옷의 겉에 입는 주름잡힌 하의)를 입으려고 하지만 제대로 입을 줄 모르고 쩔쩔맨다. 간신히 하카마를 입고 장인 앞에 나아가 정중히 인사하는데 아버지의 얼굴을 알아본 하인이 '사돈어른도 함께 오셨다'고 주인에게 고한다.

장인이 사돈어른을 모셔오라고 하인에게 명하자, 사위는 자신이 모시고 오겠다며 아버지에게로 간다. 아버지는 난감해 하며, 하카마가 하나밖에 없으니 아들 하카마를 자신이 입고 가고, 사위는 밖에서 기다린다. 장인은 이번에는 사위를 찾고, 사위가 들어오면 사돈을 찾고 하는 식을 반복한다. 둘이 모두 와야 주연(酒宴)이 시작된다는 장인의 말을 듣고 둘은 하카마를 서로 입겠다고 승강이를 벌인다. 그러는 중에 하카마는 둘로 찢어져, 결국 둘은 앞치마처럼 앞만 두른 채 주연에 임한다.

술잔이 오가는 중에 장인은 이 지방 주연의 예법이라며, 사위에게 춤을 한바탕 출 것을 권한다. 사위는 앉아서 춤을 춘다. 장인은 서서 추라고 재차 권하고, 사위는 앞만 보이며 추다가 부채로 기둥 쪽을 가리켜 장인과 하인이 그쪽을 주시하는 새에 재빨리 한바퀴 돌고는 춤을 마친다. 장인은 왜 돌면서 추지 않느냐고 묻고, 셋이서 함께 추자고 사위에게 권유한다. 그러는 사이 하인이 반쪽 하카마인 것을 알아채고 장인도 그 사실을 알게 된다. 둘은 부끄럽다며 도망치고, 장인은 괜찮다며 붙잡는 시늉으로 무대 뒤로 퇴장하며 작품은 막을 내린다.

近世 (1603~1867)

예술의 경지로 승화된 하이쿠와 마쓰오 바쇼

— 俳句

【유옥희】

'하이쿠'(俳句:근세에는 '하이카이'로 불림. 메이지시대에 이르러 마사오카 시키가 하이쿠로 명명한 것이 정착하여 오늘에 이르고 있다)는 에도시대에 발달한 전통시의 한 형태로, 오늘날 일본에도 대중적으로 보급되어 있다. 3행 17음절로 이루어졌으며 각 행은 5·7·5음절로 구성되어 있다. 전통적인 31음절의 단가(短歌)의 처음 3행에서 유래했다. 서민들의 놀이로 등장한 하이쿠는 상류층의 전유물로서 고상함을 추구하는 와카나 렌가의 세계를 조롱하며, 골계성(滑稽性)을 강조한 일종의 말장난이었다. 이것은 그 나름대로 서민들을 문학의 세계로 이끌어들이는 데 큰 역할을 했지만 어디까지 유희의 차원을 벗어나지 못했다.

이때 마쓰오 바쇼(松尾芭蕉,1644~94)가 등장하여 하이쿠를 놀이가 아닌 하나의 예술의 경지로 승화시키게 된다. 그는 수많은 한적(漢籍)을 탐독하는 고독한 은거생활과 평생에 걸친 방랑을 통하여 하이쿠에 자연의 아름다움과 삶의 의미를 담아내었다.

그러면 우리에게 '개구리 퐁당'이라는 말로 익숙한 그의 작품을 살펴보자.

古池や蛙飛び込む水の音
오래된 연못/ 개구리 뛰어드는/ 물소리 퐁당

이 시를 이해하기 위해서는 일본인의 계절감각과 일본인들의 언어 표현방식을 이해해야 한다. 일본 시가는 계절의 변화가 항상 중심 소재가 되어, 사랑이나 인간생활 등이 계절을 통해 비유적으로 나타났다.

하이쿠에는 계절을 상징하는 말, 즉 '기고'(季語)가 반드시 있어야 하는데, 위의 시에서는 '개구리'가 봄임을 환기시키는 하나의 기호 같은 역할을 한다. 겨울잠에서 깨어난 개구리가 봄날의 계절적 정서를 불러 일으키는 기고로 고정된 것이다. 기고는 금방 알아볼 수 있는 것도 있지만, 일본의 독특한 풍토와 미의식이 작용된 것도 많다. 그러면 다음 작품들을 보자.

塩鯛の歯ぐきも寒し魚の店
도미자반의/ 잇몸도 추워라/ 어물전 좌판 (바쇼)

びいと啼く尻声悲し夜ルの鹿
비-하고 우는/ 긴 소리 구슬프다/ 밤의 암사슴 (바쇼)

첫 번째 시에서 겨울날 저잣거리의 풍경과 서민들의 고달픈 일상을 떠올리는 일은 그리 어렵지 않다. 그러나 두 번째 시의 경우는 다르다. '사슴'이라고 하면 보통 봄을 연상하기 쉽지만, 이 시에서 사슴은 적막한 가을밤의 정서를 나타낸 것이다. 사슴은 가을이 발정기여서, 이때 짝을 구하는 울음소리가 역사적으로 많이 읊어지는 가운데 가을의 기고로 정착된 것이다.

　또한 하이쿠의 한 구는 너무 짧기 때문에, 한꺼번에 읽어 내려가는 것을 막기 위해 '기레지'(切字)라는 것이 필수조건이다. 하이쿠는 원칙적으로 3행으로 이루어지는데 어느 한 행에서 끊어줌으로써 강한 영탄이나 여운을 유발한다. 이때 쓰이는 조사나 조동사를 기레지라고 하는데, '~や(~이여)', '~けり(~구나)'와 같은 것이다. 말을 단순히 연결하면 문장의 한 단편처럼 보여 무의미하게 보이나, 기레지를 통해 의도적인 비연속을 유도하여 시공간을 극대화할 수 있다. 그리하여 단절과 여백, 논리의 애매함을 독자의 상상으로 메워 중층의 효과를 얻는 것이다.

　이상에서 기고와 단절의 미학을 살펴보았는데 이러한 기본적인 이해하에 바쇼 시의 전체적인 분위기를 상상해보자. 오래된 연못에서 환기되는 한적한 분위기, 봄날 오후의 나른함에 내맡겨진 채 무심히 앉아 있다. 문득 연못에 파문을 일으키며 개구리 한 마리가 뛰어든다. 영원과 순간의 교차! 그 파문으로 인해 자신의 존재와 세계 전체를 인식하는 선적(禪的)인 깨달음의 순간이다. 게네스 야스다는 하이쿠를 '깨달음을 얻은 니르바나적[涅槃的] 조화'라고 했는데 바로 이를 지적한 것이라고 하겠다.

이러한 선적인 깨달음을 추구하기 위해 하이쿠에서는 서로 거리가 먼 소재끼리 배합하는 충격적인 기법을 이용하기도 한다.

釣鐘にとまりてねむるこてふ哉
범종에 앉아/ 하염없이 잠자는/ 나비 한 마리 (부손)

큰 무쇠 덩어리인 '범종'과 연약하게 나풀거리는 '나비'의 배합은 충격적이다. 그리고 언제 '덩!' 하는 종소리로 인해 고요가 순간적으로 깨어질지 모를 일이다. 삶이란 그런 것이다…!

끝으로, 바쇼의 하이쿠가 고독한 방랑자의 면모와 담백하고 수수한 아름다움을 추구하는 것이라면 18세기의 요사 부손(与謝蕪村)은 화가로서의 색채감각을 발휘하여 이미지를 중심으로 한 회화적이고 낭만적인 하이쿠를 많이 읊었다. 이어서 18세기말에서 19세기 초에 활약한 고바야시 잇사(小林一茶)는 지극히 불우한 환경에서도 약자에 대한 연민, 반골 정신을 지니고 토속적이면서도 유머러스한 작품을 많이 남기고 있다. 저마다 개성을 지니고 있는 이 세 사람에 의해 하이쿠는 명실상부한 서민시로 정착하게 되었다.

旅に病んで夢は枯野をかけめぐる
방랑에 병들어/ 꿈은 마른 들판을/ 헤매다닌다 (마쓰오 바쇼)

菜の花や月は東に日は西に

유채꽃이여/ 해는 서녘 하늘에/ 달은 동녘에 (요사 부손)

雀の子そこのけそこのけお馬が通る

새끼 참새도/ 물렀거라 물렀거라/ 원님 행차시다 (고바야시 잇사)

고전 취향의 낭만시인 요사 부손

俳句

【김정례】

落葉して遠く成りけり臼の音

낙엽이 지니 멀어져 가는구나 절구질 소리

초겨울 어느 날 절구질하는 소리가 들려오고 있다. 갑자기 바람이 불고 낙엽이 우수수 떨어지는 소리. 낙엽 떨어지는 소리에 귀기울이다 보니 어느새 절구질 소리는 멀어져 가버렸다. 낙엽지는 소리와 절구질 소리의 조합. 자연에 의해 잃어져 가는 인공의 세계. 이 하이쿠는 이처럼 미묘한 청각적 세계를 읊고 있다.

요사 부손(与謝蕪村, 1716~83)은 이케노 다이가와 함께 일본문인화를 확립한 화가이자 하이쿠 시인으로, 그의 하이쿠에 나타나는 회화성은 근대에 이르러 하이쿠의 근대적 혁신을 주창하던 마사오카 시키에 의해 '사생'(写生)이라는 이름으로 재해석되고 높이 평가됨으로써 근대 하이쿠에 많은 영향을 미쳤다.

그러나 부손의 하이쿠에서 회화성이 지나치게 강조됨으로써 자칫 지나치기 쉬운 것이 위의 하이쿠에서 보이는 청각의 세계이다. 비슷한 하이쿠로 다음과 같은 작품이 있다.

待人の足音遠き落葉哉
기다리는 님 발자국 소리 머언 낙엽이어라

님은 언제나 오시려는지…. 내내 기다리고 있건만 문 밖에서는 낙엽지는 소리. 낙엽을 밟고 오는 듯한 님의 발자국 소리가 멀리서 들려오네. 아니 어쩌면 잘못 들은 것인지도 몰라.

결국 기다리는 님은 오지 않았을지도 모른다. 오지 않는 연인을 기다리는 외로움을 부손은 공감각적으로 표현해내고 있다. '낙엽이 지는 소리', 때로는 우수수 흩날리면서 지기도 하지만 바람 없는 날엔 그야말로 하늘하늘 소리 없이 한 잎씩 떨어지는 그 미세한 소리의 세계를 이용해서 말이다. 부손은 이처럼 아련한 것, 희미하고 미세한 세계를 섬세한 감수성으로 포착했다.

한편 '쌓인 낙엽을 헤치고 찾아오는 연인을 향한 기다림', 그 고독의 테마는 실은 이미 오래 전에 일본의 전통 시가에 확립되어 있었다.

桐の葉も踏み分けがたくなりにけりかならず人を待つとなけれど
오동잎 낙엽 헤치고 오지도 못하게 쌓여버렸구나 그대 꼭 오리라고 기다리는 건 아니지만

요사 부손의 하이쿠와 그가 직접 그린 그림

이 와카는 사랑의 와카로 유명한 쇼쿠시 나이신노(式子内親王)가 지은 것으로 『신코킨와카슈』(新古今和歌集)에 수록되어 있다. 언제 올지 모를 연인을 향한 한없는 기다림과 외로움. 앞에 인용한 부손의 '기다리는 님'의 하이쿠는 이와 같은 와카적 전통을 바탕으로 하여 성립한 세계인 것이다.

부손은 한시와 와카, 그리고 마쓰오 바쇼 등 전시대의 중국과 일본의 고전에 많은 관심을 기울였다. 그는 하이쿠의 세계를 알기 위해서는 마음을 현실의 밖에 두고 과거의 전형(典型)에 친숙하게 함으로써 비속한 세계를 탈피하는 것이 필요하다고 강조했다. 그가 평생을 두고 흠모했던 바쇼가, 항상 현실이나 세속과 밀접하게 관련을 가지면서도 그 현실에서 시를 섭취하고 그 속(俗)적인 세계를 하이쿠 속에서 높이기 위해서 시도했던 것에 반해, 부손은 오히려 비현실의 세계를 동경하고 한시와 그림을 매개로 하여 이속(離俗)의 경지에서 놀고자 했다.

말하자면 부손은 바쇼처럼 어느 한 길에 평생을 바쳐서 매진한 금욕주의자이기보다는 오히려 쾌락주의자였다. 중국과 일본의 고전을 늘 가까이 하고 거기에서 많은 것을 섭취했던 고전 취향의 낭만주의자.

그런가 하면 부손은 벚꽃을 보면서 시각적인 세계가 후각적인 세계로 전환해가는 그 미묘한 시점을 다음과 같이 읊고 있다.

花の香や嵯峨の灯火きゆる時
벚꽃 향기여 사가의 등불이 꺼져갈 때

사가(嵯峨)는 예로부터 유명한 교토의 벚꽃 명승지. 환한 낮이나 등불이 켜져 있었을 때는 눈으로 아름다웠던 벚꽃이 이제 사람들도 다 돌아가고 등불이 꺼졌을 때 어렴풋한 향기로 밀리듯이 다가온다. 그 미세한 벚꽃의 향기. 부손은 그 감각적 세계를 이처럼 섬세하게 오감을 오가며 하이쿠로 표현해냈던 낭만적 시인이었다.

해학과 자비의 시인 고바야시 잇사

俳句

【이현영】

やれ打つな蝿が手をすり足をする

제발 치지 마! 파리가 손 비비고 발을 비빈다

'파리'는 우리 주변에서 가장 혐오스런 곤충 가운데 하나이다. 더운 여름날, 더위를 식히려 앉아 있을 때나 잠시 오수를 즐기려 누워 있을 때도 어김없이 달려들어 인간을 귀찮게 한다. 그럴 때면 얼른 파리채를 들어올려 파리를 겨냥하곤 하지만, 자세히 들여다보고 있노라면 파리는 마치 인간을 괴롭힌 자신의 잘못을 사죄라도 하듯이 머리를 조아린 채 손을 비비고 발을 비벼대며 용서를 구한다. 고바야시 잇사(小林一茶, 1763~1827)는 위 시를 통해, 보잘 것 없는 파리의 습성을 목숨을 구걸하는 모습으로 유머러스하게 의인화(擬人化)하고 있다.

하이쿠의 중흥기 이후 바쇼에 대한 우상화가 진행되는 가운데 하이쿠는 급속도로 민간으로 확장되어 갔으나, 내용면으로는 신선함을 잃고 저속한 작품들이 양산되기 시작했다. 그러한 중 고바야시 잇사는 이색적인 존재로 두각을 드러낸다.

시나노(信濃)의 농가에서 태어난 잇사는 3
세 때 어머니를 여의고, 계모와의 갈등 속에서
불우한 유년 시절을 보내다 15세 때인 1777년
에 에도(江戶:현재의 도쿄)로 상경한다. 에도에
서 고용살이를 하던 그는 20세 무렵 가쓰시카파
(葛飾派)에 입문하여 하이쿠를 배우고, 6년간의
긴 여행에서 돌아온 후에 스승인 치쿠아(竹阿)의
니로쿠암(二六庵)을 계승하지만, 하이쿠 지도자

해학과 자비의 시인 고바야시 잇사

로서는 일가를 이루지 못하고 유랑생활을 시작한다. 51세에 겨우 결혼
하여 고향에 정착했으나 자녀를 잇달아 잃고 화재로 집이 불타는 등 가
정적으로 매우 불행했다. 그리고 쓰러져가는 토방에서 65세를 일기로
생을 마감한다.

잇사는 농촌의 빈한한 생활과 도시에서의 유랑생활을 체험한 만큼
도시와 농촌의 현실을 직시한 독특한 인생시와 생활시를 낳았다. 당시
에는 전통적인 계절감을 중심으로 창작활동을 하는 것이 주류를 이루
고 있었으나, 그는 그러한 경향으로부터 벗어나 일상적인 비근한 소재
를 통속적인 발상과 평범한 언어로 표현하고, 인간 생활을 주제로 한
많은 작품을 남겼다.

그의 작품에는 삶과 경험이 적나라하게 투영되어, 취미화, 통속화
되어 가던 근세 후기 하이단(俳壇)에 생활파 하이쿠 시인으로서 이채를
띄는 존재가 되었다. 또한 속어나 방언을 대담하게 구사한 그의 작품

세계는 잇사조(一茶調)라고도 불린다. 잇사의 현존하는 구수(句數)는 2만 구에 달하며, 대표적인 작품집으로『칠번일기』(七番日記),『팔번일기』(八番日記) 등의 구일기(句日記)를 포함해『아버님의 종언일기』(父の終焉日記),『나의 봄』(おらが春) 등의 하이분(俳文)이 있다. 특히 그의 작품 중에는 다음처럼 파리를 소재로 읊은 작품이 많다.

寝すがたの蠅追ふもけふがかざり哉
주무시는 모습 파리 쫓아드리는 일도 오늘뿐이구나

蠅打ちてけふも聞也山の鐘
파리 죽이고 오늘도 들었단다 산속 종소리

蠅打に敲かれ玉ふ仏哉
파리채로 매를 맞고 계시는 부처님이시여

임종을 앞둔 아버님 머리맡에서 파리를 쫓는 효심(孝心), 파리와 같은 보잘 것 없는 벌레의 생명일지언정 살생 후에 밀려드는 무상감, 파리 때문에 엄한 매를 맞고 있는 부처님 등, 잇사의 작품에는 일상에서 발견할 수 있는 순간 순간이 예리한 관찰자의 눈으로 포착되어 있다.

잇사는 파리뿐 아니라 개구리, 참새, 모기, 벼룩 등과 같은 미물들을 즐겨 읊었다. 그가 살아오면서 느꼈던 빈곤과 소외감, 슬픔으로부터 미물들을 이해하고 표현했던 것이다. 또한 인간성을 적나라하게 내비치고 약자에 대한 자비를 보여주는 그의 시는, 때로는 해학이 있지만 단순한 웃음을 넘어 생활 속의 눈물과 사랑을 따스한 웃음으로 감싸고 있다.

痩蛙まけるな一茶是に有
야윈 개구리야 힘내라 잇사가 여기 있다

屁くらべがまたはじまるぞ冬ごもり
방귀시합이 또 시작되는구나 겨울 농한기

これがまあつひの栖か雪五尺
이것이 결국 내가 살 집이더냐 눈이 다섯 자

근세 서민의 해학과 풍자

狂歌와 川柳

【유옥희】

조닌(町人)을 중심으로 한 서민문화가 꽃을 피웠던 에도시대에 리얼한 현실생활의 해학과 풍자를 담아낸 일종의 유희문학으로 교카(狂歌)와 센류(川柳)가 있다. 교카는 5·7·5·7·7의 단가(短歌)의 형식을 취하고 있고, 센류는 5·7·5의 하이쿠의 형식을 취하고 있되 우스꽝스럽고 자유분방한 내용을 담고 있는 일종의 지적(知的) 게임과도 같은 문학으로, 감각적 측면에 있어서는 우리나라에서 유행했던 삼행시(三行詩)와도 비슷하다.

교카는 상류층의 가인들이 고상한 시가를 읊는 긴장 후에 스트레스를 해소하는 차원에서 읊었던 풍자시 또는 해학시 같은 것이었는데, 차츰 그 이름도 우스꽝스러운 야도야노 메시모리(宿屋飯盛)등의 직업적인 교카시(狂歌師)들이 등장하게 된다. 교카에는 패러디가 많다. 다음에 소개하는 작품은『신코킨슈』의 사이교(西行)와 이를 패러디하여 서민들의 초라한 밥상을 묘사한 교카이다.

心なき身にも哀れはしられけり鴫立つ沢の秋の夕暮

감정이 없는 이 봄도 비애를 절로 알겠네 도요새 나는 호수의 가을 해거름녘

(사이교)

菜もなき膳にあはれは知れらけり鴫焼茄子の秋の夕暮

찬거리 없는 밥상의 비애를 절로 알겠네 도요새와 가지 굽는 가을 해거름녘

일본의 국가(国歌) 기미가요(君が代)를 패러디한 용감한 교카도 보인다.

わが君(君が代)は千代に八千代にさざれ石の巌となりて苔のむすまで

우리 나랏님은 천대에 팔천대에 자갈돌이 큰 바위가 되어 이끼가 다 끼도록

(기미가요)

君が顔千代に一たび洗ふらし汚れ汚れて苔のむすまで

님의 얼굴은 천대에 한 번씩 씻는가 보오 더러울 대로 더러워 이끼가 다 끼도록

그리고 부부생활에 대한 세태풍자나 빚쟁이 이야기 등 서민들의 생활을 소재로 한 재미있는 작품들도 있다.

諒しはあたらし畳青簾妻子の留守にひとりみか月

정말 좋은 건 새로 깐 다다미에 푸른 발치고 처자식 집 비운 새 홀로 보는

초승달

借るに地蔵返すに閻魔貸さぬには鬼の顔にも涙なりけり

빌릴 땐 지장보살 갚을 땐 염라대왕 안 빌려줄 땐 귀신의 얼굴에도 눈물이

흐르누나

센류(川柳)는 하이쿠가 비속화된 것으로 5·7·5의 형식인데, 하
이쿠와 다른 점은 계절을 나타내는 기고(季語)나 구를 끊어주는 기레지
(切字) 등의 제약이 없고 운율만 맞추어 무엇이든 자유롭고 재미있게
읊을 수 있는 것이다. 그리고 하이쿠가 주로 자연을 소재로 했다면 교
카는 인간에 관심을 두고 세태의 풍자나 기지(機智)를 담고 있다.

役人の子はにぎにぎをよく覚へ

벼슬아치의 아이는 잼잼을 잘도 익히고

是小判たっに一晩居てくれろ

여보게 금화 제발 하루만이라도 있어 주게나

첫 번째 센류 '벼슬아치의 아이가 잼잼을 잘한다'는 것은 관리의 아
이조차 뇌물을 밝힌다는 것이다. 즉 '잼잼'을 돈을 움켜쥐는 시늉으로
보고 재미있게 풍자하고 있다. 그리고 두 번째 작품은 '돈은 발이 달려
서 빨리 도망간다'는 일본인들의 생각과 관련하여 금화를 잠깐이라도

움켜쥐고 싶은 서민들의 마음을 나타내고 있다.

해학에서 출발했던 하이쿠가 고상한 문학으로 격상되었을 즈음, 원래의 골계적(滑稽的) 요소에 대한 서민들의 욕구가 센류를 발달시킨 것이다. 센류는 가라이 센류(柄井川柳, 1718~90)라는 창시자의 이름에서 비롯된 것으로, 7·7 음의 구를 내놓고 대구(対句)를 하듯이 5·7·5 음을 붙이는 일종의 놀이를 개발한 것이 시초가 되었다.

きりたくもありきりたくもなし
베고 싶기도 하고 베고 싶지 않기도 하고

ぬす人をとらへてみればわがこなり
도적놈을 붙잡고 보니까 내 아들이더라

이같은 재치문답식 이어읊기인 '마에쿠즈케'(前句付け)가 독립하여 오늘날의 센류가 되었고, 서민들의 리얼한 일상생활과 비속한 용어를 끌어들여 항간의 빈한한 무교육층을 대상으로 파급되었다.

仲人にかけては至極名秉なり
중매 하나만큼은 지극히 명의로다

寝てるても扇の動く親心
잠이 들어도 부채 움직이는 부모의 마음

이처럼 교카나 센류는 어쩌면 서민들의 직접적인 목소리를 반영한 것으로, 인간적인 체취를 풍기는 일종의 놀이문학이라고 할 수 있다. 특히 센류는 가벼운 위트를 즐기는 에도 상인의 기질과 부합되어 널리 유행하게 되었던 것으로 보이며, 오늘날도 일간지의 한 면을 장식하여 세태를 풍자하는 대중문학이 되어 있다.

하지만 교카는 와카의 형식을 빌려 와카를 비속화한 것으로 에도 시대의 서민문예다운 성격을 가지고 있었지만 고전적 교양을 기반으로 하는 것만큼, 현대까지 계속되고 있는 센류만큼은 정착하지 못했다.

서민 시대의 문학의 효용과
가나조시(仮名草子)

【김영철】

가나조시(仮名草子)란 한자로 쓰여졌다 하더라도 음과 훈을 달아놓은 산문으로, 서민들 누구나 읽을 수 있도록 가나로 표기한 산문이라는 뜻이다. 가나조시는 주로 교토를 중심으로 귀족이나 승려, 무사 등 지식 계급층이 서민의 계몽과, 교화, 오락을 목적으로 썼기 때문에 평이한 문장으로 되어 있다. 다양한 내용과 형식을 갖고 있는 이 근세 초기 산문을 소설사의 한 장르로 인정할 수 있는가 하는 문제는 남아있으나, 일반적으로 일본문학사 속에서 오락성 짙은 작품을 위주로 한 사이카쿠(西鶴)의 '우키요조시'(浮世草子)와 구별되는 근세 초기 소설의 한 장르로 구별하고 있다.

이러한 가나조시는 근세 초기부터 80여 년간 만들어진 산문문학을 칭한다. 이 시대는 정치·사회·사상적인 면에서 전시대와는 달리 크게 변모하는 시기로 계몽적인 사조가 성행했다. 또한 전란이 없는 안정된 사회와 삼도(三都:에도, 교토, 오사카)를 중심으로 한 도시문화와 자본주의적인 상업문화의 발달, 출판업의 번성으로 서민을 대상으로 하는 출판도 가능해졌는데, 그 배경에는 상인계급의 경제력이 있었다.

이렇게 도시상인의 경제적 안정과 교육의 보급으로 폭넓게 형성된 독자층은 다양한 종류의 서적을 소화해내는 구매력을 갖게 되면서, 고전과 한문서적은 물론 실용서적을 양산하게 된다.

새로운 가치관과 경제적 부흥은 필연적으로 신사조로 하여금 계몽성과 다양한 형식을 요구했다. 이상의 조건과 고전문학의 전통이 합쳐지면서 탄생한 가나조시는 혼란스러울 만큼 복잡한 양상을 보이면서도 근세문학으로서의 성격을 갖추어가며 전시대의 산문인 오토기조시(お伽草子)와 후대의 산문 우키요조시(浮世草子)를 연결하는 가교적 역할을 한다. 필사본으로 전승되어 오던 고전문학의 전통이 일시에 판본으로 많은 독자에게 읽히는 시대가 되었고, 실용적인 내용의 서적들이 경제력에 고무된 수요자층인 서민들에 의해서 구매되고 읽히는 시대가 도래한 것이다.

당시의 서적목록을 보면 「일본서적과 가나」(和書並仮名類)에는 연대기, 계산법, 바둑, 다도, 꽃꽂이, 요리, 여행기 등의 실용서적에 이어서, 유불선(儒仏仙) 3교에 관한 이야기나 흥미본위의 수신처세술을 피력한 것, 여성의 교훈서, 소화담(笑話談), 기녀의 평판이나 남색담(男色談)과 같은 내용의 서적이 나열되어 있다. 반면 마이와 소시(舞並草子)에는 무로마치시대의 마이(舞)의 책과 더불어 『우스유키 이야기』(薄雪物語), 『우라미노스케』(恨之介), 『치쿠사이』(竹斎)와 같은 교훈성보다 오락성이 짙은 산문작품들이 나열되어 있다.

이것을 근거로 하면 당시의 서적류는 통속교훈서를 가나류(仮名類)

로, 이야기와 같은 작품을 소
시류(草子類)로 나누고 있음
을 확인할 수 있다. 그리고
가나류와 소시류라는 이름
속에 포함된 산문들이 나중
에 가나조시의 핵심적인 내
용을 이루는 것으로 인정할

근세의 가나조시

수 있을 것이다. 이처럼 가나조시는 내용으로 보아도 각양각색의 다양
성을 가지고 있으며 목적하는 바가 교훈성과 실용성, 오락성 등으로 분
류되는 등 획일적이지 않은 산문임을 확인할 수 있다.

　가나조시의 문학적인 평가는 그다지 높다고 할 수 없다. 그러나 필
사본으로 한정적인 신분에 의해 독점되던 문학이 목판본으로 출판된
대중적인 서적으로서 서민층에까지 확산되어, 그들을 교화하고 그들에
의해 향유된 산문이란 점에서 최초로 대중적인 문학으로서의 자리매김
을 한 장르로 보아 마땅할 것이다.

　가나조시의 대표적인 작가로서는 아사이 료이(浅井了意)를 들 수
있다. 대부분의 작가들이 익명으로 3, 4편 이상의 작품을 남기지 않아
서 일종의 지식인의 여기(余技)로 쓰여진 것으로 보이는데, 아사이 료
이는『도카이도 명소기』(東海道名所記),『우키요 이야기』(浮世物語),『오
토기보코』(伽婢子) 등 실용성과 풍자, 괴담 등의 오락성이 강한 다양한
성격의 작품을 남기고 있다.

　승려인 아사이 료이 역시 사회적인 지위 때문인지 구체적인 개인

사는 알기가 어렵다. 주로 불교서적의 주석서로서 승려들의 포교 자료를 많이 출판했으며, 고전의 주석서나 명소안내기, 교훈적인 가나조시, 교훈설화집 등이 그의 작품으로 알려져 있다. 당시에 출판된 서적은 목록에 쓰여진 작가명에 따라서 인정하고 있는데, 의외로 그의 작품은 별로 많지 않다.

여기서는 가나조시의 다양성을 그의 대표적인 작품을 간단히 소개하는 것으로 대신하기로 한다.

『도카이도 명소기』(東海道名所記)

라쿠아미다부쓰(楽阿弥陀仏)는 에도의 명소를 유람한 뒤, 오사카 상인 집안의 고용인을 동반하고 도카이도를 거쳐 교토에 이른다. 교토의 명소를 돌아본 뒤에 다시 사이코쿠(西国:현재의 규슈)로의 여행을 결심하고 오사카로 내려가는 고용인과 교토의 도지(東寺) 앞에서 헤어진다는 줄거리이다.

여행 도중의 역참과 역참 사이의 거리를 기록하고 각 지방의 명소와 유적지 특산물에 관한 설명을 하면서 라쿠아미가 지은 교카(狂歌)나 교쿠(狂句)를 덧붙여서 명소안내와 더불어 골계적인 맛을 내는 특징을 가진다.

명소의 구체적인 소개와 더불어 골계적인 소설화를 의도한 점은 『치쿠사이』(竹斎)의 영향을 강하게 받았음을 알 수 있고, 명소안내기 형식의 문학과 골계미를 합친 구성방법은 후대의 『도카이도추히자쿠리게』(東海道中膝栗毛, 1695년경 간행)에서 그 영향을 짐작할 수 있다.

『우키요 이야기』(浮世物語)

'우키요(浮世)'란 그날 그날을 즐겁게 사는 것이며, 당시가 곧 우키요임을 강조한 서문으로 유명하다. 중세의 현세 부정적인 '우키요'(憂世)에서 긍정적이고 향락적인 '우키요'(浮世)로의 인식의 전환을 볼 수 있다.

수인공 효타로(瓢太郎)는 도박과 주색잡기로 부모의 유산을 탕진하고 사무라이 봉공을 하다가 동료와의 싸움으로 체면을 잃자, 할 수 없이 스스로 삭발하고 우키요보(浮世坊)로 개명하여 기나이(畿内) 지방을 유랑한다. 호구지책으로 택한 일들은 모두 실패하거나 싫증이 나서 전전하던 중에, 문득 세상의 그릇됨을 깨닫고 시중에서 설교를 하다가 어느 다이묘(大名:막부 정권 시대에 1만 석 이상의 독립된 영지를 소유한 영주)의 말 벗 시중을 들게 된다. 이곳에서 세상 사람들의 오만, 모순, 비행 등에 대한 비판과 설교를 하다가 선술(仙術)을 터득하여 자유로이 비행하는 선인이 되려 하나 실패하고 허물만 남긴 채 사라진다.

이 작품의 우키요에 대한 정의는 훗날 사이카쿠의 작품으로 인해 가나조시와 구분되는 우키요조시의 '우키요'에 대한 인식을 미리 볼 수 있다는 관점에서 중요한 의미를 갖는다. 또한 상투적이긴 하지만 사회에 적응하지 못한 인물을 설정하여 일상을 꼬집어 비판한다는 측면에서 다분히 풍자적인 면모를 보여주기도 하며 고전문학의 귀인의 유랑 이야기를 후대에 이어주는 작품이기도 하다.

근세 상인의 호색일대기

『好色一代男』

【정 형】

'우키요'(浮世)란 넓은 의미로 현세를 뜻하며, 좁은 의미로는 호색 생활을 뜻하는데, 이 말이 학술용어로 정착된 것은 메이지시대 이후의 일이다.

우키요조시(浮世草子)는 경제력을 획득하기 시작한 조닌계급에 의해 쓰여졌으며, 조닌의 호색생활이라든지 그들의 경제활동에서 일어나는 희로애락을 사실주의에 입각해 묘사한 문학이다. 엄격한 봉건 신분제도의 굴레에 옥죄어 있던 조닌은 왕성한 경제활동으로 부를 축적하고 경제적 여유를 바탕으로 향락을 추구했는데, 우키요조시는 조닌의 이러한 인생살이의 모습을 그린 새로운 문학 형태이다. 이를 탄생시킨 이하라 사이카쿠(井原西鶴, 1642~93)는 조닌으로서 조닌의 삶을 그린 위대한 작가이다.

근세 문학사에 커다란 발자취를 남긴 사이카쿠는 오사카(大阪)의 부유한 상인의 아들로 태어나 일생을 시와 소설 창작으로 보낸 문인이다. 특히 그는 죽을 때까지 근세시대의 주요 시 장르였던 하이쿠(俳句)

의 시인으로서 큰 자부심을 갖고 의욕적인 활동을 전개해, 하루 동안에 1천 구, 4천 구, 급기야는 2만 구 이상의 하이쿠를 짓는 초스피드 작법을 과시해 일약 근세 하이쿠계의 기록적인 스타로 등장했다. 그러나 함축과 은유가 기본골격을 이루는 시의 특성상, 하루에 수천 수가 넘는 시가 만들어진다는 것은 시 자체의 완성도가 떨어짐을 의미하는 것이었다. 당시 하이쿠의 방법론의 내용과 소재는 세속의 모든 것을 표현방식의 제한 없이 그리는 것이기에 가능한 일이었지만 역시 기록을 의식하는 수량주의가 그의 시세계를 우선적으로 지배하고 있었다고 볼 수 있다.

마쓰오 바쇼(松尾芭蕉)가 이러한 그의 시를 천박하기 이를 데 없다고 평한 것도 어쩌면 당연한 귀결이었지만, 그럼에도 그는 일생 시인으로 자부했다. 그리고 그의 첫 소설은 앞서의 하이쿠 창작활동 중에 외도와 같은 기분으로 만들어진 것인데, 오히려 그의 소설이 일본문학사에 우뚝 서 있는 작품으로 평가받고 있다는 사실은 아이러니라고 할 수 있다.

사이카쿠의 첫 소설 『호색일대남』(好色一代男)은 1682년, 그의 나이 42세에 쓰여졌다. 이 제목은 문자 그대로 호색(好色)만으로 일생을 지낸 남자의 일대기라는 의미이다. 근세 일본은 도쿠가와 막부(德川幕府)의 봉건지배 체제하에 조선의 주자학 등의 도입으로 사농공상(士農工商)의 신분질서가 확립되어 있었다. 무사, 농민, 장인, 상인이 사회의 주요계층이었고 우리의 조선시대와 마찬가지로 주자학의 지배 이데올로기에 입각해 충(忠)과 효(孝)가 강조되었음은 물론이다.

다만 근세 일본이 우리 조선과 달랐던 점은 충이 효보다 우선적

이하라 사이카쿠

인 가치로 내세워졌다는 것과 상인의 실제적인 위상이 자신들의 막대한 경제적 힘을 배경으로 농과 공의 지위를 능가해 무사 다음으로 위치해 있었다는 것이다. 근세 일본의 경제시스템은 동아시아 봉건주의 국가 중 가장 앞서 이른 바 전기 상업자본주의의 골격을 확립했고, 이것은 상인들의 활약과 더불어 강력한 계층화를 의미하는 것이기도 했다. 조선시대의 지식인들이 상인을 가장 천한 직업으로 여겼던 인식과는 크게 대조적이라고 할 수 있다. 이런 만큼 일본의 상인들은 명확한 직업관과 사명감을 지니고 있었고, 상인의 제일 덕목은 가업을 충실히 이어가는 것으로 이것이 상식이며 의무였고 국가에 대한 충이며 부모에 대한 효였다.

『호색일대남』의 주인공 요노스케(世之介)는 수백억 재산가인 상인의 아들로 태어나 가업을 충실히 이어가는 것이 그의 의무이며 도리였지만 작품 이름대로 일생을 유곽(遊郭) 등에서 호색으로 일관하며 수백억이 넘는 재산을 탕진함으로써 국가에는 상인 본분을 망각한 불충(不忠)을, 부모에게는 가업을 이어가지 않는 불효(不孝)를 행한 셈이 된다. 그렇다면 사이카쿠는 반역적일 수도 있는 호색한 이야기를 통해 무엇을 그리려고 했을까?

무엇보다 이 작품은 일본 고전소설의 최고봉이라고 말해지는『겐지 이야기』(源氏物語)의 패러디이다. 『겐지 이야기』가 집필된 시대는 11세기 초의 헤이안(平安) 귀족시대. 이 작품은 잘 알려진 대로 높은 귀족 신분의 히어로 겐지(源氏)의 헤이안 귀족여성들과의 만남-실제로는 性愛-을 중심으로 하는 영화로운 일대기를 그리고 있다. 사이카쿠는 이와 견줄 만한 근세 상인의 히어로 요노스케의 호색의 일대기를 시도한 것이다. 겐지는 귀인(貴人)답게 7세의 어린 나이에 학문에 뛰어난 기량과 총명함을 보여 부모인 천황부부를 놀래게 하는데 반해, 근세 호색의 히어로 요노스케는 같은 나이에 하녀에게 '사랑은 어둠 속에서 이루어지는 법, 등불을 끄고 가까이 다가오거라' 하고 명령을 내리는 것으로 극명하게 비교된다. 『겐지 이야기』에서 묘사되는 귀족들의 사랑 또한 성애를 동반한 것이지만 당시의 소설적 풍류는 그러한 성애의 부분을 사상(捨象)한 형태로 표현한 반면, 근세의 사이카쿠는 인간의 원천적 본능인 성애를 소설적 모티브로 삼고 있었음은 주목할 만하다. 이는 무사나 귀족들과 같은 지배계급의 사랑 이야기에 대한 강렬한 패러디라고 할 수 있다.

요노스케는 물려받은 엄청난 금전을 배경으로 근세 도시경제의 최고 수준의 소비적 환락세계인 유곽에서 수많은 여성들, 또는 미소년들과의 편력생활을 보내는데, 이는 엄청난 부를 축적한 상인들의 극단적 형태의 자기과시였음에 틀림없다. 아무리 부를 축적해도 상인은 사농공상의 계급질서 안에서 자리매김되어 권력과는 무관했기 때문에, 상인에게 있어서 부의 축적이란 부 그 자체일 수밖에 없었다. 작가는 근세 상인의 히어로 요노스케를 내세워 주로 유곽을 무대로 상인의 굴절된 존재감을 과시했고 인간의 본원적 요소로서의 성애를 근세적 풍속 안에서 사실적으로 그려낸 것이다.

　다시 말해 근세 일본의 현실을 날카롭게 포착한 사이카쿠는 『호색 일대남』을 통해 당시 지배계급과 세속적 삶의 기본요소인 금전과 성 (性)에 대한 강력한 풍자를 제시하고 있다.

근세 상인들의 치부를 둘러싼 성공과 실패
『日本永代蔵』

【정 형】

사이카쿠(西鶴)의 소설 『닛폰에이타이구라』(日本永代蔵, 1688)는 30편의 단편소설로 이루어진 치부담으로 근세 상인들의 금전과 치부를 둘러싼 성공과 실패가 적나라하게 묘사되어 있다. '에이타이구라'란 영원히 대대로 이어갈 수 있는 재물 창고라는 뜻으로, 이 작품에는 작가가 활동한 시대의 경제상이 잘 드러나 있다.

일본의 17세기 후반은 근세에 있어서 경제가 가장 고도성장을 이룩한 시기였다. 근세 초기이래 농업 중심의 일본 각 지방의 생산력 발전은 통화제도의 정비, 교통수단의 발달, 생활수준의 향상 등 여러 조건과 더불어 상공업의 발달을 초래했고, 이에 결정적으로 박차를 가했던 것은 무사계급들이 거점도시에 집중적으로 거주하게 되면서 거대한 소비자그룹으로 전환된 것으로 에도 오사카와 같은 거대한 도시경제 시스템을 만들어 낸 것이다.

18세기 중반의 도쿄는 인구 백만의 도시가 되는데, 이는 당시로는 세계에서 가장 인구가 많은 도시로서 근세 일본의 도시경제의 규모가 어느 정도였는지를 쉽게 가늠할 수 있다. 당시 시스템에 의하면, 무사 계급은 영지의 농민들로부터 미곡을 징수해 생활의 기초로 삼는 한편 그 일부를 화폐로 바꾸어 기타 물자를 충당했다.

이 화폐화가 에도시대의 상업 시스템의 중핵을 이루게 된다. 관동(関東)와 동북(東北) 지역의 무사들은 에도로, 관서(関西) 지역의 무사들은 오사카로 조공미와 기타 특산물을 수송하고, 두 도시에 있는 구라야시키(蔵屋敷:파견사무소)를 통해 물자를 화폐로 바꾸었다. 당시 일본 최대의 미곡거래소는 오사카에 있었으며, 오사카에 와 있던 각 번(藩) 영주의 구라야시키는 80여 개나 되었고 오사카를 중심으로 유통된 물자와 화폐는 단연 일본 최고의 규모로서 오사카는 '일본의 부엌'이라는 명칭을 얻으며 근세 이래 경제의 중심지가 되었다.

이러한 유통경제 안에서 많은 부를 축적한 상인들이 출현하게 되었고, 이들이 상업자본주의 시스템의 주역들로 성장하게 된 것이다. 특히 오사카 상인들의 경제력은 전국을 거의 장악하게 되었는데, 이러한 상인들의 대거 등장이 바로 사농공상의 서열 안에서 권력을 제외하고 금력으로 모든 것을 얻을 수 있다는 현실적 힘을 통해 무사 다음으로 상인들의 위상을 올려놓은 것이라 볼 수 있다. 작가 사이카쿠도 바로 오사카의 상인 출신으로 이러한 경제 시스템의 형성과 발전을 현장에서 지켜본 장본인이었던 것이다.

이 소설의 첫 번째 치부담(致富談)의 내용을 살펴보기로 하자. 오사카 부근의 절 미즈마데라(水間寺)에서는 매년 2월 초봄이 되면 '관음의 복덕(福德)이 담긴 돈'이라고 하면서 신자들에게 소액의 금전을 빌려주고, 다음해에 2배로 갚게 하는 풍습이 있었다. 신자들은 너나 할 것 없이 이 돈을 빌려 대부분은 다음해에 갚게 되는데, 그도 그럴 것이 빌리는 돈의 액수가 지금 돈으로 1천 엔(円) 정도가 보통이었다. 적은 돈을 빌림으로써 사업의 번창을 기원하고, 다음해에 2배를 반환하는 것은 금전적으로 부담이 적고 자연스러운 인지상정이라고 할 수 있을 것이다.

그런데 어느 날, 아미야(網屋)라는 에도의 해운운송업자가 나타나 돈을 빌려주기를 청하는데, 액수는 1관(貫) 오늘날로 치면 수만 엔에 해당되는 것이었다. 다소 위험 부담이 있는 적지 않은 돈이지만 절의 입장에서는 빌려주지 않을 수도 없었다. 결국 돈을 빌려주고 난 절의 승려들은 앞으로는 이런 큰 금액은 빌려주지 말 것을 다짐한다.

돈을 빌려간 아미야가 갑자기 나타난 것은 13년 후인데 그는 1관의 원금을 약속대로 1년 후 2배로 갚는 복리계산에 따라 8,192관으로 상환한다. 오늘날의 2억 엔은 족히 넘는 엄청난 금액을 받은 절의 승려들은 너무도 기쁜 나머지 그의 돈독한 신앙심을 기려 경내에 보탑(宝塔)을 세운다.

사실 아미야는 긴 13년 동안 에도만에서 출어(出漁)하는 어부들에게 비용을 대출해 주면서, 그중의 일부를 안전을 보장하는 부처님의 돈이라고 하여 절의 방식대로 원금의 2배로 회수했다. 당시의 어업현황에서 자금의 회수기간은 길어봐야 1달 미만이었다. 또한 어부들에게 빌려 주었을 돈의 전체 규모가 1관에 그친 것이 아니라, 수백 수천 배에 달했다. 아미야는 신앙을 빙자해 엄청난 차익을 챙기고 있었던 셈이다.

　일본 근세 경제의 현실은 수단과 방법을 가리지 않는 고리대금의 금융시스템마저 작동하고 있었던 것이다. 이 치부담은 근세 일본의 경제 상황을 있는 그대로 그리고 있을 뿐만 아니라 금전을 둘러싼 사찰의 세속화의 일단면도 날카롭게 파헤치고 있다.

패러디의 문학 에도 게사쿠(戲作)

【이준섭】

일본의 근대 산문문학은 그 계보가 에도시대까지 거슬러 올라간다.

에도(江戶:현재의 도쿄)는 1800년까지 세계에서 인구가 가장 많았던 도시로, 거대한 관료체제와 서비스산업이 발달한 국가행정의 중심 도시였다. 도쿠가와 막부의 인질정책과 함께 도시의 급속한 팽창은 출신지역으로부터 벗어나 떠돌아다니는 유동인구를 양산해냈는데, 이로써 일본 전국을 관통하는 운송수단이 증가했으며 세련된 교양이 모든 계급을 막론하고 퍼져나갔다. 출판계도 확장된 정보망에 의해 동시대의 유럽과 견줄 만할 정도로 성장하였다. 에도 말기에 나타난 화폐경제와 부르주아 성장과 같은 징후들은 중앙봉건적 막부체제에도 불구하고 상업혁명을 일으키는 요소로서 간주될 수 있다. 즉 당시 에도 사람들의 생활 속에는 원시자본주의의 구성요소로 인식되는 여러 가지 다양한 징후들이 산재했던 것이다.

에도시대의 원시자본주의적인 봉건제도는 그 문학적 형식을 가부키(歌舞伎)와 게사쿠(戲作)에서 발견했다. 이로써 18세기 중엽까지 교토 오사카 지방(가미가타)의 경제적으로나 문화적으로 식민도시였던 에도에 마침내 고유의 문학이 꽃피게 된다.

에도 게사쿠는 18세기 중엽 이후, 에도에서 출판된 소설의 총칭이라 할 수 있다. 에도의 신흥 문예작가들은 대부분 지식인들로, 지배계급인 그들의 유교적 교양은 당연히 한시문의 세계에서 발휘될만 했지만, 체제의 틀 속에 고정된 신분사회에서는 그들의 교양이 쌓이면 쌓일수록 권태감이 더해갔다. 작가들은 그러한 심정을 게사쿠를 통해 세속을 외잡스럽게 그림으로써 표현했다. 세상의 살아가는 도리를 지키는 것을 제일로 하는 문학관을 가진 지식인들은 게사쿠의 존재 의의를 '위안거리'에 두고 '유희(遊戱)'의 문예'로 자리매김했다. 장르별로 살펴보면, 단기본(談義本), 샤레본(洒落本), 기보시(黄表紙)와 간세이(寛政) 개혁 이후 출판된 곳케이본(滑稽本), 닌조본(人情本), 고칸(合巻), 후기 요미혼(読本) 등의 작품군이다.

18세기 중엽 이후의 작가들은 모두 기보시에 손을 댔다. 기보시의 대표적인 작가였던 고이카와 하루마치, 호세이도 기산지, 시바 젠코, 도라이 산나는 물론이거니와 그림과 글에 모두 다 소질이 있어 기보시, 샤레본, 요미혼 그 어느 장르에서도 천재적인 재능을 발휘했던 산토 교덴과, 기보시 작가로서는 별로 인기를 얻지 못했지만 새로운 후기 요미혼의 일류작가가 된 교쿠테이 바킨(曲亭馬琴), 그 후로 고칸과 곳케이본에서의 활약이 두드러진 시키테이 산바와 짓펜샤 잇쿠(十返舍一九) 등이 당시의 게사쿠 문예계를 이끌어갔다. 이렇게 단기본에서 고칸에 이르기까지 다양한 스펙트럼을 제시한 에도 게사쿠 작가는 샤레본을 통해서는 서민들의 문화공간이라고도 할 수 있는 요시와라 유곽의 정경과 풍속을 회화를 주된 문체로 사실적 수법에 의해 그려나갔다. 유곽단편소설이라 할 수 있는데, 성욕에 탐닉한 지방 사무라이, 어설픈 플레이보이, 순진한 총각 등의 행동거지를 철저히 폭로, 조소하는 내용을 담고 있다.

간세이 개혁 이후 샤레본은 유곽의 손님과 유녀와의 사랑을 감상적으로 묘사, 19세기 초엽부터 나키혼(泣本)으로도 불려졌다. 이것은 놀이 문화를 그린 것이 아니라 사랑을 그리게 됐으며 때로는 무대가 유곽에서 일반사회로까지 확대되는 경향을 보였기 때문에 개혁 전의 샤레본처럼 남성중심의 문학뿐만 아니라 가정의 부녀자까지도 읽을 수 있는 문학으로 변모해갔다. 한편, 전기적(伝奇的)이고 낭만적인 요미혼 중에 거리에 떠도는 항담가설(巷談街説)을 소재로 통속적인 독자를 대상으로 만든 작품이 있었는데, 이와 같은 요미혼과 말기의 샤레본이 손잡고 보다 많은 독자, 특히 여성의 독자를 확보하기 위해 닌조본이 등장하게 된다.

서민문화가 시민권을 얻은 에도시대는 패러디의 시대라고 할 만큼 가부키, 게사쿠 등의 패러디가 성행하였다. 『이세 이야기』(伊勢物語)가 『니세 이야기』(仁勢物語)로의 유사음 이의어식 패러디는 에도 게사쿠의 기준으로 보면 함량미달이었다. 에도 게사쿠, 특히 기뵤시에는 슈코(趣向)와 표현의 기량이 돋보인다. 다만 지식인들이 결국은 심심파적인 여기(余技)로서 만든 문예물이 게사쿠라고 할지라도 창작인 이상 작가가 작품을 만들어갈 때 독자를 의식하지 않을 수 없었고 독자층의 변화에 따라 문학이념의 추이, 변화도 당연히 생기게 되었다.

시대가 변함에 따라 게사쿠에도 피지배급인 조닌 출신의 작가가 등장하는데, 지식인들의 문학이념을 창작과정을 통해 받아들인 게사쿠 작가의 주장이 소박하지만 근대의 문학이념에도 상통한다. 패러디로 통하는 게사쿠이지만 그러한 의미에서 근대를 향한 연결고리를 확보한 셈이다.

게사쿠는 독자의 흥미를 끌 만한 소재를 재빠르게 취해 웃음의 대상으로 만들기 때문에 시사적 성격이 강하다. 『시대세화이정고』(時代世話二挺鼓)는 당시의 마쓰다이라 사다노부(松平定信)라는 정치가의 정치개혁과 다누마 오키쓰구(田沼意次) 정권의 실각을 풍자한 작품인데, 이 두 사람을 후지와라노 히데사토(藤原秀郷)와 다이라노 마사카도(平将門)로 둔갑시켜 당국을 자극하지 않게 꾸몄다. 이야기는 히데사토가 마사카도를 처벌하기 위해 요리며 서예 등 모든 솜씨 겨루기에서 승부를 겨눈다. 마사카도에는 유명한 가게무샤(影武者)가 6명이 있어 7인분의 솜씨를 자랑하지만, 히데사토는 8인분의 솜씨를 부려 우세하다. 이에 초조한 마사카도는 여봐란 듯이 가게무샤의 존재를 과시하지만, 히데사토는 여기서 팔각안경(八角眼鏡)을 꺼내 자신의 모습을 8명으로 불려, 마지막엔 히데사토가 마사카도를 처치한다는 내용이다. 이야기 속에 팔각안경이 등장한다는 것은 당시 많은 사람들이 팔각안경에 대해 이미 알고 있었다는 것을 뜻한다. 팔각안경이 한 사람의 인물을 다수의 인물로 분산시켜 보이기 때문에 마사카도의 가게무샤와의 연상으로부터 마사카도 안경이라고도 하는데 이 시대는 렌즈가 일반적으로 보급

되기 시작했다. 또한 산
토 쿄덴의『인심경사회』
(人心鏡写絵, 1796)라는
작품 속에는, 들여다보
면 사람의 마음까지 꿰
뚫어 볼 수 있다는 안경
까지도 등장한다.

『기루나노네카라카네노나루기』

    패러디의 본령은 전복력이다. 패러디의 묘미는 원전의 내용과 표
현양식이 반전과 전복을 일으키며 전혀 새로운 의미구조를 창출해내는
한판 뒤집기에 있다. 제목부터 기발하게도 가이분(廻文)으로 되어 있는
『기루나노네카라카네노나루기』(莫切自根金生木)라는 작품은 돈이 너무
많아 귀찮은 주인공이 회수 불가능한 돈을 빌려주기도 해보고, 유곽에
가서 유녀들을 몽땅 사보기도 하고, 노름도 해서 어떻게든 돈을 없애버
리려고 모든 수단을 강구해 보지만, 다 실패로 끝나 돈에 파묻혀 살아
간다고 하는 상식 밖 이야기다. 이와 같은 상식을 벗어난 세계가 실은
현실을 제대로 꿰뚫은 점에서 게사쿠는 현실주의의 문예이기도 하다.

    게사쿠는 패러디와 에피소드로 이루어져 있다. 나아가 그것은 형
식적인 제약들의 수용과 이러한 제약에 저항하는 힘 사이에서 긴장 관
계를 이루고 있는데, 한편으로는 전기의 형식을 빌려서 개인의 심리와
행동의 영역을 제한하려 하지만, 그 양식과 성격은 자유로운 구어체와
상투적인 어구, 또 풍자와 패러디에서 비극과 감상주의, 평범함과 환
상을 자유롭게 넘나들면서 결과적으로 에피소드가 전체 내러티브로 구

성되지 않는다.

게사쿠는 외형상 강한 구어체로 구성되어 있기 때문에 성격표현과 사건묘사에는 적절하지 않다. 사이카쿠의 작품과 같은 에도 초기의 산문이 기나긴 내란을 종식시키고 성립한 도쿠가와 막부를 찬양한 것이라면 게사쿠는 질서의 종말을 예언하는 것처럼 보인다. 또 나아가 봉건적인 제약과 부르주아적인 자유 사이에서 겪는 갈등과 초조함을 나타내고 있는 듯하다. 종종 퇴폐적인 문학으로 취급되는 게사쿠는 비록 그 규모나 타 분야로의 파급효과는 그다지 크지 않다고 해도 저항과 비판의 표현이다. 이런 점에서 게사쿠 작가를 당대의 문명비평가로 파악할 수도 있다.

게사쿠 문예가 보여주는 희롱적인 궤변은 포스트모더니즘의 잠재적인 특질을 담고 있다. 만화를 가볍게 즐기면서 성장한 세대가 문화미디어로 고정 확대되면서 게사쿠, 특히 기뵤시라는 문화미디어는 현대에 이르러 예술적, 문화적 가치를 새롭게 평가받는 객관적 단계에 돌입하게 되었다.

신비와 공포의 납량소설의 걸작

『雨月物語』

【강석원】

일본에는 많은 종류의 괴담소설이 있는데, 그중 대표적으로 『우게 쓰 이야기』(雨月物語, 1776)를 들 수 있다. 이 작품은 도쿠가와 이에야스(德川家康)가 개창한 에도시대에 우에다 아키나리(上田秋成)라는 작가에 의해 쓰여졌다. 총 9편의 단편으로 구성되어 있으며, 각각의 단편은 독립된 줄거리를 가지고 있다. 무시무시한 내용이지만 그 속에 담긴 문학성이 뛰어나 영화로 만들어지기도 하는 등 오늘날에도 사랑받고 있다.

이하 각 단편의 개요와 선행 작품과의 관계에 대해 간단히 소개하기로 한다.

1. 시라미네(白峯) : 정쟁에 패하여 비운에 간 스토쿠(崇德) 상황의 능을 당대 유명한 가인(歌人)이며 한때 궁중의 무관이었던 사이교(西行)가 참배하는 데서 이야기가 전개된다. 마왕의 화신이 되어 화염 속에 모습을 드러낸 스토쿠 상황이 유교의 역성혁명론으로 과거 자신

「우게쓰 이야기」중 시라미네

의 행위를 정당화하는 것에 대해 사이교는 불교의 인과론으로 대항하는데, 스토쿠 상황은 현정권에 대한 저주의 말을 남기고 사라진다. 『사이교센주쇼』(西行撰集抄), 『호겐 이야기』(保元物語) 등에서 소재를 취하고 있다.

2. 국화의 약속(菊花の約) : 중국의 백화소설집인 『고금소설』(古今小說) 속의 「범거경계서사생교」(范巨卿鷄黍死生交)를 번안한 작품이다. 괴질에 걸려 죽어가는 안면부지의 한 무사와 그를 극진한 간호로 살려낸 한 학자의 이야기로, 우정과 신의를 주제로 하고 있다. 국화가 피는 중양절(重陽節)에 재회를 약속하고 헤어진 무사가 감금되는 바람에 약속을 지킬 수 없게 되자 자살하여 혼으로 나타나 약속을 지킨다는 줄거리인데, 원작의 농민과 상인(商人)을 학자와 무사로 대체시키고, 사건의 배경을 일본의 전국시대로 설정하여 작품의 자국화에 성공하고 있다.

3. 잡초 속의 폐가(浅茅が宿) : 중국의 괴담소설집인 『전등신화』(剪燈賞新話) 속의 「애경전」(愛卿傳)에서 착상한 작품이다. 객지로 돈 벌러 나간 남편이 전란으로 인해 가을에는 반드시 돌아오겠다는 아내와의 약속을 지키지 못하게 되고, 아내는 정절을 지키며 남편을 기다리다 죽

는다. 여러 해 후 남편이 집으로 돌아오는데, 뜻밖에 아내가 살아 있어 남편을 맞이하고, 두 사람은 하룻밤을 같이 보낸다. 그러나 다음날 깨 보니 그 아내는 망령이었다는 내용이다.

4. 꿈속의 잉어(夢応の鯉魚) : 중국의 백화소설집인『성세항언』(醒世恒言) 속의 「설록사어복증선」(薛録事魚服證仙)과 설화집인『고금설해』(古今說海) 속의 「어복기」(魚服記), 그리고『태평광기』(太平廣記) 속의 「설위」(薛偉)를 적절히 참조한 작품으로, 잉어 그림에 능한 한 스님이 병들어 반생반사(半生半死) 상태에서 잉어로 화하여 물 속에서 유영하다가 허기로 인해, 잉어가 되기 전 사람의 낚시에 조심하여야 한다는 해신(海神)의 명을 잊음으로써 낚싯줄에 걸려 횟감으로 되는 순간, 놀라 환생하게 된다는 이야기이다.

5. 불법승(仏法僧) : 괴담소설집인『괴담토노이부쿠로』(怪談とのる袋) 속의 「후시미모모야마 망령의 행렬에 관한 일」(伏見桃山亡霊の行列の事)과 중국의『전등신화』속의 「용당영회록」(龍堂靈會錄) 등에서 착상한 작품으로, 한 부자(父子)가 한밤중에 영험한 산으로 알려진 고야산(高野山)에 올라, 도요토미 히데요시(豊臣秀吉)의 미움을 사 자결한, 히데요시의 양자이자 당대의 권력자였던 히데쓰구(秀次)의 망령을 만난다는 내용이다.

6. 기비쓰의 솥(吉備津の釜) : 남편에게 버림받은 아내가 망령이

되어서까지 처절한 복수를 한다는 이야기로, 괴담의 특징인 전율과 박
진감이라는 관점에서 보는 한『우게쓰 이야기』에 나오는 작품에서뿐만
아니라, 전 일본문학 가운데서도 압권이라는 평가를 받고 있다. 『본조
신사고』(本朝神社庫)나『전등신화』속의「모란등기」(牡丹賞記) 등에서 소
재를 취하고 있다.

7. 음탕한 뱀(蛇性の婬) : 매우 감성적인 한 문학 청년이 요염하고
아름다운 여인으로 둔갑한 백사(白蛇)에 홀려 그 애욕의 세계에서 벗어
나지 못하고 여러 번 위기를 넘기다가 마지막에는 본정신을 찾고 도죠
지(道成寺)의 스님의 법력을 빌려 이를 퇴치하게 된다는 줄거리로, 중
국의 백화소설집인 『경세통언』(警世通言) 속의「백낭자영진뢰봉탑」(白娘
子永鎭雷峰塔)을 번안한 작품이다.

8. 청두건(青頭巾) : 한 스님이 총애하던 미소년이 병으로 죽자,
스님은 소년을 너무 사랑한 나머지 매장도 하지 않고, 그 살을 먹고 뼈
를 핥아 완전히 먹어치운 후, 인육의 맛을 못 잊어 매일 밤 마을로 내려
와 시체를 찾아 먹는다. 그러다가 끝내는 가이안선사(快庵禅師)라는 고
승에 의해 성불하고, 그가 앉았던 자리에는 청두건과 뼈만 남게 된다는
이야기다. 『엔도쓰간』(艶道通鑑)이나 중국의『오잡조』(五雜組),『수호전』
(水滸傳) 등의 영향이 보인다.

9. 빈복론(貧福論) : 재물을 중시하는 한 기이한 무사의 집에 어느

날 밤 황금의 정령(精靈)이 나타나 무사를 상대로 경제나 빈부문제에 관한 인간사에 대해 의견을 교환한다는 이야기인데, 그 중심 주제는 인간의 길흉화복이란 불교나 유교의 논리로는 풀 수 없다는 것이다. 『도기보코』(伽婢子) 등에서 착상하고, 저자의 경제관이 잘 나타나 있는 작품이다.

이상 『우게쓰 이야기』에 대해 간략하게 살펴보았는데, 이 단편들 중 상당수는 중국의 백화소설로부터 영향을 받았음을 알 수 있다. 그러나 중국 작품의 단순한 번안 이상으로, 일본의 전통문학 세계와도 절충을 꾀하여 독자적인 작품 세계를 형성하고 있음을 볼 수 있다. 현실의 배후에 불가해한 세계가 존재한다는 작자의 몽환적이고 신비스런 상상의 세계는 후기 소설에 크나큰 영향을 미쳤다.

■ 소설

여덟 개의 구슬에서 태어난 핫켄시

『南総里見八犬伝』

【강지현】

　　무대는 지금의 지바현(千葉県) 남단 아와노쿠니(安房国). 시대는 지금으로부터 500여 년 전인 무로마치(室町) 시대, 영주 사토미 요시자네(里見義実)는 적과의 전투에서 패배하기 직전, 적장의 목을 가져오는 자에게는 딸 후세히메(伏姫)를 내주겠다고 약속한다. 이 말을 들은 그의 개 야쓰부사(八房)가 적장의 목을 물고 오자, 후세히메는 일찍이 아버지 요시자네에 의하여 처형당한 악녀 다마즈사(玉梓)의 저주에 의해 개 야쓰부사의 아내가 되어 산중에서 살게 된다.

　　어느 날, 후세히메는 선동(仙童)으로부터 '야쓰부사의 아이를 임신하고 있다'라는 선고를 받고, 불자의 몸으로 기억에도 없는 일로 짐승의 새끼를 가진 것에 대해서 결백을 증명하고 싶다며 스스로 배를 가른다. 그러나 그녀의 몸에 들어 있던 것은 형태가 있는 아이가 아니라, '기'(気)만으로 이뤄진 아이였다. 때마침 후세히메가 가지고 있었던 염주의 '인·의·예·지·충·신·효·제'라는 글자가 새겨져 튀어나온 8개의 큰 구슬이, 기(気)와 함께 하늘 높이 솟아올라 흩어져 날아간다.

후세히메와 개 야쓰부사

이윽고 간토(関東) 각 지방에서 견(犬)자로 시작되는 이름을 갖고, 몸에 목련 모양의 멍-개 야쓰부사에게는 목련 모양의 멍이 8군데나 있었다-이 있으며, 문자가 튀어나오는 구슬을 지닌 젊은이들이 출생한다. 기(気)만으로 이루어진 8명의 아이가 태어나 '형태'를 갖게 된 것이었다. 이들이 바로 핫켄시(八犬士)이다. 이들은 다른 장소에서 태어나지만 숙명에 이끌려 모이게 되고, 마침내 사토미가(里見家)를 섬기면서 각각 성주가 된다.

『난소사토미핫켄덴』(南総里見八犬伝:이하『핫켄덴』)은 이른바 에도 게사쿠(戯作) 문예의 한 장르인 요미혼(読本)을 대표하는 작품이다. 게사쿠의 장르적 특색이 삽화와 문장이 혼연일체가 되어 스토리를 이끌어 나간다는 점인데, 요미혼 또한 예외가 아니어서 많은 우키요에(浮世絵:에도시대 서민의 민속풍속화) 화가의 힘을 빌리고 있다.『핫켄덴』의 삽화를 위하여 동원된 화가만 하더라도 총 5명에 이르니, 그중에는 게이사 에이센(渓斎英泉:미인화, 풍경화 등으로 유명한 우키요에 화가)도 있었다. 다른 희작자와 달리 바킨은 자신의 작품에 들어가는 삽화에 대하여 유달리 주문이 까다로워서, 그와 같이 일을 하기란 보통 힘든 게 아니었다는 일화도 전해지고 있다.

『핫켄덴』은 중국의『수호전』(水滸傳)을, 일본 전국시대(戦国時代)인

무로마치시대의 보소(房総:현재 지바현)를 10대에 걸쳐 지배했던 호족, 사토미가(里見家)의 역사에 응용해, 주인공인 핫켄시(八犬士)를 종횡으로 활약시켜 영락해가는 사토미 집안을 재흥시킨다는 내용의 전기(伝奇) 소설이다.

1814년부터 1842년까지 28년에 걸쳐서 180회, 98권 106책을 연작으로 간행함으로써, 일본 최대의 장편소설, 파란만장한 스펙터클 모험소설『핫켄덴』을 탄생시킨 작가, 교쿠테이 바킨(曲亭馬琴)-이는 필명이며 본명은 다키자와 오키쿠니(滝沢興邦)이다. 따라서 다키자와 바킨이라는 명명은 오류이다-의 삶을 간략하게나마 더듬어보자.

에도 후카가와(深川)의 하급무사 집안에서 태어난 바킨은 9세에 아버지를 여의며, 14세에 봉공(奉公)을 그만두고, 청년기에는 시정을 방랑하다가 희작계에 등단하게 된다. 그러나『핫켄덴』을 집필하면서부터 대부분의 희작자와의 교제를 끊는 대신 국학자와 학식이 높은 고급관료들과 사귀게 된다. 이러한 그의 태도는 희작에 대한 멸시로부터 비롯된 것으로서, 바킨은 자신의 요미혼은 일반적인 희작과 다르다는 것을 종종 작품 서문에서 말하곤 했는데, 이는 교만 불손하다는 당대 및 현대의 비평을 받는 원인으로 작용한다. 그러나 일면, 그런 학자들과의 지적인 교류는『핫켄덴』에 충분히 반영되어 있어서, 와칸(和漢)의 학문에 정통한 박식한 바킨상(馬琴像)을 만들어내는 원동력이 되기도 했다.

그의 나이 48세부터『핫켄덴』을 집필하는 28년 동안, 장남의 사망, 차녀와의 의절, 처와의 불화 등 복잡다난한 가정사에 휩싸인다. 67세부터는 오른쪽 눈을 실명하고, 73세부터는 왼쪽눈마저 시력을 잃게 되어 글을 쓸 수 없게 된 75세부터 2년간은, 한자를 몰랐던 첫째며느리 오미치를 가르쳐가며 자신의 구술(口述)을 적도록 함으로써 중국의 고사성어로 넘치는 현학적인『핫켄덴』을 완성시키는 초인적인 열의를 보였다.

이러한 바킨의 오만하면서도 강건한 의지, 치밀한 성격, 굳건한 체력 등이『핫켄덴』을 탄생시켰다고 할 수 있다. 가령 그의 치밀하고 섬세한 성격은『핫켄덴』을 보면 종종 회(回)의 마지막에 후기를 적고 있어서, 독자에게 지적 받거나 스스로 깨달은 오류에 대하여, 또는 지적에 대한 반론 등을 매우 자세하게 적고 있는 것을 보더라도 짐작할 수 있다. 또한 기나긴 세월 동안 수많은 등장 인물을 그리면서도 그 인과응보의 결말은 일체의 모순이 없다. 또한 웅대한 구상과 복잡다단한 사건이 얽혀 있으면서도 전후 수미일관하며, 문장은 장엄미려하다.

반면에 작품은 유교적인 권선징악과 황당무계한 전기성(伝奇性)으로 인하여, 메이지(明治) 시대에 접어들면서 쓰보우치 쇼요(坪内逍遥)에 의해 비판의 표적이 되기도 했다. 그러나 근대소설에 가까운 소설의 모든 조건을 자각하여, 이론적인 소설기법에 의했던 그의 창작기법은 에도시대에 있어서 최고의 경지를 이루었다고 평가할 만하다.

후세히메와 개 야쓰부사는 도미산(富山)에 살았다고 하는데, 현재의 치바현 도미야마초(富山町)이다. 핫켄시를 테마로 하는 우키요에가 우타가와 쿠니요시(歌川国芳), 도요하라 쿠니치카(豊原国周), 우타가와 쿠니사다(歌川国貞), 호넨(芳年) 등에 의해 대량 제작된 점으로『핫켄덴』의 대중적인 인기를 미루어 짐작할 수 있다.

핫켄덴의 인기는 오늘날에도 여전하다. 1983년에는 야쿠시마루 히로코(薬師丸ひろ子), 사나다 히로유키(真田広之) 주연으로 영화「사토미핫켄덴」(里見八犬伝)이 만들어져 상영되었고, 1993년에는 가부키 스타 이치카와 엔노스케(市川猿之助)에 의하여 『슈퍼가부키 핫켄덴』(スーパー歌舞伎 八犬伝)이 무대에 올려졌다. 드라마 「깊숙이 숨어라－핫켄덴」(深く潜れ－八犬伝), 애니메이션 「The 8 Ken-Den SinSyoStories」 등이 오늘날 일본 젊은이에게도 인기를 누리고 있다.

이들은 모두 『핫켄덴』이 활자매체를 벗어나 대중시각매체에까지 영역을 넓히고 있는 단적인 예이다. 이와 같은 시각매체로의 재생산은 현대에 갑자기 시작된 일이 아니라, 원작이 집필되고 있던 에도시대부터 이미 가부키 무대에 올려졌다고 하니, 그 대중적 인기를 짐작하고도 남음이 있다.

여행과 해학의 베스트셀러

『東海道中膝栗毛』

【강지현】

1802년 짓펜샤 잇쿠(十返舍一九)라는 희작자(戱作者)에 의하여 간행되기 시작한 『도카이도추히자쿠리게』(東海道中膝栗毛 : 이하 『히자쿠리게』)는 이후 20여 년간에 걸쳐 속편 형식으로 연작화되었다.

19세기 초반의 일본 전국을 강타한 초대형 베스트셀러이면서, 두 주인공 야지(弥次)와 기타하치(北八)로 하여금 어릿광대 장난꾼이라는 이미지로서 오늘의 일본인들조차 모르는 사람이 없을 정도로 톡톡히 유명세를 치르고 있는 작품이다. 또한 일본문학사에 골계본(滑稽本)이라는 장르를 확립시켜 준 작품이자, 작가 잇쿠는 일본 역사상 최초의 전업 작가이기도 했다.

에도의 뒷골목 간다핫초보리(神田八丁堀)에 살고 있던 야지와 기타하치는 어느 날 문득 여행을 결심하고, 얼마 안 되는 가재도구를 팔아치워서 여비를 마련한다. 여비를 장만했다고는 하나, 어차피 하루 벌어 하루를 사는 처지였으므로 장기 여행을 대비한 목돈을 마련할 수는 없었다. 그러나 이런 행동은 『히자쿠리게』 성립 당시의 시대상을 반영한 것이다. 즉 두 주인공의 순간 충동적인 여행 시도는 당시 서민의 여행동기일 수도 있었던 것이다. 물론 소설상의 과장이 있기 마련이나, 이와 같은 묘사가 가능할 수 있었다는 것 자체가 이전과는 다른 시대배경을 말해 주고 있다.

『히자쿠리게』가 시리즈물로서 연속 간행되고 있던 19세기 초반은, 에도의 상류층 상인 조닌이 주요한 문화담당자라는 입장으로부터 물러나 도시의 중하층 서민 또는 지방인들이 생활에 뿌리를 둔 문화를 향유하던 시기였다. 에도 서민들은 만담장(奇席), 꽃꽂이(生け花), 다도(茶の湯), 향도(聞香) 등의 예능오락에 참가했으며, 절과 신사참배, 명소 관람, 온천욕, 꽃구경, 축제를 즐기기 위해 여행을 떠나는 등, 다방면에 걸친 여가활동을 전개하게 되었다. 지방 농촌에도 읽고 쓰기, 그림, 꽃꽂이, 인상학 등을 종합적으로 가르치는 스승이 있을 정도였다.

이와 같은 문화의 대중화, 광역화의 한 현상으로서 근세 후기에 여행 또한 대중화된 것이다. 선행 연구들을 참조하면 그 배경은 다음과 같이 요약할 수 있다.

1. 에도 막부가 지방영주들을 일정기간 수도에 머물게 했던 산킨코타이(參勤交代)라는 제도로 인해, 정기적인 왕래가 반복되면서 여행길과 숙소가 정비되었다.
2. 막부의 정책에 의해 영세 농민이 자립하고, 농업기술 진보로 생산력이 높아지면서 농민의 지위가 향상되었다.
3. 출타 노동자가 대도시와 지방을 끊임없이 왕복했다.

4. 간세이 개혁 즉 18세기 후반의 정치·사회개혁 이후, 사회정세의 급격한 변화에 의해 갖가지 통제를 강요당하고 있었던 일반민중이, 이러한 규제를 벗어나 향락적인 여행을 추구했다.

5. 이세신사참배가 크게 유행했다. '일생에 한 번은 이세참배'라는 구호가 생길 정도였다.

6. 에도시대 초기인 17세기 무렵부터 명소 안내 책자, 도카이도(東海道) 지도가 활발히 간행되고 있었다.

7. 『히자쿠리게』의 간행이 일반서민들의 여행열을 더욱 부추겼다. 『히자쿠리게』가 완결되고 7년 뒤인 1830년, 에도시대 최대의 오카게마이리(お蔭参り:은덕 참배)가 일어났다. 이때, 불과 3개월 사이에 일본 총인구의 13%인 400만 명이 이세에 집결했다고 한다.

이와 같은 사회적 배경하에서, 역시 이세참배를 명목으로 길을 떠난 두 주인공이 일으키는 갖가지 골계담으로 이 장편소설은 구성된다. 식욕과 색욕으로 똘똘 뭉친 두 사람이 벌이는 사건은 가히 짐작이 가리라. 그러나 본능이 추구하는 대로 행동하는 두 사람이지만, 그 본능을 만족시키는 여행에서는 그다지 우습지 않다. 도중에 만나는 여자들과 하룻밤을 같이 지내고자 시도하는 작업은 십중팔구 실패로 끝나며, 그 실패담이 독자로 하여금 배꼽을 쥐게 한다. 수많은 실패담 중 몇 가지만 예로 들어보자.

초편의 오다와라(小田原) 숙소에서, 입욕방법을 몰라서 궁리 끝에 화장실용 나막신을 신고 욕조에 들어간 기타하치는 뜨거운 나머지 발버둥치다가 욕조를 부수고 엉덩방아를 찧는다. 5편 상에서 기타하치는 요카이치(四日市) 숙소에서 한밤중, 동침을 하고자 여자가 자고 있는 곳으로 가던 중 여관의 선반을 무너뜨리고, 돌지장(石地蔵)을 여자로 착각하여 시체인 줄 알고 경악한다. 5편 하의 구모즈(雲津)에서는 야지가 짓펜샤 잇쿠인 척 흉내내다가 들키고는 쫓겨난다. 이러한 재미있는 장면들이 잇쿠의 박진감 넘치는 순발력 있는 필체에 실려서 유머러스하게 펼쳐지고 있다.

에도 서민은 아마도 이 작품에 몰입하여 스스로를 야지, 기타하치라고 여겨, 상상 속의 여행을 즐기거나 어떻게 해서든지 시간을 내고 비용을 마련해서 현실에서도 여행을 떠날 수 있게 되기를 갈구했으리라.

이 작품이 공전의 대히트를 기록한 것은 야지, 기타하치 두 사람의 골계담 속에는 도카이도 각지의 풍토가 자연스럽게 녹아들어가면서 소개되어 있기 때문이다. 실제로 도카이도에 정통한 잇쿠였기에 다른 희작자들이 감히 생각해 낼 수 없었던 작품을 창작할 수 있었던 것이다.

시즈오카에서 태어난 잇쿠는 젊은 시절 에도로 나오게 되는데, 도사노카미(土佐守)를 모시는 하급관리였고, 상사를 따라서 오사카로 전근가게 된다. 여기 예능의 본고장 오사카에서 조루리(인형극) 작가를 꿈꾼 덕으로, 잇쿠는 청중(독자)들의 반응에 민감하게 반응할 수 있는 감각을 키워 인기작가로 부상하는 기틀이 마련되기도 했다. 그 후, 에도로 다시 돌아온 잇쿠는 본격적으로 희작자가 되었다. 즉 이러한 그의 경력이 도카이도를 몇 번이고 왕래하게 했던 것이다.

『히자쿠리게』에 영향을 미친 선행작으로서 근세 초기의 가나조시(仮名草子)『지쿠사이』(竹斎), 『도카이도 명소기』(東海道名所記)가 일컬어진다. 일본문학사에 있어서 이 두 작품이 그때까지의 여행문학과 다른 점은 여행을 오락으로 간주하고 웃음을 기조로 하고 있는 점이다. 헤이안시대의 『도사 일기』를 비롯하여 중세까지의 모든 여행문학에 있어서 여행은 슬픈 것, 괴로운 것으로 묘사되는 것이 문학적 전통이었고, 그 전통은 에도시대 마쓰오 바쇼(松尾芭蕉)의 『오쿠노호소미치』(奥の細道)에까지 이어지고 있었다.

그러나 앞서 살펴본 바와 같이 근세에 접어들어 각지의 교통망이 정비되고 서민들도 오락으로서의 여행을 즐기게 되자, 각 여행지의 명물, 말, 가마의 대금에 이르기까지 기록된 실용적인 휴대용 가이드북이 활발히 간행되었다. 잇쿠는 『히자쿠리게』 집필에 있어서 이러한 책들을 참고함으로써 서민들의 현실적인 여행 행태를 그리는 데 성공할 수 있었던 것이며, 그 시기 적절한 새로운 감각과 필체의 골계문학이 대중을 사로잡았던 것이다.

죽음에 이르는 길

『曽根崎心中』

【최경국】

오늘날 일본에서 '분라쿠'(文楽)라고 불리는 전통인형극 '조루리'(浄瑠璃)는 가부키(歌舞伎)와 더불어 근세연극의 2대 조류를 이루면서 근대에까지 계승된다. 조루리는 처음에는 에도에서 유행했는데, 겐지 무사들의 용맹을 노래하여 무사들 사이에서 인기를 끌었다. 한편 교토에서는 그 섬세한 가락으로 교토인 사이에서 인기를 모아, 동서의 교류를 통해 서민들의 예능으로서 정착하기 시작했다.

본래 조루리는 일본 중세에서 발생한 '가타리모노'(語り物:서사적인 문장에 곡조를 붙여 읊조리는 성악곡의 총칭)였지만 후에 인형을 사용한 극과 결합되어 닌교조루리(人形浄瑠璃)로 성립해간다. 닌교조루리극을 시작으로 하여 1703년 초에 사실적인 세와조루리(世話浄瑠璃)인 『소네자키 정사』(曽根崎心中)가 상영되기에 이르렀다.

조루리를 대성시킨 인물은 지카마쓰 몬자에몬(近松門左衛門, 1653~1724)이다. 교토의 무사 집안에서 태어난 지카마츠의 작품은 주로 생을 부정하고 내세에 중점을 둔 작품 경향을 띠고 있다. 1703년 도쿠가와 이에야스에 의해 일본은 새로운 시대인 근세에 접어들게 되고, 약 100년이 흐르며 사회는 안정되고 상업이 발달하는 태평시기를 누린다. 문화적으로도 문학과 예술이 발달하는 황금기를 구사하는 시대가 된다. 그러나 사회의 안정과 더불어 찾아온 신분적 정체는 짜여진 틀 속에 적응하지 못하는 사람들을 양산하기도 했다.

일본 17세기 말에서 18세기 초에 걸쳐서 남녀의 동반자살[情死]가 대단히 유행하여 일종의 사회현상으로 나타났다. 기록에 의하면 『소네자키 정사』가 상연된 1703년 부터 1704년 7월까지 1년 반 동안 오사카와 교토에서 900여 명의 동반자살 사건이 있었다고 한다.

작자 지카마쓰는 정사 사건이 일어날 때마다 직접 나가서 사건의 전모를 취재하여 이를 대본으로 만들어 상연했다. 그리하여 모두 11편의 동반자살을 다룬 인형극을 완성했다. 아직 소문으로 떠도는 이야기를 바로 무대에서 접할 수 있다는 뉴스성에 의해 관객들에게 대단한 인기를 누릴 수 있었다.

일본 연극은 지카마쓰가 등장하기 전과 후가 커다란 차이를 보인다. 그의 작품 『출세 가게키요』(出世景清)는 일본 최초의 비극다운 비극으로 여겨지는데, 상황에 끊임없이 갈등하는 인간드라마가 비로소 만들어지게 된 것이다. 이같은 지카마쓰의 『소네자키 정사』는 동반자살이라는 참극을 다룸으로써 인간이라면 누구나 공감할 수 있는 비애(悲哀)를 극대화시킨 작품이다.

이야기의 무대는 오사카 이쿠타마 신사. 유녀(遊女) 오하쓰는 손님의 손에 이끌려 신사 구경을 나왔다. 남자 주인공 도쿠베이는 오하쓰를 찾아 이곳까지 오고, 오하쓰는 도쿠베이가 요즈음 소식도 전하지 않는다고 울며 원망한다. 도쿠베이는 그동안 돈을 벌기 위해 바쁘게 돌아다녔고 그 돈이 지금 친구 구헤이지에게 가 있다는 것을 설명한다.

도쿠베이는 어린 시절 부모님과 헤어져 아저씨에 해당하는 오사카의 간장가게 상인의 손에서 자라났다. 점원이 되어 열심히 일하던 그는 유녀인 오하쓰와 사랑에 빠지게 되었다. 점원과 유녀와의 사랑이 이루어지기란 너무도 힘든 터. 서로의 정열이 타오르면 타오를수록 비극적인 결말에 다가가게 되는 건 자명한 일이었다.

이러한 사실을 까맣게 모르는 간장가게 주인은 도쿠베이의 성실함을 높이 평가하여 부인의 질녀와 결혼시켜 가게를 이어 운영하려는 생각을 가지고 있었다. 그는 도쿠베이의 생각도 묻지 않고 계모에게 지참금을 보내고는 그에게 결혼을 강요한다. 도쿠베이는 사랑하는 사람이 있으므로 이를 격렬하게 거부한다. 화가 난 주인은 돈을 돌려달라고 요구하고, 앞으로 오사카에서 살 수 없도록 하겠다고 위협한다.

도쿠베이는 시골로 가서 계모에게서 돈을 돌려받고 오사카로 돌아온다. 그런데 우연히 만난 친구 구헤이지가 애걸을 하는 바람에 돈을 빌려주고 만다. 얼마 후 그는 이쿠타마 신사에서 술에 취한 구헤이지가 여러 사람과 함께 지나가는 모습을 보고, 그에게 돈을 돌려달라면서 영수증을 들이댄다. 그러나 구헤이지는 영수증에 찍힌 도장은 자신이 잃어버려 관청에 신고한 것이고 영수증은 위조한 것이라며 거꾸로 도쿠베이에게 누명을 씌운다.

비로소 자신이 속은 것을 알게 된 도쿠베이는 구헤이지에게 영수증을 빼앗기지 않으려 버티지만 그의 동료들에게 흠씬 얻어맞고 연못에 떨어진다. 간신히 정신을 차린 그는 억울함에 눈물을 흘리며 사람들 사이를 조용히 빠져나온다. 돈을 잃었을 뿐 아니라, 체면을 차릴 수 없을 정도로 모욕을 받은 것이다.

그날 밤 밀짚모자로 얼굴을 숨긴 도쿠베이는 조용히 유곽에 나타난다. 그를 발견한 오하쓰는 주인의 눈을 피하여 마루 밑에 숨게 한다. 공교롭게도 그곳에는 구헤이지가 친구들과 함께 술을 마시러 와서 큰소리를 치고 있었다. 그는 도쿠베이가 자신에게 사기를 치려해서 혼을 내주었으니, 그가 무슨 소리를 하든 믿지 말라며 욕까지 해대는 것이었다.

오하쓰는 분을 못이겨 부르르 떠는 도쿠베이를 간신히 진정시키고, 자신을 기적(妓籍)에서 빼가려는 구헤이지를 한껏 모욕한다. 모욕을 당한 구헤이지는 화를 내고 유곽을 떠난다.

밤이 깊어 조용해지자 오하쓰는 티 한 점 없는 하얀 옷을 걸치고 2층에서 내려와 도쿠베이와 손에 손을 잡고 유곽을 빠져나온다. 이윽고 소네자키숲에 다다른 두 사람. 이승에서 한날 한시에 같은 장소에서 죽으면 내세에는 같은 세상에 태어난다는 불교적 믿음에 따라 내세에서 꼭 다시 만나 사랑이 이루어지게 해달라고 빌면서 서로의 몸을 묶는다. 죽어서라도 저 세상에서 부부가 되고자 하는 강렬한 열망이 젊은 연인들로 하여금 죽음의 길로 떠나도록 재촉한다.

도쿠베이는 아저씨인 간장가게 주인에게 죄를 용서해달라고 빌고 오하쓰는 멀리 시골에 있는 부모님께 이별을 고하며 서로 눈물을 흘린다. 이윽고 도쿠베이는 오하쓰의 재촉에 의해 떨리는 손으로 사랑하는 연인의 목에 단검을 꽂고 자신도 면도칼로 목을 찔러 한 맺힌 세상과 작별을 고한다.

도쿠베이와 오하쓰는 결국 저세상에서 사랑을 이루기 위해 동반자살을 기도했다. 여기에는 현세의 부정과 죽음의 찬미가 그려져 있다. 의리를 따라 죽어가는 자의 슬픔과 숭고한 아름다움을 표현한 자살은 감정의 극치라고까지 말하는 지카마쓰는 이후에도 자살을 소재로 한 작품을 계속 발표했다.

일본에서 『소네자키 정사』는 다양한 장르의 예술로 변모하여 오늘날에도 계속 상연되고 있다. 가부키, 분라쿠, 신극, 현대연극, 현대인형극, 무용, 영화, 오페라, 발레, 상송, 민속음악 등 거의 모든 분야를 망라하고 있으며, 또한 일본 고전극의 해외공연에는 빠지지 않는 레퍼토리이기도 하다. 그것은 두 연인의 죽음으로 향하는 정열과 하나가 된 사랑이 비극적 차원으로 전개되어, 현대인에게도 시대를 초월한 울림을 주기 때문이리라.

일본의 연중행사 국민극 주신구라

『仮名手本忠臣蔵』

【이준섭】

일본의 국민극 『가나데혼주신구라』(仮名手本忠臣蔵:이하 『주신구라』)는 곧잘 아코(赤穂) 사건과 혼동되고 있는 경우가 많은데, 이는 사건 자체가 이미 문학화된 것이라 할 수 있다. '주신구라'라는 이름이 세간에 알려진 것은 1748년 오사카(大阪)에서 조루리 인형극으로 초연되었던 『주신구라』이래의 일이다. 곧이어 에도시대에 이르러서는 가부키(歌舞伎)의 기사회생의 묘약으로 칭송될 만큼 인기 최고의 연극(芝居)이 되었으며 현재도 각 문화 장르를 통해서 다채롭게 나타나고 있다.

『주신구라』의 소재가 된 겐로쿠(元禄,1688~1703) 시대의 아코 사건 자체는 사소하고도 우발적인 역사의 사상(事象)이다. 도쿠가와 막부의 전성기인 18세기 초, 일본 중부의 작은 지방 아코(赤穂)의 젊은 영주 아사노 다쿠미노카미가 다른 영주 기라 고즈케노스케로부터 따돌림을 당하자 분에 못 이겨 장소도 가리지 않고 젊은 혈기에 칼을 빼드는 사건이 터진다. 무사가 칼을 뽑은 이상 행동으로 옮기는 것은 당연한 이치. 그러나 이마에 상처를 입혔을 뿐 미수에 그치고 만다.

그런데 사건이 발생한 곳이 당시의 절대자인 쇼군의 성 중이었으며 상을 입은 기라(吉良)는 쇼군의 절대적인 총애를 받던 인물이어서, 아사노는 할복으로 죄값을 치르라는 명을 받는다. 뿐만 아니라 영지도 몰수되어 그의 가신들은 갈 곳을 잃게 된다.

아사노의 수석 사무라이 오이시 구라노스케는 영지 몰수에 응하지 말고 반란을 일으키자는 다른 사무라이들의 주장에 대하여 '지금 봉기를 해봐야 헛되이 목숨만 잃을 뿐이며, 이는 바로 기라가 원하는 바'라면서, 후일을 도모하자고 동료들을 설득한다. 이후 오이시는 기라 측의 감시의 눈을 흐리게 할 목적으로 때로는 주색에 빠진 난봉꾼 노릇도 해가면서 복수의 계획을 하나씩 꾸며나간다.

폭설이 내리는 12월 14일 만반의 준비를 완료하고 복수의 칼날을 갈던 47인의 사무라이들은 거사를 감행, 주군의 원수 기라와 그의 식솔 20명을 살해한다. 하지만 이 역시 명백한 실정법 위반이므로 다시 할복을 명받고 모두 장엄한 최후를 맞는다.

역사의 흐름을 바꿀만한 큰 사건이 아니었음에도 불구하고 『주신구라』가 후대의 사람들에게 미친 영향은 실로 대단하다. 아코 사건이라고 하는 우발성과 장기간에 걸친 영향력과의 낙차의 폭이 특징이라고도 할 수 있다.

『주신구라』는 아코낭인(赤穂浪人)들이 기라의 저택에 습격한 1702년으로부터 46년째인 1748년에 오사카의 다케모토 극장(竹本座)에서 초연되었고, 대단한 인기를 얻었다. 이는 다시 가부키로 상연되어 에도, 오사카, 교토는 물론이며 각지에서 돌풍을 일으켰고, 에도시대 말기까지 타의 추종을 불허하는 상연횟수가 많은 연극으로서 일본 전국에서 상연되었다. 근대 이후에도 변함 없이 인기를 모아 지금도 연말이 되면 반드시 어디에선가『주신구라』흥행이 이루어진다.

뿐만 아니라, 1986년에는 금세기 최고의 안무가 모리스 베자르(Maurice Bejart)가『주신구라』를 선정해 안무한『더 가부키』를 도쿄 발레단이 공연하여 호평을 얻은 바 있으며, 또한 유럽 각지를 순연하여 대단한 반향을 불러 일으켰다. 또한 최근에는 오페라로 상연된 적도 있다.

과연『주신구라』는 왜 이처럼 인기와 생명력을 지니고 있는 것일까? 그것은 아코낭인들이 죽음을 불사하고 주군의 원수를 끝까지 갚는다는 것, 즉 권력정치의 불공평함을 당당히 규탄한 집단행동을 통쾌하게 완수한 점을 지카마쓰 몬자에몬(近松門左衛門)을 비롯하여 많은 작가들이 이를 칭송하여 각색, 상연했고, 회를 거듭함에 따라 몇십 년 동안 많은 작가와 명배우들에 의해 더더욱 세련미를 더하여 결국은 모두 11막으로 구성된 완결판『주신구라』가 역사, 풍속, 비극, 익살 등의 다채롭고도 짜임새 있는 연극으로 손질되어졌기 때문이라고 볼 수 있다.

47인의 사무라이들이 주군의 원수를 갚는『주신구라』를 좋아하는 사람은, 오이시를 필두로 한 사무라이들이 모든 공적(公的), 사적(私的)갈등에 괴로워하면서 마지막에는 권력의 횡포에 필사적으로 맞서는 용감한 모습에 감동하는 것이다.

성 중에서 있었던 칼부림 사건의 동기가 불분명하기 때문에, 주인의 유언을 받들어 모신 아코 사무라이들이 기라를 습격한 의의도 분명

치 않고, 사건이 안고 있는 많은 수수께끼는 결정적인 해답을 얻지 못한 채 연구자와 작가, 지식인의 추측에 의해 『주신구라』의 이미지가 계속적으로 증폭되어 왔다. 따라서 47인의 복수극에 대한 해석의 폭도 충의에서 반항에 이르기까지 십인십색(十人十色)이라 해도 좋을 만큼 다양하다.

이는 한편으로 아코낭인의 기라 습격이라는 사실(史實) 자체가 갖는 다의적 성격에 유래하지만, 보다 본질적으로는 아코 사건을 근대의 천황제국가의 발전에 공헌하는 이야기로 꾸미려고 하는 사람과, 그에 반대하여 아코낭인의 충의를 비판, 해체하려고 하는 사람들의 사상적 대립을 나타내고 있다. 즉 『주신구라』라는 일본의 국민적 낭만을 둘러싸고 연구자, 작가, 지식인들 사이에 격한 의미의 쟁탈전이 벌어져 온 것이다.

『주신구라』는 근대 일본의 사상 투쟁의 장과 같은 면모를 보이고 있다. 그렇지만 전체적 이미지는 복수라고 하는 인간의 지우기 어려운 정념과 칼부림, 습격, 할복으로 전개되는 이야기적인 사실의 틀로 단단히 짜여져 조금도 흐트러짐이 없기에, 오히려 그러한 다양한 의론과 새로운 해석을 거듭하면서 발전되어 왔다고 볼 수 있다. 근대 일본에서의 『주신구라』의 변용은 역사의 변동과 더불어 크게 변하는 정치상황과 사람들의 가치관을 예리하게 반영하는 역사적 표상으로서의 역할을 다해 왔던 것이다.

그리고 이러한 거대한『주신구라』문화를 지탱하고 있는 것은 아무래도 아코 사건의 사실에 대한 관심과 뭔가 이질적인 일본인의 정신이라고 생각된다. 아코 사건은 단순한 하나의 역사사상(歷史事象)을 넘어 사람들의 상상력을 자극하는 상징적인 다의성을 지닌 일본인의 정서에 부합하는 요소를 상당히 많이 지니고 있을 것이다.

　『주신구라』가 일본인의 정신 형성에 끼친 영향력은 근대에 들어와서도 이어진다. 근대 일본의『주신구라』는 메이지유신 이래의 국민국가 형성과 밀접한 관계를 유지하면서 특히 전쟁이나 반란이 일어났을 때에 집단적으로 상기되어 마치 하나의 행동강령과 같은 성격을 지녔기 때문이다. 그런 의미에서 근대의『주신구라』는 단지 민중이 애호한 문예물이었던 것뿐만 아니라 근대 일본의 중요한 정치문화로서의 기능도 담당했다고 볼 수 있다.

　근대의『주신구라』는 근세와 같이 개인과 집단의 정체성에 관계될 뿐만 아니라 국민의 아이덴티티를 형성하여 내셔널리즘의 일환을 담당한다고 하는 점에 주요한 특색이 보이는데, 그것은 크게 말해서 두 가지의 입장으로 나눠볼 수 있다. 하나는 1868년 11월에 메이지 천황이 센가쿠지(泉岳寺)에 칙사를 파견해 오이시를 비롯한 아코낭인의 행동을 칭송한 것을 받아들여 그들을 의사(義士)로 찬미하는 국수주의의 입장이다. 근대의『주신구라』에서 압도적으로 많은 부분이 바로 의사전(義士伝)과 같은 것이다.

　『주신구라』는 무엇보다도 오랫동안 무사도의 맥락에서 읽혀왔다. 메이지유신 이후 무사도 정신은 국민도덕의 골격을 형성했으며, 국가

이데올로기의 중심을 차지했다. 자기규율을 통해 인내하고 주군을 위해 목숨을 아끼지 않는 『주신구라』 이야기는 교육 현장에서 충군애국(忠君愛国)이라는 이데올로기를 강화하는 데 더할 나위 없이 적합한 텍스트였다. '꽃은 벚꽃, 사람은 무사'라는 말을 남기고, 명예를 위해, 충성을 위해 장렬하게 산화한 47인의 사무라이 이야기는 일본적 죽음의 미학의 한 전형이기도 했다.

다른 하나는 1873년 2월에 복수를 국가공권을 범하는 중대한 범죄 행위로 금지한 복수금지령에 의거해 의사(義士)로 인정하지 않는 계몽주의의 입장이다. 물론 이 양극의 『주신구라』 사이에 다양한 뉘앙스를 지닌 의사 찬미와 의사 비판이 존재하며 또한 양자는 서로 복잡하게 교착하면서 전개된다. 요컨대, 근대의 다양한 『주신구라』는 메이지 정부의 칙사파견과 복수금지령이라고 하는 서로 모순되는 정책을 개개의 연구자가 어떻게 받아들여 아코 사건에 어떠한 의미를 부여하느냐에 따라 그 위상이 정해지는 것이다.

이러한 문제의식을 갖고 『주신구라』의 전체상을 파악하기 위해 개개의 문화영역의 텍스트를 몇 종류로 유형화하여 상호 관련성에 유의하면서 각 유형의 『주신구라』가 시대의 흐름 속에서 어떻게 변화해갔는지를 살펴보는 것도 의의가 있다고 하겠다.

■ 극문학

광기와 잔혹의 미학

『東海道四谷怪談』

【최경국】

가부키(歌舞伎)는 일본 근세의 교토, 오사카, 에도 등으로 대표되는 도시사회에서 탄생한 일본 전통극이다. 앞 시대의 예능인 노(能), 교겐(狂言), 고조루리 등에서 다양한 연극적 요소를 흡수하고, 극장 구조 등도 변화시켜 1688년부터 1704년에 이르는 겐로쿠시대에는 연극으로서 하나의 완성단계에 이르렀다. 분카·분세이기인 1804년에서 1829년의 기간은 에도 가부키의 황금시대라고 일컬어지는데, 그 중심에 쓰루야 난보쿠(鶴屋南北, 1755~1829)가 있다.

19세기 말 유럽에는 퇴폐와 냉소, 병적인 허무와 탐미를 추구하는 데카당스가 일어나고, 비슷한 시기에 일본에서도 세기말적 증상이 나타난다. 외적으로는 흑선(黒船:에도 말기에 서양으로부터 온 함선)들이 계속 도래하고, 안으로는 대기근이 발생하며 도쿠가와 막부는 말기증상을 나타낸다. 『도카이도 요쓰야 괴담』(東海道四谷怪談, 1825)과 연관을 맺고 만들어진 『가미카케테 산고타이세쓰』(盟三五大切)의 한 장면을 보자.

주인공 겐고헤이는 자기를 속이고 돈을 빼앗아간 기생 고만을 죽여버리고는 그 목을 자기 집으로 가지고 온다. 그는 탁자 위에 머리 보자기를 놓고 그 주위에 반찬, 밥그릇을 늘어놓고는 호롱불 아래 밥을 먹는다. 그러다가 보자기를 풀고 고만의 머리를 보며 태연히 소리친다.

"야, 고만! 이렇게 둘이서 밥을 먹으려고 했었는데…, 알겠어?"

그리고는 찻잔의 녹차를 고만의 머리 위에 붓고 이를 쑤신다.

광기와 잔혹, 자신을 배신한 기생에 대한 증오가 선열히 흐르고 있는 장면이다. 결말이 권선징악이기만 하면 도중에 어떤 일이 일어나도 상관없다고 생각하는 세상에서, 엽기적인 살인사건을 미화하고 대량살인을 정당화시키고 있다.

난보쿠는 잔혹한 살인장면과 남녀 정사장면의 묘사에 역점을 두었으며, 자극적 전개와 무대장치 개발, 망령을 등장시키는 괴기 취미, 기발한 취향에 의한 이질적인 것들을 결합시키는 극을 특징으로 했다. 이러한 것들이 종합적으로 완성된 가부키가 바로 『도카이도 요쓰야 괴담』이다.

주신구라(忠臣蔵)로 유명한 엔야한간(塩谷判官) 집안에 요쓰야 사몬이라는 노인이 있었다. 사몬에게는 두 명의 아름다운 딸이 있었는데 언니 오이와는 같은 집안의 무사 이에몬과 연애결혼을 하고 동생도 같은 집안의 무사 요모시치와 혼약을 했다. 얼마 지나지 않아 오이와는 임신을 하게 되었다.

『도카이도 요쓰야 괴담』의 인물들

이때 장군의 성에서 엔야 한간의 칼부림 사건이 발생하고, 엔야 집안은 단절되며 모든 무사는 낭인이 된다. 사몬은 거지가 되고 오이와는 길거리에서 몸을 팔고 오소데는 안마사 다쿠에쓰가 경영하는 사창굴에서 일하게 된다.

이제 곧 아이를 낳을 딸인데 사몬은 오이와를 이혼시키고 친정으로 데려온다. 이에몬이 엔야 집안이 망하기 전에 공금에 손을 대고 있던 것을 알았기 때문이다. 그 사실이 발각되는 것이 두려운 이에몬은 장인인 사몬을 비밀스레 죽여버린다. 그리고 부친의 원수를 갚아주겠다며 오이와를 구슬러서 다시 같이 산다.

오이와는 아이를 출산하지만 산후조리가 부실하여 병을 앓게 되자, 이에몬은 점차 귀찮아진다. 그러는 동안 옆집에 사는 고노 모로나오의 가신 이토가 이에몬에게 손녀 오우메와 결혼할 것을 제안한다. 그 집안과 인연을 맺으면 다시 무사로 돌아갈 수 있다고 생각한 이에몬은 제안에 동의한다. 그리고 오이와를 부정한 여자로 몰아 쫓아내기 위해 안마사 다쿠에쓰에게 돈을 줘 오이와를 겁탈하도록 한다.

그런데 이토도 손녀와 이에몬의 결혼을 확실하게 하고자 오이와에게 산후조리약이라고 속여 얼굴을 추하게 만드는 독약을 보낸다. 그런 지도 모르고 약을 마신 오이와는 온몸이 불처럼 뜨거워지고 얼굴이 변해 간다. 화를 참으며 머리를 빗는 도중, 다쿠에쓰의 눈앞에서 머리카락이 흠뻑흠뻑 빠지고 피가 처절하게 흘러내리며 얼굴은 흉측하게 부어오른다. 놀란 다쿠에쓰는 오이와를 폭행할 수 없게 되자, 솔직하게 이에몬의 악행을 자백해버린다. 분노에 찬 오이와는 다쿠에쓰와 실랑이를 벌이다 그의 칼에 찔려 죽는다. 한편 이에몬은 자기 집안 비전의 약을 훔치려고 한 하인 고다이라를 죽이고 그의 시체와 오이와의 시체를 문짝의 앞뒤로 묶어 강에 흘려보낸다.

방해자가 없어지자, 이에몬은 오우메와 결혼한다. 그런데 오우메의 얼굴이 오이와의 얼굴로 보이고 이토는 고다이라로 보이는 것이었다. 공포에 질린 이에몬은 두 사람을 칼로 베어 버린다.

이에몬이 강에서 낚시를 하고 있는데, 강 위로부터 어디선가 본 기억이 있는 문짝이 흘러온다. 끌어올려 보니 오이와의 시체가 아닌가! 그 시체가 입을 열어 품은 한을 전한다. 이에몬이 공포에 떨며 문짝을 뒤집자 이번에는 고다이라의 시체가 나타나고, 그 역시 입을 열어 저주의 말을 퍼붓는다.

칠월 칠석 새벽, 이에몬은 길거리를 헤매다 찾아 들어간 집에서 여주인에게 환대를 받지만, 그 여주인은 어느새 오이와가 되어 있다. 게다가 뜰의 호박도 모두 오이와의 얼굴이고 불단 속에서 오이와가 출현한다. 망령을 쫓아내고자 백만 번의 염불을 외우지만 아무 소용없고, 이에몬은 거듭되는 망령의 출현으로 공포에 치를 떤다. 결국 이에몬은 시치에게 장인과 처형의 복수로서 살해당하고 만다.

『주신구라』의 극적상황을 뒤바꾸고 해체하면서, 항간에 떠도는 이야기인 오이와의 원령담, 그리고 밀통한 남녀가 문짝 앞뒤로 못에 박힌 채 강에 떠내려왔다는 이야기 등을 결합하여 구성한 극이다. 단순한 가해자[惡]와 피해자[善]의 관계를 넘어, 오이와는 추악한 얼굴로 변함과 동시에 피해자에서 원한 맺힌 가해자로 바뀌어 관객에게 공포심과 함께 혐오감을 불러일으킨다.

그로테스크, 잔인, 악, 비애, 때로는 해학적인 모습까지 중첩시켜 봉건사회 붕괴기를 살아가는 하층사회와 인간심리를 생생하게 그려낸 걸작으로서 에도 말기 서민의 생활과 감정, 사회의 저변을 살아가는 소외된 인간들의 망집(妄執)과 운명을 강렬하고 예리하게 그려내고 있다. 오이와의 모습이 추악하게 변해가는 순간, 그 배경으로 시끄러운 아이 울음소리가 들리는 것처럼 괴담과 일상적인 생활 공간이 교차한다. 난보쿠는 괴담극이라는 형식을 빌어 여러 가지 인간상에 잠재되어 있는 욕망과 집념을 그려낸 것이다. 그 점에서 난보쿠 가부키의 현대성을 발견할 수 있을 것이다.

에도시대의 국학(国学)과 민족주의

【이창종】

에도시대 학문의 주류는 관학(官学)인 유학으로 대표되는 한학(漢学)이었다. 한학이 기본적으로 중국문화에 바탕을 둔 까닭에 한학자들은 중화문명을 숭배하는 경향이 있었다. 에도 중기의 다자이 슌다이(太宰春台)와 같은 유학자는 일본은 고대로부터 윤리나 도덕이 없어서 짐승의 수준을 면하지 못했으나 유학이 들어와 사람들이 예(禮)와 같은 도덕 관념을 알게되어 짐승의 처지를 면하게 되었다고 주장할 정도였다.

유학자들의 이와 같은 모화(慕華) 사상은 일본의 전통적인 문화-대표적인 것으로 와카(和歌)-를 중시하던 일부 학자들의 반발을 불러 일으켰다. 『만요슈』(万葉集)를 연구하던 가모노 마부치는 오히려 중국에서 유학이 들어옴에 따라 순박하던 일본 사람들의 성향이 나쁘게 바뀌었다고 주장했다. 이 무렵 일본의 고유어인 '야마토코토바'로 표기되는 와카를 연구해왔던 가학자(歌学者)들을 중심으로 인간으로서의 가치와 윤리를 일본적인 문화 전통 속에서 찾아보려 하는 움직임이 일어나게 되었는데 그것이 바로 국학(国学)이다. 국학자들은 유학자들의 사고방식을 '가라코코로'(漢意)라고 하여 배척했다.

일반적으로 국학의 대표자로서 4인의 학자 가다노 아즈마마로(荷田春満), 가모노 마부치(賀茂真淵), 모토오리 노리나가(本居宣長), 히라타 아쓰다네(平田篤胤)를 꼽고 있는데, 여기에 문헌 고증학적인 방법론을 도입한 게이추(契沖)를 더할 수 있다. 국학이 성립하게 된 배경에는 에도 중기에 유학자들 사이에 일어난 고학(古学)의 영향이 컸다. 송나라 때 주자(朱子)의 유학경전 해석에 의존하지 않고, 스스로 중국 고대의 경전을 읽어보고자 하는 실증주의적인 고학의 방법은 고어(古語)의 정확한 이해를 통해 일본의 고전에 접근하려 했던 국학자들에게 중요한 방법론을 제시했다고 할 수 있다.

이러한 방법론은 국학의 전개과정을 통해서 일본 고전어의 연구에 진전을 가져왔고 그 결과는 근대의 일본어학 연구로 계승되었다. 게이추와 가다노 아즈마마로에 의해 싹튼 국학적인 학문의 움직임은 『만요슈』 연구를 통해 이상적인 일본의 고대 정신을 추구한 가모노 마부치를 거쳐 모토오리 노리나가에 이르러 체계성을 갖추게 된다. 모토오리 노리나가를 국학의 대성자라고 할 수 있는 것도 그런 까닭이다.

모토오리 노리나가는 1730년 이세(伊勢) 마쓰사카(松阪)에서 태어났다. 원래 상인의 집안에서 태어났으나 의사가 되기 위해 23세 때 교토(京都)에 유학하여 의학뿐만 아니라 유학의 새로운 경향인 고학과 게이추의 고전 연구를 알게 되었다. 28세에 유학을 마치고 고향에 돌아온 노리나가는 의사 개업을 하는 한편으로 『겐지 이야기』(源氏物語)와 『고킨와카슈』(古今和歌集)를 중심으로 한 일본의 고전을 강의하기 시작한다.

『겐지 이야기』에 관한 연구는 노리나가 이전에도 많이 있었지만 특히 『고게쓰쇼』(湖月抄)로 대표되는 『겐지 이야기』 주석(註釈)은 이 작품이 권선징악(勧善懲悪)의 교훈을 사람들에게 일깨우기 위해 쓰여진 것이라고 해석하고 있었다. 노리나가는 종래의 그러한 해석에 대해 말도 안 되는 억지라고 비판하며, 자신이 유교나 불교와 같은 텍스트 외부의 가치관에 의존하지 않고 『겐지 이야기』를 읽어보니, 작자 무라사키 시키부(紫式部)가 '모노노아와레'(もののあはれ)의 정서를 독자들에게 알리기 위해 지었다는 것을 주장했다. 모노노아와레란 보고 듣는 모든 외부의 현상을 마음 깊이 느끼는 것으로, 계절이나 음악, 특히 남녀의 애정을 있는 그대로 느끼는 조화된 사물의 정취를 말한다. 노리나가는 『겐지 이야기』의 문학세계가 모노노아와레를 아는 마음에 의해 성립하고 있고, 이를 아는 사람이야말로 윤리적인 판단과는 또다른 차원에서 이상적 사람이라고 주장했다.

노리나가의 『겐지 이야기』 연구는 청년기의 저작 『시분요료』(紫文要領)를 거쳐 훗날 『겐지 이야기 타마노오구시』(源氏物語玉の小櫛)로 정리되었다. 그의 『겐지 이야기』론은 문학적인 텍스트를 교훈적인 것으로만 해석하려 했던 당시의 연구 상황에서 볼 때 대단히 획기적인 것이었다.

그리고 1763년 34세 때 노리나가는 '마쓰사카의 하룻밤'(松阪の一夜)으로 알려진 가모노 마부치와의 역사적인 만남을 갖게 된다. 마쓰사카에 들러 마부치의 숙소로 찾아가 가르침을 받은 노리나가는 그 후 다시 마부치를 만난 적은 없지만 편지를 통해 가르침을 받는 등 평생

그를 스승으로 섬겼다. 마부치의 조언에 의해 노리나가는 국학사상 최대의 업적이라고 할 수 있는『고지키』(古事記)의 주석 작업에 착수한다. 노리나가는 한문으로 적혀진 다른 역사서와는 달리, 변체한문(変体漢文)으로 쓰여진『고지키』만이 일본 고대의 진실을 밝힐 수 있다고 생각했다. 노리나가의『고지키』주석집인『고지키덴』(古事記伝)은 35년간의 치밀한 문헌 실증 작업을 거쳐 그가 69세가 되던 1798년에 완성된 것이다.

8세기에 성립된 이후 거의 아무도 거들떠보지도 않던『고지키』는 이렇게 노리나가에 의해 에도시대에 재생된다. 그의『고지키덴』은『고지키』가 가진 의미의 재발견이라고 할 수 있다.『고지키』에 쓰여진 내용이 모두 사실 그대로라고 믿은 노리나가가 발견한 것은 다름 아닌 일본의 우월성이었다. 그 우월성의 핵심은 왕조의 교체가 있는 외국과는 달리 일본은 신화시대(神代) 천황가의 시조신인 태양신(日の神) 아마테라스오카미(天照大神)로부터 현재의 천황에 이르기까지, 한 혈통의 천황 일족이 일본을 지배해 왔다는 소위 만세일계(万世一系)의 연속성이다. 일본은 태양신이 시조신인 나라이기 때문에 만국의 종주국이라는데 논리가 귀결되는 것이다.

이렇게 강렬한 노리나가의 민족주의적인 주장은 1801년 그가 죽은 후 히라타 아쓰다네에게 계승되어 훗날 메이지유신을 거쳐 현대에 이르기까지 적지 않은 영향을 미치게 되었다.

책임편집위원

구정호(중앙대학교 교수) 김종덕(한국외국어대학교 교수) 박혜성(한밭대학교 교수)
송영빈(이화여자대학교 교수) 유상희(전북대학교 교수) 윤상실(명지대학교 교수)
장남호(충남대학교 교수) 한미경(한국외국어대학교 교수)

편집 기획 및 구성

오현리, 이충균, 최영희, 최영은

사진제공

일본국제교류기금

모노가타리에서 하이쿠까지

2판 1쇄 발행일 | 2021년 3월 25일

저자 | 한국일어일문학회
펴낸이 | 이경희

기 획 | 김진영
디자인 | 김민경
편 집 | 민서영 · 조성준
영업관리 | 권순빈
인 쇄 | 예림인쇄

발 행 | 글로세움
출판등록 | 제318-2003-00064호(2003. 7. 2)

주 소 | 서울시 구로구 경인로 445(고척동)
전 화 | 02-323-3694
팩 스 | 070-8620-0740

ⓒ 한국일어일문학회, 2003
저자와 협의하여 인지를 생략합니다.

값 14,000원

ISBN 978-89-91010-03-1 94830
       978-89-91010-00-0 94830(세트)

잘못된 책은 구입하신 서점이나 본사로 연락하시면 바꿔드립니다.